小学館文庫

警部ヴィスティング

鍵穴

ヨルン・リーエル・ホルスト
中谷友紀子 訳

小学館

主な登場人物

ヴィリアム・ヴィスティング ……… ラルヴィク警察犯罪捜査部主任警部
リーネ・ヴィスティング…………… ヴィリアムの娘。元《VG》記者
ヨハン・オーラヴ・リング ……… 検事総長
バーナール・クラウセン ………… 元国会議員・閣僚
ヴァルテル・クロム ……………… 労働党幹事長
エスペン・モルテンセン ………… ラルヴィク警察鑑識員
レナルト・クラウセン …………… バーナールの息子
リーサ・クラウセン ……………… バーナールの妻
レーナ・サルヴェセン …………… バーナールの孫
グットルム・ヘッレヴィク ……… オスロ市議会労働党議員団長
エーデル・ホルト ………………… バーナールの元アシスタント
ヨーナス・ヒルドゥル …………… 《ダーグブラーデ》記者
クリスティーネ・ティーイス …… ラルヴィク警察の法務担当
アドリアン・スティレル ………… 国家犯罪捜査局（クリポス）捜査官
シモン・マイエル ………………… イェルショ湖で失踪した若者
リータ・サルヴェセン …………… レーナの母親
ウールフ・ランネ ………………… シモン・マイエル失踪事件の捜査官
アクセル・スカーヴハウグ ……… レナルト・クラウセンの幼なじみ
トミー・プライム ………………… レナルト・クラウセンの幼なじみ
アウドゥン・トゥーレ …………… ローメリーケ警察の警部
アレクサンデル・クヴァンメ …… 現金強奪事件の容疑者
オスカル・トヴェット …………… クヴァンメの仲間
ヘンリエッテ・コッパン ………… 《ネッタヴィーゼン》記者
トリグヴェ・ヨンスル …………… 元財務大臣
キム・ヴァーネル・ポーレン …… シモン・マイエルの元同級生
アーント・アイカンゲル ………… 元オッペゴール警察署員
ヴェーガル・スコッテミール …… ジョガー

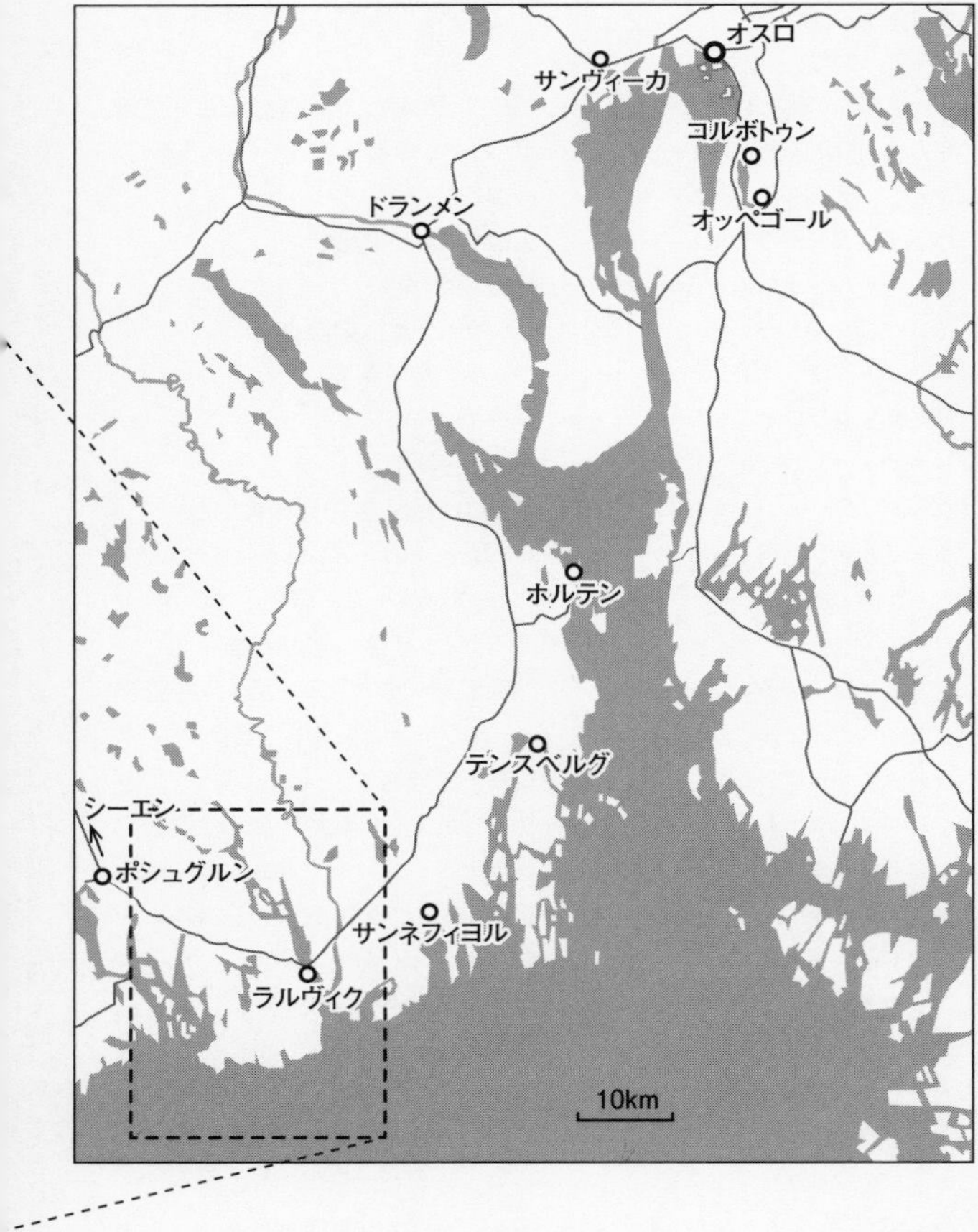

オスロ
サンヴィーカ
コルボトゥン
オッペゴール
ドランメン
ホルテン
テンスベルグ
シーエン
ポシュグルン
サンネフィヨル
ラルヴィク
10km

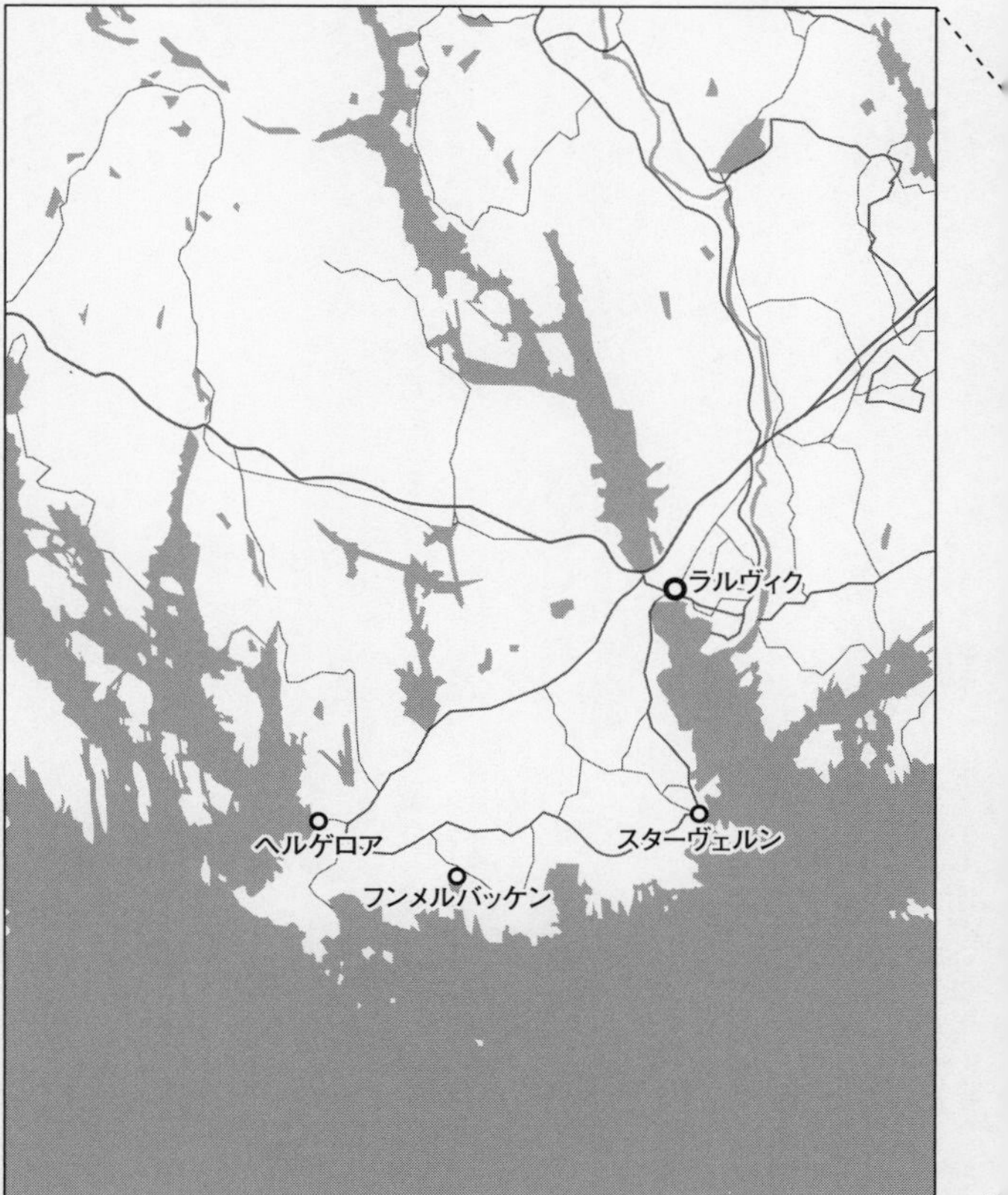
ラルヴィク
ヘルゲロア
フンメルバッケン
スターヴェルン

鍵穴

1

八月十八日月曜日、午前十時三分前。

ヴィリアム・ヴィスティングが通された広い部屋は、想像とは異なっていた。革やマホガニーの重厚な家具は見あたらず、簡素で実用的なしつらえとなっている。最も目を引くのは書類が山をなした机である。椅子の肘掛けは擦り切れ、コンピューターの周囲には大小の家族写真が並んでいる。

控室で応対にあたった女性秘書が続いて入室し、小さな応接スペースのテーブルにカップとグラス、水差し、コーヒーポットを並べはじめた。

それを待つあいだ、ヴィスティングは窓の外を眺めた。すでに日は高く昇り、オスロのメインストリートであるカール・ヨハン通りは刻一刻と人通りを増している。

秘書が空の盆を胸に抱え、にこやかな会釈とともに退室した。

ヴィスティングがここへ呼び出しを受けてから二時間とたっていない。検事総長との対面はこれが初めてだった。以前あるセミナーで、捜査能力向上に関する講演を聞いたことはあるが、言葉を交わしたことも、紹介を受けたこともなかった。

目の前に立つヨハン・オーラヴ・リングは大柄な男だった。白くなった髪に、角ばった顔立ち。刻まれた皺《しわ》とアイスブルーの目が頑固そうな印象を与えている。

「かけてくれ」手振りとともに勧められた。

ヴィスティングはテーブルの脇のソファに腰を下ろした。

「コーヒーでいいかね」

「ええ、いただきます」

検事総長は二客のカップを満たした。かすかな手の震えは不安や動揺の表れではなく、加齢によるものだろう。ヨハン・オーラヴ・リングはヴィスティングの十歳年長にあたり、二十一年にわたり検事総長の座を守りつづけている。警察・検察機構の改革が進むなか、リングの存在は安定と持続の象徴とも呼ぶべきものとなっている。公的部門の運営に民間の効率性を求める諮問委員会の声にも、方針を曲げる様子はない。

「ご足労に感謝する。急な呼び出しになってしまったが」

ヴィスティングは軽く頭を下げ、コーヒーカップを手にした。用向きは不明だが、極秘の案件であることは間違いない。

検事総長はグラスに水を注《つ》ぎ、喉のつかえを取ろうとするように飲みくだした。

「すでに聞き及んでいるだろうが、週末にバーナール・クラウセンが亡くなった」

ヴィスティングは身の奥にざわつきを覚えた。バーナール・クラウセンは引退した元国会議員であり、複数の労働党政権で閣僚を経験した人物だ。先週金曜日にスターヴェルンのレストランで不調を訴え、病院に救急搬送されたが、翌日六十八歳で死去したと党本部より発表された。

「心臓発作とのことですが」ヴィスティングは答えた。「なにか疑いでも?」

検事総長は首を横に振った。

「病院で二度目の発作に見舞われたそうだ。今日中に検死が行われるはずだが、自然死を疑うべき理由はとくにない」

ヴィスティングはコーヒーカップを手にしたままリングの話の続きを待った。

「党の幹事長から昨夜連絡があった。病院でクラウセンの臨終に立ち会ったそうだ」

労働党内の運営を統括するヴァルテル・クロムのことだ。

「息子を交通事故で亡くしたあと、クラウセンには近しい身内が残っていなかった。クロムが最近親者に指定されている。病院に搬送された際の所持品もクロムが受けとったところ、そこにスターヴェルンにある別荘の鍵が含まれていたらしい」

ヴィスティングも別荘の場所は知っていた。クラウセンが外務大臣の職にあったころ、その場所の警備がラルヴィク警察の管轄とされていたためだ。フンメルバッケン自然保護区近くのコテージ群の外れにあり、厳密に言えばヴィスティングの自宅があるスターヴェルンよりヘルゲロアに近い。

「クロムは昨日別荘を訪れた。戸締まりの確認がおもな目的だが、党関連の機密文書が残されていないかたしかめるためでもあったそうだ。引退したとはいえ、クラウセンは党執行部の顧問ではあったから」

ヴィスティングは椅子から身を乗りだした。

「なにが見つかったんです」

「古くからある、広いコテージでね」検事総長は、要点を告げるのをためらうようにそう続けた。「元は義父が一九五〇年代に建てたもので、クラウセンが一族に加わった際に増築を手伝ったそうだ。政治活動に専念する以前は大工や溶接工をしていたことは知っているかね」

ヴィスティングはうなずいた。バーナール・クラウセンは筋金入りの労働党員で、工業労働者の経験を持つ数少ない党幹部のひとりだった。政治に関わるようになったきっかけも労組活動であったとされている。

「増築の結果、コテージは子や孫も含めた大家族で住めるほどになった。寝室は六つだそうだ」

検事総長はグレーのズボンの皺を手で伸ばした。

「一室には鍵がかけられていたが、クロムはそこへも入ってみたそうだ。狭い部屋で、二段ベッドがひとつあるきりだった。ベッドの上には段ボール箱が積まれていた。数は不明だ。クロムが一部を開封したところ、大金が発見された。札束が」

　ヴィスティングは姿勢を正した。話を聞きながら幾通りか予想を立てていたが、これは想定外だ。

「段ボール箱に大金が？　どういうことでしょう。金額は？」

「外国の紙幣なんだ、ユーロと米ドルの。それぞれ五百万ほどある」

　口を開きかけたまま、ヴィスティングはしばし絶句した。

「一千万クローネですか」

　検事総長が首を振る。

「どの箱にも同様の金額が入っていれば、五百万ユーロと五百万ドルということになる」

　ヴィスティングは総額を概算した。おおよそ八千万クローネになるはずだ。

「どういった金なんでしょう」

　わからない、と検事総長は目顔で示して両腕を広げた。

「来てもらったのはその件だ。きみに調べてもらいたい」

　室内に沈黙が流れた。ヴィスティングは窓の外に目を転じ、遠くにそびえるオスロ大聖堂を眺めた。

「きみには土地鑑がある」検事総長が続ける。「別荘はラルヴィク警察の管轄区域内だ。なにより、きみの手腕を買っている。この件は極秘に捜査する必要がある。バーナール・クラウセンは外務大臣を四年務め、議会の防衛常任委員会の重鎮でもあった。国益が危険にさらされる恐れがある」

ヴィスティングはその意味を推し量った。諸外国とノルウェーの関係を左右する力をクラウセンはその手に握っていたのだ。

「署長にはきみを一切の職務から外すよう話を通してある。任務の内容は明かしていないが」検事総長は立ちあがった。「経費や人員は自由に使ってもらってかまわない。オスロの国家犯罪捜査局《クリポス》のラボにはきみからの依頼を最優先させる」

そして、机の前に行って大判の封筒を手に取った。

「現金はいまどこに?」ヴィスティングは尋ねた。

「別荘に置かれたままだ」検事総長は答え、封筒を手渡した。

持ってみたところ鍵束も含まれているようだ。

「少数精鋭のチームを集め、ことにあたってもらいたい」検事総長は立ったままそう言った。「クラウセンが大臣だった当時の首相、ゲオルグ・ヒムレにはクロムが報告ずみだ。それ以外にこの件を知る者はいない。今後もそのように頼む」

用件はすんだと見てとり、ヴィスティングも腰を上げた。

「別荘には警報装置が設置されている。暗証番号は新たに設定してある。別荘だけでなく自宅のほうにも。番号はそこに」検事総長はそう告げ、封筒を示した。「まずは現金の確認から頼む」

2

広壮な庁舎を出ると、晩夏の日差しが照りつけた。ヴィスティングは深く息を吸いこんでからカール・ヨハン通りを渡り、車をとめた立体駐車場へ戻った。走りだすまえに封筒の中身を助手席にあけた。入っていたのは鍵束のほかに黒革の財布、金時計、携帯電話、小銭が数枚、警報装置の新たな暗証番号が記された紙だ。番号は1705。

携帯電話は機能の少ないシンプルな旧型機種で、バッテリーはまだいくらか残っていた。画面には不在着信が二件記録されているが、発信者は表示されていない。

ヴィスティングはそれを脇に置き、財布に目を移した。革は傷だらけで色褪《いろあ》せ、やや型崩れしている。内側にはクレジットカード四枚のほか運転免許証、保険証、労働党員証、そして数種のホテルチェーンのポイントカードが収められている。札入れの部分には七百クローネと領収書が数枚、それに《アフテンポステン》紙記者の名刺。亡くなった妻子の写真も何枚か見つかった。

リーサ・クラウセンは十年余りまえに亡くなった。夫が保健大臣の座にあったことで当時大々的に報じられたため、ヴィスティングも記憶している。ノルウェー労働総同盟の職員だったリーサは四十六歳で希少がんの診断を受けた。海外には高額な実験的治療法が存在したが、ノルウェー国内では未承認だった。保健大臣という最高責任者の地位にあることで、バーナール・クラウセンは妻の延命の可能性を間接的に阻むことになったのだ。

リーサはバーナールの数歳年下で、夫妻には当時二十代なかばの息子がいた。その息子も一年後に交通事故で亡くなった。相次いで悲劇に見舞われたバーナール・クラウセンはしばらく政治の表舞台から退《しりぞ》いたが、二年後に外務大臣として復帰した。

ヴィスティングは携帯電話と鍵束と財布を封筒に収め、金時計を手に取って調べた。文字盤には労働党の赤いロゴが刻印されている。秒針が一周するのを眺めながら考えを巡らせたあと、暗証番号の紙や小銭とともに封筒に戻して車を発進させた。

真っ先にチームに加えるべきなのはエスペン・モルテンセンだろう。熱意と柔軟性を持ちあわせた鑑識員で、口も堅く信頼できる。今朝ちょうど警察署の廊下で顔を合わせ、三週間の休暇を終えたところだと聞いたばかりだ。

オスロ市街から高速18号線の入り口を示す標識をたどって車を走らせながら、ヴィスティングはモルテンセンに電話した。

「休み明けのばたばたは片づいたか」

「いえ、なかなか。あれこれやることが溜《た》まっていて」

「それは後まわしにしてほしい。特別な任務を頼みたいんだ」

「へえ、なんです？」

「一時間半でラルヴィクに戻る」ヴィスティングはダッシュボードの時計に目をやって言った。「鑑識機材を用意して、スターヴェルン・スポーツセンターの駐車場へ来てくれ。そこで落ちあって出発する」

「なにごとですか」

「説明はあとだ。他言は無用で頼む」

「ハンメルには？」

ニルス・ハンメルは犯罪捜査部においてナンバー・ツーの地位にあり、主任警部であるヴィスティングの不在時には代理を任せている。

「ハンメルにはこちらから話す」

ヴィスティングは通話を終え、ハンメルの番号にかけた。

「用事ができて、しばらく留守にすることになった。そのあいだ部を頼む」

「どんな用です」

「上層部からのお達しだ」

ハンメルも心得たもので、それ以上は訊《き》いてこない。

「期間は?」

「わからない。さしあたっての作業にモルテンセンを借りることになるから、一週間ばかりそちらへは出られない」

ハンメルには痛手のはずだ。それでなくとも人員は不足している。

「了解。ほかに知っておくべきことは?」

「まだ詳しくは知らないんだ」

「了解」ハンメルが繰り返した。「こちらでやれることがあれば、なんなりと」

話を終えると同時に警察無線に通信が入り、ヴィスティングは無線機を切った。これで耳に聞こえるのはエンジンのうなりとタイヤがアスファルトを踏む単調な音だけだ。さっそく金の出所について考えを巡らせはじめる。

バーナール・クラウセンは労働党員として長いキャリアを持ち、数多《あまた》の権力闘争に関わってきた老練な政治家だ。一貫して親米の立場を保ち、イラク戦争時にもアメリカを支持した。そのことで政権内の反発を招き、ノルウェーがイラク攻撃への不参加を決定した際には一時失脚の危機にも瀕《ひん》している。その後、議会の防衛常任委員会の長として、ノルウェー軍へのアメリカ製戦闘機の導入を手がけた。取引額は四百億クローネ超とされている。

ヴィスティングはハンドルを握る手に力をこめた。強欲や腐敗や職権乱用——そういったにおいのするところ、金が絡むと決まっている。今回はいつもと次元の違う捜査になりそうだ。一方で出発点としては有利だとも言える。金が手もとにあるという点で。金はつねに痕跡を残すものであり、それをたどれば出所へ行き着くはずだ。

3

鑑識機材一式を積んだ地味な白い配達用ヴァンが、スポーツセンター脇の日陰にとめられていた。モルテンセンが運転席でリンゴを齧《かじ》っている。

ヴィスティングは車をとめて外へ出、開いたヴァンの窓に近づいた。人工芝のグラウンドで少年の一団がサッカーボールを追いかけている。

「これからバーナール・クラウセンの別荘へ向かう」

モルテンセンは落胆したように悪態をつき、リンゴを座席の足もとに捨てた。

「いや、たんなる死因の確認じゃない」ヴィスティングは急いで続けた。「きわめて特殊な案件なんだ」そして先ほどの検事総長室への呼び出しと、労働党幹事長が発見した現金の件を伝えた。「道順はわかる。ついてきてくれ」

自分の車に戻り、ヴィスティングはミラーを調節して後続するモルテンセンの車を確認してから、通りへ出てヘルゲロア方面へと十分ほどの距離を走りはじめた。

家並みはじきにまばらになり、道の両脇に広々としたトウモロコシ畑が現れた。さらに数キロ行ったところで脇道に入り、海岸沿いのコテージ群を目指した。古いアスファルトの路面はひびや穴が目立ち、ところどころ石が顔を覗《のぞ》かせている。分岐点で携帯電話の地図を確認してから、さらに狭い砂利《じゃり》道を進むと、突き当たりに黄土色の壁と灰色のスレート屋根のコテージが現れた。ガラス張りのテラスは海に面している。

クラウセンのものらしき旧型のトヨタがコテージの前にとめられている。ヴィスティングはモルテンセンがヴァンを戸口近くにつけられるよう、やや手前で車を降りた。

封筒から鍵束を取りだしてコテージに近づいた。三角旗が旗竿《はたざお》の上で緩やかにはためき、海を走るモーターボートの音が響いている。

コテージは奥まった場所に位置しているため、近隣の家からじかに覗かれることはない。よじれた古い松の木立が影を落とし、その向こうに草むらが広がっている。五十メートルほど先に丸石の海岸と小さな入り江が横たわり、子供がふたり、桟橋に寝そべって釣り糸を垂れている。頭上には入道雲がぽっかりと浮かんでいる。

ヴィスティングは戸口に近づき、鍵束からドアの鍵を探した。

警報装置のコントロールパネルが点滅し、断続的な信号音を発している。暗証番号を入力すると緑色のランプが点灯した。

コントロールパネル脇のラックには上着が二着かけられ、床にはゴム長靴とサンダルが一足ずつ並んでいる。

内部はキッチンと居間が一体化した造りで、コンロの鍋のまわりで蠅《はえ》が飛び交っていた。調理台の上には食べ残しの皿が放置されている。居間の隅には立派な暖炉と、ガラス張りのテラスへの出入り口がしつらえられている。テラスからは緩やかな階段が続き、庭に下りることができる。壁の目立つ場所にクラウセンの大判写真が飾られている。ランニングシャツ一枚で斧《おの》の置かれた薪割り台の横に立ち、格子縞《こうしじま》のハンカチで額の汗を拭う——一介の労働者を思わせるその姿はクラウセンの典型的イメージとして人々の記憶に刻まれ、党の成り立ちを象徴するものともなっている。労働者階級にも上流階級にも広く支持されたクラウセンを失ったことで、次の選挙戦に影響が出るのは必至だろう。

壁に飾られたその他の写真はやや小さいものの、おもに外務大臣時代にクラウセンが会った著名人たちがずらりと並んでいる。ネルソン・マンデラ、ウラジーミル・プーチン、ディック・チェイニー、ゲアハルト・シュレーダー、ジミー・カーター、そして歴代のノルウェー首相。写真のなかのクラウセンの銀髪は近年よりやや豊かだが、青い瞳の鋭さはいまも昔も変わらない。

居間から続く廊下には左右に寝室のドアが並んでいる。最も手前にあるのがクラウセンの寝室だった。ベッドは整えられ、ベッドサイドテーブルには本が一冊、椅子にはたたんだ服が数枚、床の上には黒い旅行鞄《かばん》が置かれている。廊下を挟んだ向かいは小さなバスルームだ。

廊下の奥に目当ての部屋が見つかった。コテージのなかでそこだけ違うにおいがする。乾いて埃《ほこり》っぽく、空気のこもったようなにおいだ。壁はニスのかかったパイン材が使われ、二段ベッドとベッドサイドテーブルが置かれているほか、造りつけの戸棚もある。壁には何枚ものポスター。八〇、九〇年代のロックスターと政治スローガンが混在している。ニルヴァーナ、U2、メタリカ。そして〝安定した人生を〟〝日々の暮らしを安心に〟〝福祉が最優先〟。床には擦り切れたラグが敷かれている。板が打ちつけられた窓には花柄の薄いカーテンがかかり、壁の上部には通気口が二カ所設けられている。

段ボール箱は合計九箱、そのうち四箱はベッドの下段に、五箱が上段に並べられている。下段にはさらにモーターボート用の燃料タンクと給油ポンプ、ホースと継ぎ手も置かれている。

箱は形も大きさもまちまちだ。食料品店でもらえるようなものも含まれている。

モルテンセンが撮影機材の準備に取りかかり、ヴィスティングは邪魔にならないよう壁際に寄った。はずみで肩が壁をかすり、画鋲《がびょう》で留められた選挙ポスターの一枚が半分めくれて垂れさがった。むきだしになった壁には丸い穴があいている。よく見ると穴はもうひとつ見つかった。

「なんです、それ」モルテンセンが訊いた。「覗き穴ですか」

「さあ」ヴィスティングは答え、ポスターを下まで剝《は》がした。

穴はさらにふたつ隠れていた。シャツのポケットからボールペンを出して穴に挿しこむと、ペン先が薄い紙に触れた。

モルテンセンがカメラを壁に向けて構えたので、ヴィスティングは廊下に出て隣室へ入った。そこも同じように古い選挙ポスターが壁に張られている。〝共に生きる、社会民主主義〟〝ノルウェーに新たな成長を〟〝健康と高齢者を最優先に〟〝EU加盟に賛成票を！〟と呼びかけるポスターを剝がすと四つの穴が現れ、それぞれの穴から隣室が見通せた。

モルテンセンもやってきた。「なんでしょうね」そう言ってカメラに収める。

「では、はじめようか」ヴィスティングは言い、現金が保管された部屋へ戻った。

モルテンセンがラテックスの手袋を取りだして装着し、箱のひとつを持ちあげて床に置いた。コピー用紙の箱よりも重量がありそうだ。

箱の蓋はもともと茶色いガムテープで封をされていたようだ。開封したのは幹事長か、あるいはクラウセン本人だろうか。

蓋をあけるとアメリカの百ドル紙幣がぎっしり詰まっていた。灰色の帯封がかかった札束も含まれている。だが詰め方はいたって乱雑で、慌てて押しこんだように見える。

ヴィスティングも手袋を着けて札束のひとつを手に取った。百枚ある。一万ドルだ。箱全体で二百束はあるだろう。総額二百万ドル。

札束を元に戻し、上段の箱を下ろして蓋をあけた。こちらは複数の券種のユーロ紙幣が詰められている。二十、五十、百ユーロ紙幣もある。

モルテンセンが一歩下がった。

「ずいぶん長いあいだ置かれていたようですね。埃をかぶったままで、使われた形跡もない」

ヴィスティングはうなずいた。バーナール・クラウセンの暮らしが華美だったという印象はない。むしろ質素な生活だったはずだ。

モルテンセンがふたたび近づいて札束を手にした。「外相時代に用意した緊急用の秘密資金かなにかでは？　ノルウェー人兵士がテロ組織の捕虜になるとか、そういう場合に備えた」

ヴィスティングは肩をすくめた。たしかにその可能性はある。そういった緊急事態に現金が必要となることはあるだろうが、とはいえ、そのための資金が引退した政治家の別荘に段ボール箱に詰められて保管されているとは考えにくい。

部屋を横切って戸棚を開くと、そこには古い新聞や雑誌の束が積まれていた。殺虫剤やヘアスプレーといった種々のスプレー缶がぎっしり並んだ棚もある。最下段の棚にはプロパンガスのボンベが収納されている。しゃがんでベッドの下を覗くと、そこにはさらに燃料タンクが二缶と段ボール箱ひとつが見つかった。引きだすと埃が舞いあがった。

箱の中身は古い漫画本だった。上にのせられた数冊を手にしてみると、ドイツ語のポルノ雑誌も二冊ほど見つかった。それを元に戻し、箱を押しこんでから、ヴィスティングは立ちあがって両手の埃を払った。

「では、やるか」そう言って二段ベッドのほうへ顎をしゃくった。「番号を振ってから運びだそう」

「どこに運ぶんです？」

「うちに」

「お宅に？」モルテンセンが訊き返す。「そこに保管するんですか」

「ひとまずは。それでしばらく様子を見よう」

「なら、しっかりした警報装置があったほうがいいですね」

ヴィスティングは箱の密封と付番をモルテンセンに任せ、携帯電話を取りだして部屋を出た。

手袋を脱ぎながら玄関を出、海に面した側にまわった。木立のそばに感じのいい休憩スペースが設けられ、バーベキューコンロと細長いテーブル、屋外用暖炉が備えられている。ヴィスティングはコテージを背にして立ち、電話の連絡先リストをスクロールした。目当ての番号にたどり着き通話ボタンを押す。

オルヴェ・ヘンリクセンとは旧知の間柄だ。ともに警察学校を志望したものの、オルヴェは視力検査で不合格となった。現在は国内有数の警備会社を経営し、警備員派遣から貴重品の運搬まで手広く事業を展開しており、ヴィスティングの三倍もの収入を得ているはずだ。

「警報装置がほしいんだ」

一度現地を確認したいとオルヴェ・ヘンリクセンが返事をする。

「今日中に頼みたい」ヴィスティングは相手の答えをさえぎるように続けた。

「なるほど」

少し間があった。ヴィスティングは続きを待ちながら足もとに目を落とした。スレートの敷石の上を小さな黒いアリが列をなして進み、壁のひび割れのなかへ消えていく。

「四時なら人をやれる」ようやくオルヴェが言った。

ヴィスティングは礼を言って住所を告げた。電話を切ろうとしたが、ふと思いついて続けた。「もう一件あるんだ」

「なんだい」

状況を悟られることを危惧して少し躊躇《ちゅうちょ》したが、相手の思慮深さを信用することにした。

「紙幣計数機は用意できるかい」

「ああ、本社にある」

「移動させることは可能かな」

「全部で三台あるんだが、二台は持ち運び可能だ。残り一台は予備でね」

「一台借りられるか」

「それか、現金をこちらへ持ちこんでは？」

「それは避けたいんだ。こちらから借りに行くよ」

「わかった」

待ち合わせの時間と場所を決めたあと、ヴィスティングは室内に戻った。

モルテンセンは居間の椅子にすわり、手袋をしたままの手でゲストブックをめくっていた。

「ハンス・クリスティアン・ムクランが先週来てますね」そう言って、最後のほうのページに記された署名を示した。「まだ警察学校にいたころ、法務大臣だった」

ヴィスティングはそれを受けとった。

「棚にあと四冊あります」モルテンセンが指差す。「五〇年代以降にここを訪れた客はみなメッセージを残しているようです」

ヴィスティングはゲストブックをぱらぱらとめくった。有名政治家たちの署名に、訪問日と短いメッセージが添えられている。なにかの集いに撮られたものか、コテージの外に並んだ人々や食事風景の写真も随所に貼《は》りつけられている。

「これも持ち帰ろう」

戸外で車の音がし、ふたりは驚いて顔を見あわせた。玄関へ向かったヴィスティングはドア脇にある小窓のカーテンをあけて外を覗いた。大型の黒いSUVが駐車スペースで転回するところだ。

「誰か来る予定ですか」モルテンセンが訊いた。

ヴィスティングは首を振り、走り去る車に目を凝らした。目がかすんでナンバーは読みとれない。

「帰っていくな」遠ざかる車を目で追いながら答えた。「たまたま迷いこんだだけだろう。ここまで来て行き止まりだと気づいたらしいな」

「あるいは、クラウセンが死んだのを知ってやってきた詮索屋か。箱を運びますか」

ヴィスティングはうなずいて手袋を嵌《は》めた。

すべての箱にモルテンセンの手でビニール袋がかぶせられていた。各自ひと箱ずつ抱え、居間を抜けて車まで運びだした。

「クラウセンの指紋が必要です」モルテンセンが箱を積みこみながら言った。「ほかに紙幣に触れた者がいないかたしかめるために」

「遺体はウレヴォール病院にある。明日、採取に行こう」

「生体試料も必要です、DNA鑑定用に」

「それも同時にすませよう」ヴィスティングはまたうなずき、モルテンセンが残りの箱を運びだすあいだ車の見張りを務めた。

さわやかな潮風がラズベリーの茂みをそよがせる。入り江へ続く小道を、釣《つ》り竿《ざお》を持った男性が赤いライフジャケットの少年の手を引いて歩いている。犬をリードにつないだ女性も通りすぎていく。その先には黒いズボンに半袖シャツ、サングラスの男性が待っている。

モルテンセンが最後のひと箱を運びだした。「もう一度ここへ来て、しっかり調べる必要がありますね」とコテージのほうへ顎をしゃくる。「立派な机があって、どの抽斗《ひきだし》も手書きの書類でいっぱいです。なにか見つかれば、とっかかりがつかめるかもしれない」

ヴィスティングは首肯してコテージを見やった。「待っててくれ」

そしてもう一度戸口を入り、コンロの鍋の前に直行して蝿を追い払った。なにかのシチューのようだ。ビニール袋を取りだし、中身をすくって入れてから、鍋をシンクに置いて水を張った。冷蔵庫をあけていくつか食品のサンプルも採取し、飲み残しの牛乳を捨てた。それからサンプルを持ち、警報装置を仕掛けてドアを閉じた。

4

ヴィスティングはヘルマン・ヴィルデンヴェィ通りの自宅へ戻り、できるだけ戸口近くにバックで車をとめた。続いてモルテンセンの車が乗り入れる。箱は普段使っていない地下室に保管することにした。壁はレンガで、高い位置に小窓がふたつあるきりだ。

箱を運び入れるたび、ヴィスティングは下り坂の先にある娘の家に目をやった。いまリーネが現れてあれこれ尋ねたら、うまくごまかせそうにない。

警報装置の設置担当者は時間どおりに到着し、ヴィスティングは侵入警報のみのシンプルな装置を選んだ。火災報知器との一体型の設置には手間と時間がかかるためだ。地下室のドアと窓には磁気スイッチを、さらに室内には動体検知カメラを据えつけるよう依頼した。コントロールパネルの設置場所は戸口のすぐ内側の壁にした。戸外に警報装置作動中のステッカーを貼るのは断った。緊急時は室内でサイレンが鳴るほか、ヴィスティングとモルテンセンの携帯電話にただちに通知されるようにした。

設置作業のあいだモルテンセンが家に残り、ヴィスティングは紙幣計数機を借りに出た。

到着した警備会社の本社で計数機の操作法を簡単に教わった。通貨の種類は指定する必要があるが、券種は機械のセンサーで識別できる。加えて赤外線および紫外線センサーによって偽札も検知できるという。一分間に計数可能な紙幣は千二百枚、計数結果は接続したプリンターにプリントアウトされる。

戻る途中に事務用品店へ寄り、モルテンセンに頼まれた大型の段ボール箱十箱とガムテープを購入した。帰宅したときには設置作業は終わり、地下室の天井を見上げると、両側の壁に動体検知カメラが取りつけられていた。

「暗証番号を決めろと言われたので」モルテンセンがコントロールパネルに四桁の数字を入力した。「1808にしました。八月十八日、今日の日付です」

警報装置の赤いランプが点滅し、低いビープ音が鳴る。モルテンセンが再度番号を入力すると音は消え、ランプが緑に変わった。

テーブルを壁際に寄せたあと、ヴィスティングはその端に紙幣計数機を置き、モルテンセンが段ボール箱を組みたてた。

「数えた紙幣はひととおり確認してから新しい箱に移しましょう」モルテンセンが言った。「古い箱と紙幣は指紋がないか調べますが、一部はクリポスのラボに持ちこんで専門家に分析してもらったほうがいいでしょうね」

作業に取りかかろうとしたところへ、呼び鈴が鳴った。

ヴィスティングが玄関ホールに出て戸口の脇の窓から覗くと、リーネとアマリエが外に立っていた。

「ドアに鍵をかけた?」リーネが訊いた。

ドアをあけて招き入れると、孫娘がヴィスティングの首に抱きついた。普段は施錠しないのでふたりともまっすぐ室内に入ってくる。

「モルテンセンと作業をしている最中なんだ」ヴィスティングは答えてアマリエを抱えあげた。弾《はじ》けるような笑い声があがる。

「アイスティーを作ってきたの」リーネが言って水差しを掲げた。

空いたほうの手でそれを受けとると、氷がカラカラと音を立てた。「ありがたい」戸口に立ったままそう答えた。

少しのあいだ沈黙が流れた。

「この子ったら、泥棒したのよ」リーネがアマリエを目で示して言った。

ヴィスティングは水差しを置き、孫娘の顔を覗きこんだ。「どうした、ママがなにか言ってるぞ」いかめしい声を作ってそう問いただした。

いつもはおしゃべりなアマリエが急に大人しくなり、目を逸《そ》らそうとする。

「買い物のあいだカートに乗せていたんだけどね」リーネが話しはじめる。「お店を出たら、勝手にお菓子を持ってきちゃってて」

「それで、どうしたんだ」

「店内に戻って、返してきた。レジのすぐ脇の棚にあったみたい」

「そりゃ店が悪い」ヴィスティングは言って、アマリエを笑わせようと頬ずりした。

「やめてよ」リーネがアマリエを引きとろうと手を差しだす。「悪いことをしたってわからせなきゃ」

ヴィスティングは表情を改め、もう一度孫娘と目を合わせた。「そんなことをしたら、おじいちゃんは悲しいぞ」そう言ってアマリエを預け、リーネに向かって言った。「しかし、二歳の子に買い物を理解させるのは難しいんじゃないか」

「善悪の区別はつくはずよ」

ヴィスティングは相好を崩した。リーネはいい母親だ。

「ニャンニャン」アマリエが言った。

「ニャンニャン?」

「庭に猫が来るのよ」リーネが説明する。

「ああ、なるほど」ヴィスティングは微笑《ほほえ》んだ。

「忙しいみたいだから、また夜にでも寄ろうかな」

「そうだな――それじゃ、またあとで。アイスティーをありがとう」

ふたりが通りに出るのを見送り、ヴィスティングはドアを閉じて施錠した。

地下室へ戻るとモルテンセンとふたりでラテックスの手袋を嵌め、ビニール袋を外してひとつ目の段ボール箱を開いた。モルテンセンが指紋採取のために上部に置かれた紙幣を数枚手に取る。

「使い古されてはいないようだな」ヴィスティングは言って最初の米ドル札の束を計数機にかけ、音を立てて処理されていく紙幣を見守った。

モルテンセンが計数のすんだ紙幣を確認した。「二〇〇一年か二〇〇三年に発行されたものばかりですね」そう言って新しい段ボール箱に収める。「通常、紙幣は十年ほど流通したあたりで古くなって廃棄されます」

ヴィスティングは老眼鏡をかけて次の札束を調べた。こちらもほぼ新品に見える。「どれも二〇〇三年発行だ」

「つまり、それ以前に遡って調べる必要はないということです」

ヴィスティングはさらに別の札束をめくった。「こっちは二〇〇一年と二〇〇三年。続き番号でもなければ、同時期に発行されたものでもない」

ヴィスティングが計数機に次の札束をセットするあいだ、モルテンセンは腰を下ろして携帯電話で百米ドル紙幣について調べた。

「向こうのシステムは、こちらとは少し違うようです。二〇〇三年は紙幣のデザインが変更された年だそうです。二〇〇三シリーズの紙幣は、次にデザインが変わった二〇〇六年まで発行されました」

「では、紙幣に二〇〇三とあっても、二〇〇六年に発行された可能性もあると？」

「厳密にはありません。合衆国財務官の交代に伴い、二〇〇五年五月以降は新財務官の署名が入った二〇〇三Aシリーズが発行されているので。その後二〇〇六年にまたデザイン変更が行われています」

「二〇〇三Aシリーズのものはここにあるか」

モルテンセンはトランプの札のように指先で札束をさばいた。「いまのところ、ないようです」

手作業で確認することで予想以上に時間をとられ、ひと箱目が空になるころには四十五分が経過していた。プリントアウトによれば、箱の中身は百ドル紙幣と五十ドル紙幣、総額二百四万八千ドルだ。

「為替レートは一ドルが八クローネと少しですね」モルテンセンが電話を確認して言った。

「正確には、八・一七クローネです」そう付けくわえ、ノルウェーの通貨に換算する。「千六百七十三万クローネ」

ヴィスティングはひとつ目の箱にガムテープで封をした。「Aシリーズの紙幣はないな。つまり、二〇〇五年五月以前のものばかりというわけか」

モルテンセンがうなずく。「次はユーロの箱を見てみますか」そう言って、残りの箱のひとつにかけたビニール袋を剝がした。

その箱には開封された形跡がなく、ヴィスティングはナイフを取りに行ってガムテープを切った。「ポンド紙幣だ。イギリスの五十ポンド札だな」

「何年となっています?」モルテンセンが訊き、自分でもたしかめようと札束を取りあげた。

「一九九四年」ヴィスティングは読みあげた。

別の札束もたしかめようと箱をあさると、束と束のあいだから突きだしているものが目に入った。黒いケーブルだ。

二本の指でそれをつまみあげた。ケーブルは短く、片方の千切れた端から細い赤と青のワイヤーが覗き、反対側の端には小さな金属のプラグが付属している。

「ミニジャックケーブルですね。サウンド用の」

モルテンセンが言って証拠品袋を取りだし、ヴィスティングは小さな部品をしげしげと眺めてからそのなかへ入れた。

「ごく広範に使われているものです」モルテンセンがそう続けながら、袋に説明を書きこむ。

「ヘッドホンや無線送信機、トランシーバーの多くに」

ヴィスティングはうなずいた。結論に飛びついたり、推論を立てたりするにはまだ早いが、なんらかの密《ひそ》かな企《くわだ》ての最中に緊急事態が発生したような印象だと経験が告げている。

ヴィスティングはもうひとつ札束を手に取って目を通した。「これも一九九四年だ。ざっと見たところ、どの札もそのようだな」

そして、計数機の通貨設定を切り替えて最初の束を挿入した。モルテンセンがイングランド銀行のウェブサイトでイギリスポンドについて調べる。

「ああ、こちらもデザインを変更した年が記載される方式ですね。五十ポンド札に現在のデザインが導入されたのが二〇一一年。一九九四年から二〇一一年までに発行されたものは一九九四と表記されているようです」

四十五分後、箱の総額は十八万六千ポンドと判明した。「百九十万クローネと少し」モルテンセンが換算した。

室内に舞う埃のせいで、ヴィスティングは喉の渇きを覚えた。玄関脇の棚に置いたままのリーネの水差しは氷がすでに溶けていた。キッチンへ入り、グラスふたつにアイスティーを注いだ。

「なにか腹に入れよう。ピザを注文するよ」

食事の到着を待つあいだ、ふたりは次の箱に取りかかった。こちらには複数の券種のユーロ紙幣が詰められている。

「ユーロの導入はいつだったかな」ヴィスティングは訊き、もう一度通貨の設定を変更した。

モルテンセンが携帯電話を確認する。「流通開始は二〇〇二年一月です」

「それで少し期間が狭められる。いまのところ、この大金が出現したのは、二〇〇二年一月から二〇〇五年五月までのあいだだということだ」

「ただ、いつクラウセンが金を入手したかの決め手にはなりませんね。米ドル札のデザインから見て、少なくとも二〇〇三年以降ではあるでしょうが」

ふたりは話をやめて作業を続けた。半時間後、戸外に車のとまる音がした。「ピザだ」

そのとき計数機が異音を発し、計数の途中で停止した。

「どうしたんです」

ヴィスティングは機械を調べた。「紙詰まりだ」そう言って異物を取りのぞいた。「札束に紙切れが挟まっていたらしい」

紙片はマッチ箱ほどの大きさで、直角に交わる二本の辺と、千切ったような歪《いびつ》な二本の辺から成っている。大きな紙の角を破りとったもののようだ。片面に青いボールペンの文字が書きつけられている。

呼び鈴が鳴った。ヴィスティングは紙片をモルテンセンに渡し、手袋を外して一階に上がりピザを受けとった。

「電話番号のようです」戻るとモルテンセンが言った。

「ノルウェー国内の？」

「八桁で、国番号はありません」モルテンセンは答え、すぐに番号を調べた。「オスロのギーネ・ヨナセン名義になっています」

「外で食おう」ヴィスティングは提案した。

モルテンセンは紙片をビニール袋に入れて封をした。警報装置をオンにし、部屋に施錠してから、ふたりは裏庭のテラスへ出た。

ピザは箱から直接食べ、コーラも缶のまま飲むことにした。ときおり流れてくるかすかな町のざわめきを聞きながら、ヴィスティングは灯台の立つ小島へ向かうヨットを眺めた。

「どういう金だと思う?」

「密かに外貨を蓄えていたのでは? 別荘でも言ったように、緊急事態を解決するために政府が用意しておいたものでしょう」

同じことはヴィスティングもすでに考えた。「クラウセンはヒムレ政権時代に外相を務めた。大金が蓄えられていたとしたら、ゲオルグ・ヒムレが知らないはずはない。だとしたら、党執行部は検事総長には知らせず、金を隠すはずだ」

モルテンセンはピザに手を伸ばした。「政治はよくわかりません。金のこともですが」

「政治絡みとはかぎらない。真相を突きとめるには、クラウセンをよく知る人間と話す必要がある」

「極秘でやるのは難しそうですね」モルテンセンが指摘する。「それに、ふたりでは大変です」

「人員は必要なだけ使っていいと認められているんだ」

「誰か候補は？」

ヴィスティングはうなずいたものの、それ以上は明かさずにおいた。

庭のどこかでキリギリスが鳴きはじめ、ふたりは黙って食事を終えた。

ヴィスティングは立ちあがった。「そろそろ戻るか」

モルテンセンも待っていたようにそれに続き、地下室へ下りた。

ヴィスティングが計数の続きを引きうけ、モルテンセンは指紋採取に取りかかった。古い段ボール箱を平らにつぶし、まんべんなく薬品を吹きかけてから、乾くのを数分待つ。それから表面を特殊な布で覆い、スチームアイロンを使って隠れていた指紋を検出した。

指紋はすべて撮影され、データベースと照合できるよう登録された。

「新しい指紋もあれば、古いものもありますね」モルテンセンが告げた。「ごく最近のは、箱を発見した幹事長のものでしょう。とくに薄いやつには、クラウセン本人のものが含まれているはずです。かなり古そうですが」

ふたりは黙々と手を動かし、午後十時前にはおおかたの作業を終えた。最後の箱がほぼ空になったとき、ヴィスティングは札束のあいだになにかが覗いているのに気づいた。

それをつまみあげた。「鍵だ」ドアの鍵のようで、ところどころ腐食している。

モルテンセンがそれを受けとった。「一般的なものではないですね。製造元の刻印もない」

「削って複製されたものだろうか」

モルテンセンがうなずく。「入手経路を割りだすのは無理でしょうね」

そして証拠品袋をもう一枚取りだし、鍵を入れて封をしてから、電話番号の紙とケーブルとともにテーブルに置いた。

ヴィスティングは残りの紙幣の計数を終えた。すでに六時間近く過ぎている。プリントアウトされた計数結果を合計し、その金額を手帳の白いページに記入した。

五百三十六万四千四百ドル
二百八十四万八百ポンド
三百十二万二百ユーロ

ノルウェーの通貨に換算すると、総額は八千万クローネをゆうに超えていた。

5

翌朝いちばんに作業を再開すると決めてモルテンセンを帰したあと、ヴィスティングは気分を変えてくつろぐことにした。リーネの差し入れのアイスティーはまだいくらか残っている。そこに氷を加えてテラスに運んだ。すでに夜の帳《とばり》が下りている。屋外灯の下へ椅子を寄せ、クリスマスにリーネにもらったｉＰａｄと手帳を持って腰を下ろした。

インターネットの記事にいくつか目を通し、クラウセンの政治家人生をざっと把握した。終戦直後、彼はアーケシュフース県オッペゴールの労働者階級の家庭に生まれた。十代で建設会社に就職し、オスロ北東部郊外の大規模な団地建設に携わる。そこでの労組活動をきっかけにノルウェー労働総同盟に職を得ることになり、ノルウェーのＥＵ加盟推進活動に加わった。一九七五年にオッペゴールの市議会議員に選出されたのち、一九八一年には国政選挙で当選を果たしている。

国会では保健福祉常任委員会に数年在籍、その後も憲法常任委員会、外務防衛常任委員会の委員を歴任した。二〇〇一年の政権交代で保健大臣に就任。翌年妻が病死し、さらに二〇〇三年には息子を交通事故で亡くしている。内閣改造で閣僚から外れるが、二〇〇五年の選挙戦で活躍、その年の秋に今度は外務大臣としてふたたび入閣を果たす。さらにノルウェー外相として欧州評議会閣僚委員会の議長も務めている。二〇〇九年の総選挙後は国会議長に選ばれ、政界引退までその任にあたった。最近の記事によれば、政治的影響力はいまだ衰えず、秋の選挙戦にも協力するものと見られていた。

庭の端に動くものが見え、目を上げると宵闇のなかをリーネが家の表からまわってくるところだった。

「泥棒のおちびさんはどうしてる?」ヴィスティングは訊き、手帳を脇に押しやった。

「ぐっすり寝てる」リーネが答えて携帯電話の画面をかざす。子供部屋にベビーモニターが設置してあり、どこにいてもアマリエの声と姿を確認することができる。閑静な住宅街なので治安の心配もない。

　悪びれもせずおねんねか、とヴィスティングは言おうとしたが、やめておいた。代わりにリーネのグラスを取りにキッチンへ入った。

「子供と盗みについての記事を書こうかと思って」外へ戻るとリーネが言った。

「いいじゃないか」ヴィスティングは答えてアイスティーを注いだ。

　リーネは大手タブロイド紙《VG《ヴエーゲー》》（ヴェルデンス・ガング）で記者としての研鑽《けんさん》を積んだ。アマリエを出産後はオスロからスターヴェルンへ居を移し、育児休暇を二年とったのち、退職金を得て新聞社を去った。現在はフリーのジャーナリストとしていくつかの雑誌にインタビュー記事や企画記事を寄稿している。幼い子供を育てるシングルマザーの生活について、週に一度コラムも書いている。

「犯罪絡みの記事なんて、いまじゃそれくらいしか書けないし」リーネが自嘲気味に言う。

「後悔してるのか」

　それには答えず、リーネはグラスに口をつけてから言った。「それはそうと、モルテンセンとふたりでなにをしてるの」

ヴィスティングは手にしたグラスをまわした。「金を数えてるんだ」

リーネにまじまじと見つめられながら、言葉の続きを探す。

「大っぴらに捜査しづらい案件を任されてね」

「どんな？」

「ある有名人の人となりを調べあげ、知られざる一面を暴くといったようなことだ」

「誰のこと」

ヴィスティングは耳もとで飛びまわる羽虫を叩《たた》きつぶした。「手伝う気はないか」

リーネは苦笑した。「わたしは警察の人間じゃないし」普段であれば、ヴィスティングがジャーナリストの娘を捜査に引き入れることはない。

「特別に権限を与えることはできる」

リーネは笑い飛ばそうとしたものの、すぐに本気だと気づいたようだ。「そんなのだめよ」と首を振る。「警察に協力するために取材のふりをするってことでしょ」

ヴィスティングは椅子にもたれ、キリギリスの声に耳を澄ました。「もちろん、調べたことは記事にしてもらってかまわないし、情報はきちんと共有する。今後明らかになる情報もだ。書く内容は事前に確認させてもらうが、それでもスクープになるはずだ。警察とメディアがその種の取り決めをすることは珍しいわけじゃない。それに、編集部の指示を仰ぐ必要がないのもいいだろ」

　娘にはジャーナリストとしての倫理的ジレンマに直面させることになる。話を聞く相手には、警察ではなく新聞社の依頼で取材していると思わせる必要があるからだ。それでも、リーネが興味を引かれているのがわかった。

「権限って、どんなものが含まれるの？」

「この事件にかぎり、一時的に警察権を与える。報酬も支払う」

「極秘の案件だと思ってたけど」

　ヴィスティングは少し考えてから答えた。「捜査の結果、公益を損なうような事実が明らかになる可能性はある。その場合、記事にするのは諦めてくれ。そうでなければ、捜査にさしつかえないかぎり、警察が情報の秘匿を求めることはない」

「それじゃ、捜査が完了したら好きに書いていいってことね」

「機密事項でなければな」

　リーネは海を見やった。スヴェンネル灯台の明かりがゆっくりとまわりながら水面を照らしている。「わかった。それで、捜査対象は？」

「バーナール・クラウセン」

「政治家の？　でも、もう亡くなったのに？　死に方に疑わしい点でも……」

　ヴィスティングは首を振ってリーネをさえぎった。「死因は心臓発作だ。だが、不審な大金を遺《のこ》したんだ。その出所を調べている」

リーネが考えをまとめようとするような顔になる。「大金ってどのくらい?」

「いい新聞種になるぞ」ヴィスティングは笑ってみせた。「八千万クローネを超える現金がフンメルバッケンの別荘に保管されていた」

リーネが目を丸くして金額をオウム返しする。続いてヴィスティングは、現金が三種の外貨からなることと、計数作業の模様を話して聞かせた。

「クラウセンは来週埋葬される。彼の過去を怪しまれずに訊いてまわるいい口実になる」

「宝くじの賞金だったら書いてもかまわないのよね。でも、たとえばそれがアメリカの軍事作戦に関係していたら、機密事項ってことね」

ヴィスティングはグラスを空け、最後に残った氷を嚙《か》みくだいた。「そんなところだ。いずれにせよ、事実確認が必要だ。まずはそこからはじめよう」

リーネの携帯電話が低くうなった。アマリエが目覚めたらしい。「戻らなきゃ」

ヴィスティングも腰を上げ、グラスふたつを手にした。「明日の朝八時にここでミーティングをやる」そう言ってキッチンを示した。

リーネは返事の代わりににっこりし、家の角をまわって姿を消した。ヴィスティングはグラスを食洗器に入れ、キッチンの窓辺に立って娘の姿を見送った。リーネの家の生垣の下から黒猫がするりと這《は》いだし、街灯の柱に身をこすりつけてから、また歩きだした。その姿が闇に消えると、ヴィスティングは手帳を手にキッチンのテーブルについた。

電話番号、短いケーブル、鍵、身元不明の指紋が数点、そしておおよその年代――手がかりはそれだけだ。答えはバーナール・クラウセンの過去のどこかに隠されている。それを突きとめる必要がある。

ヴィスティングは手帳に時系列の順にまとめておいた要点に目を通した。捜査はかならずこの作業からはじまる。日時やキーワード、疑問点、ちょっとした思いつきを書きつけていく。無意識のうちにいたずら書きをしていることもある。

バーナール・クラウセンの長い人生は波瀾《はらん》に満ちたものだったが、ヴィスティングの注意を引いたのは政治以外の側面だった。息子のレナルト・クラウセンだ。

バーナール・クラウセンは政界復帰後の詳しいインタビューのなかで事故に触れていた。息子は二〇〇三年九月三十日未明、バールム市コルソースでバイク事故を起こして亡くなった。事故の現場には二名の友人が同行していた。レナルトは追い越しをかける際にコントロールを失い、道路の外へ飛びだしたのだという。即死だった。

息子の死後、クラウセンに近しい身内はいなくなった。それでも手帳には二名の名前を書き留めてある。ひとりはグットルム・ヘッレヴィク。オスロ市議会で長年労働党議員団長を務め、クラウセンの結婚式で付添人を務めるなど、いちばんの親友と言える人物である。もうひとり、二、三の記事に名前が挙がっているのがエーデル・ホルトだった。クラウセンはある記事で、彼女のことを信頼の置ける同志と呼んでいた。別の記事では、偉大なる人物を陰で支えてきた女性と表現されている。

ようやく腰を上げたときには真夜中を過ぎていた。ヴィスティングはバスルームに向かい、歯を磨きながら、家じゅうの戸締まりをたしかめてまわった。

6

遠くから聞こえる音で目覚めたヴィスティングは、横になったままその出所を考えた。外はまだ暗く、ベッドサイドテーブルに置いたラジオの時計は午前五時十三分を示している。

上掛けをはねのけて床に足を下ろし、耳を澄ましてみたが、すでに音は消えていた。すっかり目が覚めてしまい、腰を上げてバスルームへ入った。寝室へ戻ろうとしたとき、また音がした。家のなかの、地下から聞こえているらしい。

設置したばかりの警報装置だ。そう思いあたり、急いで地下室のドアの鍵を取りだした。ドアをあけ、明かりを点《つ》けてなかへ入る。その動きを検知してコントロールパネルが点灯し、暗証番号の入力画面が表示された。四桁の数字を入力するとまた音が鳴りだしたが、聞こえるのは部屋の奥からだった。音を頼りにそちらへ近づく。地下室の中央あたりまで来たとき、鳴っているのがバーナール・クラウセンの携帯電話だと気づいた。財布と金時計とともにテーブルに置かれ、モルテンセンの手で充電器に接続されている。

着信音を止めようと手に取った。画面には〝警備会社〟と発信者名が表示されている。一瞬迷ったあと、ヴィスティングは応答した。「もしもし」

「バーナール・クラウセンさんでしょうか」回線の向こうで若い女性の声がする。

「代理の者です。警報の件でしょうか」

相手は警備会社のオペレーターだと告げた。「フンメルバッケン一〇二番地からエラーメッセージを受信したのですが。現在、そちらにいらっしゃいますか」

「エラーメッセージとはどんな？」

「間違った暗証番号が三度入力されました。警備員が急行しています。警報を止めるにはパスワードが必要です」

「それが、いまは別の場所にいるんですが」

「あら、ちょっと待ってください」

「なんです？」

「火災報知器も作動しています。同じ場所で」

ヴィスティングは小さく悪態をつくと、オペレーターに消防へ通報するよう告げ、急いで服を着て車に飛び乗った。

紅に染まった夜空が遠くに見えはじめ、目的地に近づくにつれ火の手は勢いを増した。

現場には警察も消防も到着していないが、ハザードランプを点けた警備会社の車両がとまっていた。ヴィスティングはその車を避《よ》けて奥へ進み、あとから来る消防車の邪魔にならないよう、海側の草むらに駐車した。

車を降りたとたん、焼けつくような熱が押し寄せた。橙《だいだい》と黄と赤の渦巻く炎がコテージを呑《の》みこんでいる。

窓ガラスが爆風とともに砕け散り、近所の見物人たちが後ずさった。噴きだした炎が舐《な》めるように壁を伝い、軒まで達する。

ヴィスティングも人々に倣って少し離れた場所に立った。乾いた壁板がメリメリと音を立て、猛烈な熱にさらされた皮膚が引きつる。

二度目の爆発とともに青い火柱が屋根を突きやぶり、火のついた板や真っ赤な炎の塊が高々と噴きあげられた。警備員が見物人をさらに下がらせる。

数分後、ようやく青色灯が見え、消防車二台とパトカーが到着した。消防士たちが積載されたタンクから放水を開始しつつ、ホースを海岸へのばしはじめる。

ヴィスティングはパトカーの警官たちに身分を告げた。詳細は伏せたまま、警報が作動したこととコテージが無人だったことを伝えた。

　警備員が車に戻ろうとするのを見てヴィスティングはあとを追った。警察官の身分証を示し、なにか気づいたことはないかと尋ねた。

「到着時、火のまわり具合はどうでしたか。とくに燃え方の激しい場所などは？」

「家の裏手のほうが明らかに激しく燃えていました。そこが火元だったようです」

「ここへ来るとき、人影は見ていませんか」

　警備員が首を振る。「近隣の住民はすでに集まっていましたが」

「来るまでの道沿いには？」

「車を一台見かけましたが、気になることはとくに」警備員が車のドアをあけて運転席に乗りこむ。「なぜです？　放火の疑いでも？」

「指令センターのオペレーターから連絡をもらいましてね。何者かが間違った暗証番号を入力したあと、火災報知器が作動したんです。だから調べる必要がある」

「ドライブレコーダーならありますよ」警備員が言い、バックミラーを指差した。「勤務中はつねに録画されています。いますぐファイルは渡せませんが、明日ならコピーを用意できますよ」

「それは大変ありがたい」車の前にまわると、目立たない小型のカメラが目に入った。「いまも録画を？」

「ええ、つねに」警備員がうなずく。

ヴィスティングは腕時計で時刻を確認した。午前六時一分七秒。連絡先を記した名刺を取りだして警備員に渡した。と、突如として爆音があがり、ふたりは燃えさかるコテージを振り返った。屋根が焼け落ちたのだ。正面の壁がぐらついて崩れ、ばらばらに砕けた屋根の上に倒れかかる。煙と熱風に火の粉が舞いあがる。消防士たちは発電機で海水を汲《く》みあげて放水を続けているが、すでに目的は家屋を救うことではなく、水びたしにして鎮火することに絞られている。

あたりが明るくなるころ、ヴィスティングは車に戻り、座席にすわって携帯電話を取りだした。まずはエスペン・モルテンセンにメールを送り、事情を告げて至急自宅へ来るよう求めた。それから検事総長宛てにも同様の内容のメールを作成し、現金が無事であること、放火の疑いがあることを併せて告げた。

7

窓から朝日が差しこむキッチンで、ヴィスティングはモルテンセンの前にコーヒーのカップを置き、冷凍庫からパンを数枚取りだした。

それをトースターに入れながら訊いた。「食事は？」

「すませました、どうも」

ヴィスティングはバターとマーマレードを取りだした。キッチンの窓ごしに、娘が通りに車をとめるのが見えた。「リーネにも声をかけたんだ」そう言って、前夜捜査チームに引き入れたことを告げた。

モルテンセンはとまどったような顔を見せたが、なにも言わなかった。

リーネが入ってきてカップを取りだし、コーヒーマシンにカプセルを挿入した。

「アマリエは？」ヴィスティングは尋ねた。

「今日はソフィーに預かってもらったの」ソフィーはリーネの友人で、同じ年頃の娘がいるためたびたび子守を頼んでいる。

トースターが音を立て、二枚のパンをはねあげた。バターを塗りながら、ヴィスティングは別荘の火事について説明した。

「現場は全焼でまだくすぶっている。ハンメルに頼んで、現場検証まで見張りの警官を置くことにした」

モルテンセンがコーヒーに口をつけた。「火事のおかげでやりやすくなりましたね。放火の捜査という形で訊き込みができる」

ヴィスティングはトーストを齧ってから、リーネに向かって言った。「こちらは十時に病理医に会ったあと、十一時に労働党本部に行く。そのあとクリポスに寄ってから、クラウセンの自宅へまわるつもりだ。それがすんだら一度ここへ戻り、火事の現場を見に行く」

「こっちはなにからはじめれば？」リーネが訊いた。

ヴィスティングは手帳を覗いてから付箋紙を取りだし、電話番号を書きつけた。「この番号は、現金の箱のひとつで見つかった紙切れに書かれていたものだ」

「名義はオスロ在住のギーネ・ヨナセン」モルテンセンが横から続ける。

「会いに行ってみてくれ」ヴィスティングはその女性の生年月日と住所も記した。「警察の記録にはなにもないんだ。バーナール・クラウセンとなんらかのつながりがないか、手がかりになりそうなことを知らないかたしかめてほしい」

「わかった」リーネが答える。「ほかには？」

「グットルム・ヘッレヴィクとエーデル・ホルトも頼む」ヴィスティングは二名の氏名と連絡先も付箋紙に記した。

「グットルム・ヘッレヴィクのほうは知ってる」リーネが言った。

「政治的な同志だっただけでなく、バーナール・クラウセンの結婚式で付添人も務めている」ヴィスティングは付けくわえた。「エーデル・ホルトのほうは、個人的なアシスタントのようなことをしていたらしい」

さらに、その二名からとくに訊きだしてほしい情報を箇条書きにし、リーネが口外可能な範囲を確認した。三人で捜査の方針について話したあと、ヴィスティングはコーヒーカップを集めて食洗器に入れた。

「では、夕方またここで」そう言ってミーティングを切りあげた。

リーネは自分の車を使い、モルテンセンが覆面パトカーのハンドルを握った。車内ではヴィスティングもモルテンセンも口数少なだった。車はサンネフィヨルを過ぎ、テンスベルグを過ぎた。

「火事と覗き穴のことを考えていたんですが」モルテンセンがミラーを確認しながら言った。「別荘になにかあったのは間違いない。跡形もなく消し去る必要があるほど重要ななにかが。現金絡みとはかぎらないかもしれませんが」

ヴィスティングも同意見だったが、ふたりとも納得のいく仮説は導きだせなかった。

一時間後、オスロ大学ウレヴォール病院に到着し、案内板に従って研究室棟へ向かった。受付で検事総長から預かった文書を提示した。クラウセンの遺体から指紋とDNA試料を採取する権限を付与するものだ。付添の係員が呼ばれ、ふたりは廊下を幾度か曲がって消毒剤のにおいがするタイル張りの部屋に通された。部屋の奥には防錆《ぼうせい》・耐酸性に優れたスチール製の遺体保冷庫が設置されている。病理医がストレッチャーを用意し、保冷庫の扉のひとつを開いて、名札を確認してから遺体をストレッチャーに乗せた。

モルテンセンが指紋採取用具の用意にかかり、病理医はストレッチャーを作業灯の下へ運んで白いシーツを剝がした。

クラウセンの硬直した指から指紋が採取されるあいだ、ヴィスティングは入り口近くに立って検死報告書に目を通した。

バーナール・クラウセンの病歴がそこに詳述されている。三年前、クラウセンは冠動脈血栓症により最初の心臓発作に見舞われた。血栓は除去され、抗凝血剤が処方されている。一年ほどのち、ふたたび発作に襲われた際にステントが植えこまれた。さらにその後に起きた深刻な発作で広範囲にわたり心筋にダメージが残り、最後の発作時に心不全が引き起こされたのだ。

モルテンセンは手早く作業を終えた。病理医はストレッチャーを元に戻してふたりを送りだした。ウレヴォール病院を出ると、今度はヤングストルゲ広場にある労働党本部へ向かった。

入り口を見つけてエレベーターで大型ビルの四階へ上がった。受付エリアの壁には選挙ポスターや党幹部の写真が張りだされている。カウンター上には重厚な黒いフレームに入ったクラウセンの遺影が飾られ、その脇に蠟燭《ろうそく》の火が揺れている。ヴァルテル・クロムと約束があると告げるとカウンターの女性係員が立ちあがり、ふたりを広々とした角部屋に案内した。

室内へ入ると、クロムが立ちあがった。テレビで見るより小柄な印象だとヴィスティングは思った。「ゲオルグ・ヒムレも三十分で来る」クロムはそう言って、コーヒーとビスケットが用意された会議用テーブルを手で示した。

「さっそく時間をとってくださり感謝します」ヴィスティングは言い、革張りの椅子に腰を下ろした。

党幹事長が向かいにすわり、コーヒーをカップに注ぐ。「なにか進展は？」

「紙幣の総額を確認しました」ヴィスティングは答え、外貨の種類を告げた。

「出所をたしかめるすべは？」

「どこかで告知が出ていないか、各方面に記番号の確認を行っているところです」モルテンセンが答えた。

「告知？」

「盗難などでまとまった額の現金が失われた場合の」

幹事長は可能性をあれこれ吟味するようにゆっくりと首肯した。

「指紋の採取にご協力ください」モルテンセンが言い、携行したブリーフケースを開いてスタンプ台と指紋登録用の台紙を卓上に置いた。「段ボール箱の指紋からあなたのものを除外するためです」

「わかった」

クロムは答えて立ちあがり、上着を脱いでシャツの袖をまくった。モルテンセンがその手を取り、五本の指をインクで濡《ぬ》らして台紙に押しつけた。

ヴィスティングは別荘に入って紙幣を発見した際の詳細をクロムに尋ねた。クラウセンの最近親者であるクロムは鍵を預かり、暗証番号も告げられていた。三箱を開封したのち別荘をあとにしたという。

「どうお考えですか」ヴィスティングは訊いた。

ヴァルテル・クロムは首を振った。「信じがたいとしか言いようがないな。さっぱり見当がつかない」

「クラウセン氏との付き合いは?」

「長いな」クロムは答え、ウェットティッシュで指を拭った。「三十年にはなる」

「その三十年のあいだに、政治絡みでも私生活でも、現金と関連のありそうな出来事はなかったでしょうか」

幹事長はまた首を振って、カップに口をつけようとした。

「待ってください」モルテンセンが言った。「きれいな唾液の試料が必要なので」

指紋採取用具を片づけてから、モルテンセンはDNA試料採取キットを取りだした。クロムを椅子の背にもたれさせ、大きく口をあけさせて頰の内側をこする。

その作業がすむのを待ってヴィスティングは訊いた。「ほかに心当たりのありそうな人はいませんか」

「同時期に政権にいたゲオルグ・ヒムレなら、あるいは。だが、政治絡みとは思えない。さっきも言ったように、じきに本人も来るはずだ」

「あそこへはよく？」ヴィスティングは訊いた。「別荘のことですが」

「ああ、夏にはたいてい訪ねることにしていた――とくに、彼が家族に先立たれてからは」

「泊まりがけで？」

「いつもじゃないが、たいていは」

「奥の部屋に鍵をかけるようになったのはいつごろからでしょう」

「あそこは息子の寝室だったんだ。廊下の奥で、居間からいちばん離れた場所にある。いつから鍵をかけるようになったかは知らないが、レナルトが亡くなったあと、あそこを使う者はいなかった」

「レナルトのことを伺えますか」

「彼のことはよく知らない。未熟で荒っぽいところはあったが、悪い人間ではなかった。父ひとり子ひとりになってからは、かなり揉《も》めたようだが」

「〝荒っぽい〟とはどんなふうに？」

「流されやすいと言うほうが正確かもしれない。それに、父親が体現するものすべてに反発する気持ちもあったんだろう」

「どういうことです」

言葉を探そうとするように、クロムがコーヒーに口をつける。「リーサが亡くなったとき
レナルトは二十四歳だった。事情はご存じかな。珍しいタイプのがんでね」

ヴィスティングはうなずいた。

「延命が期待できる治療を母親が受けられないことがレナルトには耐えがたかった。だから、
それを父親のせいにした。その後の行動はすべて父親へのあてつけだったんだ」

「たとえば？」

「学校を中退して、たちの悪い連中と付きあうようになった」

「どんな連中です」

「深夜にバイクで暴走するような」事故死した夜のことを指したものだろう。

「犯罪歴のある仲間などは？」

「まあ、麻薬に手を出した者くらいはいただろうが、詳しいことは知らない。警察にマーク
されるほどのことはなかったと思う」

ヴァルテル・クロムはカップをいったん持ちあげ、なにか思いだしたように下に置いた。

「じつは、クラウセンの血を引く者がひとりいる。そのことは？」

初耳だ、とヴィスティングは両眉を吊《つ》りあげてみせた。「ほかにも子供が？」

「孫だ。生前、レナルト・クラウセンには交際中の娘がいた。いや、女性と言うべきだな。

すでに妊娠中で、レナルトの死の七カ月後に女の子を出産した」

ヴィスティングは手帳を開いた。この件はリーネに任せたほうがよさそうだ。

「相手の名前と連絡先は控えてある」クロムが目で机を示す。「生まれた子はもう十歳だ」

「クラウセン氏との交流はあったんでしょうか」

ヴァルテル・クロムは首を振った。「いや、皆無だった。おそらくはレナルトから父親の悪口をさんざん吹きこまれ、関わりを持つ気になれなかったんだろう」

「悪口とはどういった？」

「母親を見殺しにしたといったようなことだ」

クロムの話はバーナール・クラウセンの人となりや現役時代の逸話へと移り、やがてドアにノックがあった。応答を待たずにドアが開き、首相時代と変わらぬ威厳を漂わせたゲオルグ・ヒムレが入室した。

ヴィスティングが起立してヒムレと握手を交わしたあと、四人はあらためてテーブルを囲んで着席した。ゲオルグ・ヒムレが口を開いた。「この件を扱うにあたって、三点に留意してもらいたい。正確さと、誠実さと、慎重さだ」

ほかの者たちの返事を待たずヒムレが続ける。「バーナール・クラウセンの死が多大な損失であることは間違いない。野党であるわれわれにとって、次の選挙戦では彼の協力がきわめて重要なものになったはずだ。実直で人望ある政治家であり、社会民主主義そのものを象徴する存在だった。今回の件を知って当惑しているが、真実は明らかにされねばならない。

と同時に、噂《うわさ》やゴシップの種になるのは避けたい。誰にとっても害でしかない」

ヴィスティングは言った。「クラウセン氏の別荘で発見された現金について、なにか心当たりはないでしょうか。噂やゴシップについてはご安心を。秘密は厳守します」

ゲオルグ・ヒムレは首を振った。「残念だが、金についてはなんの心当たりもない」

ヴィスティングは紙幣が発行された年代を告げた。「つまり、クラウセン氏があなたの内閣の閣僚だった期間にも重なるということです」

ゲオルグ・ヒムレがごく軽くうなずく。

「非常時に備え、政府の資金を現金で用意しておくといったことは？」

ヒムレが思案顔を見せる。「いや、こちらで把握できないようなものはないはずだ。その種の資金は厳しい管理下に置かれる」

「他国がそういった資金をクラウセン氏に預けていたという可能性は？」

ヒムレは椅子の上で身を乗りだした。「確認が必要なのはわかるが、そのようなことは断じてありえない」

「数日前までは、クラウセン氏の別荘に八千万クローネ以上の現金の箱が保管されているということ自体、ありえないと思われたはずです」

「それでも、彼がそんな金を受けとる理由があるとは思えない。やはり答えはノーだ」

ヴィスティングはうなずいた。「党内でクラウセン氏と近い間柄にあった人のリストが必要です。顧問や個人秘書なども含め」

ゲオルグ・ヒムレは片手を振ってクロムにそれを任せた。

「党以外のことについて話を聞ける相手はいないでしょうか。私生活をよく知るような」ヒムレとクロムは顔を見合わせた。「それならエーデル・ホルトだ」クロムが答えた。「ほかに心当たりはないな、とくにリーサとレナルトの死後に関しては」

「ああ、エーデルと話すといい」ヒムレが言い、話を切りあげるように席を立った。

「エーデルはクラウセンの補佐役を務めていた」クロムが説明した。「この党本部でも、大臣の座にあるあいだも。彼女ほどクラウセンを知る者はいないはずだ」

8

エーデル・ホルトの住まいはハウスマン通りにあった。バーナール・クラウセンの下で働いていたころは、ヤングストルゲ広場まで徒歩で通えたはずだ。

どう切りだそうかと迷いながら、リーネは取材申し込みの電話をかけた。まずはフリーのジャーナリストだと告げ、バーナール・クラウセンに関する記事を書くつもりだと説明した。

エーデル・ホルトは思わぬ急な訃報にまだ動揺中だと答えたものの、すぐに自宅での取材に応じた。

エーデル・ホルトは小柄な女性で、丸みを帯びた上品な顔立ちの持ち主だった。眼鏡の奥の目には温かい光がたたえられている。リーネはアーケル川を見下ろす窓辺のテーブルへ案内された。カップとビスケットの小皿が運んでこられる。

「紅茶を淹《い》れてありますよ。それとも、コーヒーのほうがいいかしら?」

「ありがとうございます、紅茶をいただきます」

エーデル・ホルトはキッチンに消え、ティーポットを手に戻った。

「あなたはクラウセン氏のことを誰よりもご存じだと伺いました」リーネは切りだした。

「彼の下で働いたのは、党が選挙に負けて政権を失った二〇〇九年まででした。わたしはとっくに引退してもいい年齢だったの。なにをするにもコンピューターが必要になって、ついていけなくなってしまったし」

リーネは向かいにすわった白髪の女性の顔を観察した。クラウセンより十歳ほど年上だろうか。「退職後も交流を?」

「わたしの役目は仕事上の補佐でしたからね、政務を円滑に進めるための。彼が政界を退いたあとは、自然と疎遠になってしまったの」

「お仕事の内容はどういったものでした?」

「いちばん重要なのはスケジュールの管理でしたね。会合やイベントの日程を調整したり、情報を取捨選択して、国じゅうを飛びまわっているクラウセンに伝えたり。もっとこまごまとした問題に対処することも多かったけれど」

「たとえば?」

「急にきれいなシャツや黒いネクタイが必要になるとか、会合に遅刻しそうなときはそれに対応したりとか。そういったことが重大な結果を招く場合もありますからね。ほかの参加者に連絡して、帰りの飛行機を遅らせてもらう必要が出てきたり」

「おふたりは親しい間柄でした?」

エーデル・ホルトはうなずいた。「二十八年ものあいだ、わたしはあの人の日常の一部でしたから、いつでも代わりのきく臨時雇いのようなものとは違って。互いに敬意を持って接していましたよ」

エーデル・ホルトが笑みを浮かべて続ける。「ときどき、〝寝るときも服を着たままでいいんじゃありません?〟なんて軽口をたたくこともあったけれど。もっと無遠慮なこともね。いつも笑って聞いてくれましたよ」

「気心の知れた関係だったんですね」

「そう言えるでしょうね。もちろん、政務に関する機密を聞いたりはしませんでした。知る必要もなかったし。ただ、以心伝心というか、なにをお望みか察することはできたので、お疲れのように見えたら、静かに休んでもらえるよう心がけてはいましたね」

「つまり、健康管理のようなお仕事もなさっていた?」

「健康管理?」エーデル・ホルトは少し考えるようにした。「いえ、そんなに大層なことではなくて、できるだけ働きやすい環境を整えるようにしたと言えばいいかしら。たとえば、一週間のニューヨーク訪問のあと、帰りにブリュッセルに寄る予定が入ったときは、ゆとりを持って帰国してもらえるように、スケジュールに空白の一日を組みこんだりといったふうに。しっかり休息をとったほうが、いい働きができるものですからね。当然の仕事をしただけですよ」

それ以上話すことはないと示すように、カップが口に運ばれる。

リーネは話題を変え、ヒムレ政権時代のクラウセンの仕事ぶりや各国首脳の訪問などについて尋ねた。さらに、クラウセンの妻の病死と息子の交通事故死についても触れた。

「リーサが病気になって、彼は別荘を売ろうとしたの。実験的治療のための費用にあてるつもりで。でもそれでは国内での承認を待たずに、お金で特権を買うことになる。おまけに効果は不確かで、苦しみを引きのばすだけになる恐れもあったから」

リーネはメモを取った。バーナール・クラウセンについての記事を書くなら、これは興味深い切り口になる。

「彼の下で働けて幸運でしたよ」エーデル・ホルトは話を締めくくるようにそう言った。

「信念があって、堅実で、賢明な人でしたから。どんなときもにこやかで、落ち着いていて」

「どんなときも？」

エーデル・ホルトはまた紅茶に口をつけたものの、しばらく飲みくださずロに含んでいた。

「いつもの彼ではなかったことが三度あったわね」ようやく返事がある。「心ここにあらずといった、混乱したような様子だったことが。最初はリーサが病気で亡くなったときのことで、ふさぎこんでいるようだった。自分の殻に閉じこもったようなと言えば伝わるかしら。夕刻や、ときには真夜中にも、長い散歩に出るようになって。息子さんを亡くしたときも同じだった。家族思いの人だったから、妻も子も失ってしまったことに耐えきれなかったんでしょう。それで保健大臣を辞職して、しばらくお休みされたの。選挙のあと復帰して、外務大臣になったけれど」

「では、三度目は？」リーネは訊いた。

「リーサの死とレナルトの死のあいだのことだったかしら」

「理由はなんだったんでしょう」

エーデル・ホルトは首を振った。「きっかけになるような出来事はなにも。少なくとも、わたしは知りません。奥さんを亡くしたショックが尾を引いているのかとも思ったけれど、ある日急に様子が変わった気もして」

「いつごろのことか覚えていますか？」

「二〇〇三年の、リーサが亡くなって六カ月ほどしたころよ」

リーネは興味をそそられた。なにかありそうだ。「正確な日付はわかりませんか。当時のスケジュール帳だとか、そういったものは残っていません？」

「手帳なら残してあります。でも、日付がわかるかどうか。どのみち、たいしたことではないと思いますよ。それに、答えを知っているバーナール・クラウセンはもういませんしね」

9

ヴィスティングとモルテンセンにはオスロでさらに三件の用事があった。まずはオスロ大学の法医学教室に戻り、モルテンセンがＤＮＡ鑑定用の試料を提出した。ヴァルテル・クロムの唾液試料に加え、鍵と電話番号の書かれた紙片とケーブルの表面をこすった綿棒《スワブ》もそこに預けた。

法医学教室をあとにし、次にブリュン通りにあるクリポス本部のラボへ向かった。必要な検査の詳細はすでにモルテンセンの手で申請用紙に記入してある。なによりもまず指紋の分析を急ぐ必要がある。

「最優先でお願いしたい」ヴィスティングは告げた。

受付にあたった実験衣姿の女性が眼鏡を押しあげた。「みなさん最優先でとおっしゃいますけど」と苦笑する。「大急ぎでって」

ヴィスティングも笑みを返した。「この件は本当に先頭にまわしてほしいんだ」と言って特別な事案であることを示す参照番号を示した。

女性が肩をすくめる。「そういうことなら」

「結果はいつ出ます？」モルテンセンが訊いた。

「明日のこの時間あたりにお電話します」

ふたりは礼を言って立ち去った。

最後の行き先は、オスロフィヨルドの東側に位置するコルボトゥンだった。クラウセン夫妻は息子が生まれてすぐ、その町のホルテ通りに居を構えた。オスロ市街からは車で十五分ほどの距離だ。

通りには庭つきのこぢんまりした家々が並び、随所に古木も残っている。モルテンセンが目指す家を見つけた。灰色の板壁の二階家で、白い窓枠と急勾配の屋根を備えている。車を私道に乗り入れると、粗い砂利がタイヤの下で音を立てた。

また無人の家だ、とヴィスティングは考えた。同じような状況はこれまで数限りなく経験している。人のいない家に足を踏み入れること――それが職務のようなものだ。その家の主が不慮の死を遂げた場合もあれば、勾留中の被疑者の家宅捜索の場合もある。いずれにしろ、その家に暮らしていた人間の生活の痕跡を探ることが目的となる。

車を降りると近くで列車の通過音が響いた。ヴィスティングは戸口に向かい、鍵をあけて警報装置を解除した。

室内の空気は埃っぽく、乾燥している。正面にキッチンがあり、左が居間、右側の廊下の先にバスルームと寝室と書斎のドアが並び、上階への階段も見えている。

まずは二階から捜索に取りかかった。寝室が二室、小さな居間とバスルームが並んでいる。どの部屋も久しく使われていないように見える。寝室のひとつは息子のものだったようだ。ステレオが置かれ、棚にはCDが並んでいるが、それ以外に暮らしぶりを窺《うかが》わせるものは残されていない。机の抽斗も簞笥《たんす》も空にされている。壁に張られているのはレナルトの写真一枚きりだ。

一階に下りて書斎に入った。窓の前に大きな机が置かれ、旧式のコンピューターと新聞や雑誌の束がのせられている。壁一面の本棚にはノンフィクションがぎっしりと並んでいる。政治家の伝記に、アメリカの歴史書。部屋の片隅にはファイルキャビネットが置かれている。ヴィスティングは最上段の抽斗をあけ、いくつかのファイルに目を通した。各種の登録証書、公的サービスの受給者証、保険証書、納税申告書、送り状に領収書。二段目には新聞記事の切り抜きや私信が収められている。ほとんど中身の入っていない一枚のファイルに、〝レーナ〟と上書きされている。少し考えて、クラウセンの孫娘だと気づいた。なかには保育園の催しを紹介した写真入り記事の切り抜きが一枚、学校行事の写真が掲載された同様の切り抜きが一枚、さらにレーナ・サルヴェセンの誕生と洗礼式に関する通知が入っている。

最下段の抽斗には、書類で膨らんだファイルが二冊しまわれていた。より分厚いほうには、リーサの病気と死に関する病院関係の書類がぎっしり詰めこまれている。もう一方の中身はクラウセンの息子に関する書類で、成績表から死亡通知までがひとまとめに収められている。成績表を見るかぎり、もともとレナルトにはいくつか得意な科目もあったらしい。だが、欠席が増えるにつれて評価も下がっていた。集中力の欠如が学習を妨げていると所見には記されている。ＡＤＨＤの検査記録も含まれているが、診断が下されるには至っていない。

モルテンセンは机の前にすわって抽斗をあさっている。

「日記です」そう言って、最下段から小さな赤い表紙のノートの束を取りだした。

日記は一九八一年から二〇〇五年まで年代順に並んでいる。ヴィスティングは一九九八年のものを手に取り、ぱらぱらとめくった。見開き二ページが一週間分で、平日は九行、土日は四行ずつ割り振られている。クラウセンはそこにさまざまな予定を記入していた。略語が使われたものもあれば、人名が書き添えられたものもある。線で消されたり下線が引かれたりした部分もある。時間と場所以外に詳しい書きこみは見あたらない。

モルテンセンは日記の束を持ち帰ろうと脇に置いた。

それから二時間ほどかけて書斎を徹底的に捜索した。バーナール・クラウセンには隠すべきものがなかったらしく、金庫の類いは見あたらず、抽斗や戸棚にも施錠されていなかった。人目に触れて困るようなものはなにひとつ見つからなかった。

モルテンセンがデスクマットの下からメモ用紙に書かれたコンピューターのパスワードを発見した。ログオンしてファイルを調べたものの、気になるものは出てこなかった。

日記と併せ、多数の電話番号と住所が記されたアドレス帳も持ち帰ることにした。

その場を去るまえに、ヴィスティングは二カ所のガレージも調べることにした。ひとつは家屋に付属したもので、もう一方は通りに面して建てられている。どちらも鍵は玄関ホールの棚にぶら下げられていた。家の脇のガレージは施錠されておらず、ヴィスティングは扉を押しあげてなかを覗いた。除雪用シャベルとタイルブラシが壁に立てかけてある。それ以外に目につくものはない。

扉を下ろして施錠し、もう一方のガレージに向かった。こちらも扉を押しあげると蝶番《ちょうつがい》がきしんだ。先ほどとは違い、バイクの部品や工具やエンジンのほか、雑多な道具が床一面にごたごたと並んでいる。

「息子のものですね」モルテンセンがオイル缶をまたぐと、コンクリートの床に積もった土埃に足跡が残った。

「レナルトの死後、手つかずのままだったようだな」ヴィスティングは答え、モルテンセンがあちこちの戸棚を覗き、奥のドアをあけようと試すあいだ、外で待っていた。

「ここにはなにもなさそうです」出てきたモルテンセンは言った。「父親は足を踏み入れたこともないのでは」

ヴィスティングはうなずいて扉を閉じた。答えを探すべき場所は別にある。

10

リーネはエンジンをかけたまま、少しのあいだぼんやり前を見ていた。エーデル・ホルトの自宅にはかなり長居し、父から頼まれた事柄は残らず確認したが、これといったことはつかめなかった。労働党本部を訪ねた父とモルテンセンのほうは上首尾ならいいが。

次のインタビューの相手はグットルム・ヘッレヴィク、労働党内で数々の役職を歴任している人物だ。新聞記事で見た記憶によれば、太鼓腹と豊かな白髪の持ち主だったはずだ。

戸口でリーネを出迎えたのは夫人だった。「いらっしゃいましたよ！」グットルム・ヘッレヴィクの返事が奥から響き、リーネは仕事部屋へ案内された。

ヘッレヴィクが机を離れ、リーネを迎えた。「クラウセンの追悼文を考えていたところなんだ」と背後の机を示す。「葬儀ではほかの人間が弔辞を読むだろうが、わたしも思い出を書き留めておきたくてね」

ふたりはこぢんまりした応接セットに腰を下ろした。「とくに思い出深いのはどういったことでしょう」リーネは尋ねた。

「ひねりの利いたユーモアや、心の温かさや、ふたりで交わした愉快な会話かな。好奇心旺盛な熱い男でね」

「とくに親しい間柄だったと伺っていますが」

「まあ、少なくとも、昔はね」ヘッレヴィクはうなずき、一九六〇年代に組合の労働者代表として知りあい、ともに労働運動に身を捧げたと語った。

夫人がバターを塗ったパンケーキとコーヒーを運んできた。ヘッレヴィクはクラウセン夫妻の馴《な》れ初《そ》めと夫婦愛について明かした。

さらに、政治家として、友人としてのバーナール・クラウセンをよく示す逸話や思い出話が披露された。寛容で度量が大きく、率直で賢明な、人望厚い男――広く知られたイメージどおりの人物だったという。

「だが、そのうち変わってしまってね」とヘッレヴィクは続けた。「なにしろ、立てつづけに妻子を失ったんだから。それがひどくこたえたんだ。夫人の死は、傍《はた》から見る以上に大きな打撃だったらしい。気丈に振る舞ってはいたが、リーサを救えなかったことをひどく悔やんでいたんだ。そのうえ息子まで失って、しばらく政界を離れざるを得なかったほどだ」

「当時、よく会っていらっしゃいました？」

「そうすべきだったんだが、向こうが会いたがらなくてね。ひとりで散歩ばかりするようになって、誰も寄せつけようとしなかった。別人のようになってしまったんだ」

「どんなふうに？」

ヘッレヴィクは少し考えてから答えた。「以前は潑溂《はつらつ》とした社交的な男だったんだが、リーサの死後はひっそりと人を避けて暮らすようになった。議論の場では誰よりも大きな声で話したものだが、口数も減り、すっかりもの静かになった。ぼんやりともの思いに沈むことが増えてね」

ほんの二時間ほどまえにエーデル・ホルトから聞かされた内容と合致している。「当時、ほかにもなにかクラウセン氏を変えるようなことが起きていませんか」

ヘッレヴィクは質問の意図を汲みとりかねたようだ。

「政治絡みとか」

ヘッレヴィクは首を振った。「いや、とくには。ただし、いろいろな問題に関して政治的立場を変えはじめたようには思う」

「たとえば？」

「労働党は自由と公正と連帯を標榜《ひょうぼう》しているが、彼はそれに疑念を呈するようになった。自由を実感できないと言うんだ。現代の社会には規制が多すぎる、個人の生活への過度な介入がなにかを成そうとする人々の妨げになっている、と。そうして、しだいに連帯よりも個の重視を訴えるようになっていった」

ヘッレヴィクはバーナール・クラウセンと交わした政治的議論についてさらに語った。

「ゲオルグ・ヒムレやその他の党幹部は苦々しく思っていたはずだ。党是のいくつかを批判するようにさえなっていたから」

「でも、外務大臣として復帰したんですよね」

「ただちに立場を変えたわけじゃない。決定的になったのは政治家人生の晩年のことだ。だが、変化が見えはじめたのは、妻子を亡くしてひとりになったころだと思う」

現金についての手がかりが得られないかと、リーネは話題を政治から逸らした。「クラウセン氏の別荘にはよくいらっしゃいましたか」

「毎夏ね」ヘッレヴィクがうなずく。

「夫人が亡くなった次の年の夏も？」

「ああ」ヘッレヴィクはまた首肯した。ふたりで魚を釣り、遅い夏の夜を楽しみ、さまざまな計画について語りあったという。夏が終わるころにはクラウセンにも少し明るさが戻ったものの、やがて息子の死という悲劇に見舞われることになる。

三十分ほどのち、リーネはインタビューを切りあげてそこを辞した。

車に戻ると、二件のインタビューの報告書を父に提出するために手帳のメモを読み返した。普段の作業とは勝手が違う。いつもなら、手帳の書きこみのほか、ノートパソコンに入力したものや頭のなかに記憶したものなど、あちこちから情報をかき集め、それをまとめて原稿に仕上げる。今回は、さまざまな要素を集めて全体像を組みたてるのは、リーネではなく父の役目だ。

グットルム・ヘッレヴィクへの取材でクラウセンについてつかめたことはわずかだった。政治家としての、あるいは一個人としての人生を垣間見《かいまみ》るのは興味深いものの、本来の狙いには――クラウセンが死後に残した現金の謎には――まるで近づけたように思えない。

父から調査を任されたもののうち、最も興味をそそられるのは現金の箱から発見された電話番号のメモだった。ギーネ・ヨナセン。リーネは父が契約者の氏名と住所と生年月日を書き留めた付箋紙を取りだした。事前に調べてはみたものの、情報はあまり得られなかった。ひとり暮らしで子供はなし、書店のパート店員をしているらしい。

リーネは住所をナビに入力した。所要時間は二十六分。車を出し、指示に従ってたどり着いた先は、コルソースにある半地下のアパートメントの前だった。前庭のテーブルにはリーネと同年配の若い女性の姿がある。相手が本から目を上げたので、リーネは手帳を手にした。

「こんにちは」そう言って車のドアを閉じた。「もしかして、ギーネ・ヨナセンさん?」

女性は本をテーブルに置いた。「そうですけど」

リーネはそばへ近づいて名乗った。「バーナール・クラウセンについての記事を書いているところなんです」そう言って、ジャーナリストだと告げた。

相手の顔には当惑しか見てとれない。

「彼のことについて、少し伺えたらと思いまして」

「わたしに？」

「ええ、お知り合いですよね」

ギーネ・ヨナセンは首を振った。「なにかの間違いでしょ。名前は知ってますけど、知り合いじゃありません」

リーネは父のメモに目を落とした。ギーネ・ヨナセンは一九八八年生まれだ。「では、息子さんのほうは？」とっさの思いつきでそう訊いた。「レナルト・クラウセンをご存じでは？」

相手は笑った。「きっと、同姓同名の別人と間違えてるのよ」

リーネはメモに書かれた電話番号と生年月日を読みあげた。

「わたしのことみたい」と相手が認める。

「この番号の電話をほかの人が使うことは？」

ギーネ・ヨナセンは身をかがめてテーブルの下から水のボトルを取りだした。「いいえ」と言って蓋をあける。

リーネはふと思いついた。「この番号はいつから使っています？」

「ずっとよ」

「というと？」

「十六歳で初めて自分の携帯を持ったときから」

リーネは頭で計算した。「なら、二〇〇四年ですね」

「たぶん」うなずきが返される。「いまの若い子なら、幼稚園児のころから持ってるんでしょうけど」

リーネは笑みを浮かべた。「わかりました。なにかの間違いのようです。お邪魔してすみません」

車に戻り、運転席にすわった。目を上げると、ギーネ・ヨナセンが立ちあがって手で合図していた。リーネは助手席側の窓を下ろして身を乗りだした。

ギーネ・ヨナセンが近づいてくる。「そういえば、電話を使いはじめたばかりのころ、二、三度かけてきた人がいたの。わたしのまえに番号を使っていた人に用があったみたいで」

リーネはうなずいた。思ったとおり。一定期間使われていなかったため、番号が新しい利用者に割りあてられたのだ。「かけてきた人の名前はわかります？」

「いえ、でも用事があるのはダニエルという人だったみたい」

「たしかですか」

「ええ、父の名前と同じだから覚えてるの。最初は父にかけてきたのかと思って、それで少し混乱してしまって」

「では、あなたのまえにその番号を使っていたのがダニエルという名前だったわけですね」

「ええ、でも大昔の話ですけど」

リーネは礼を言い、ペンの蓋を歯であけて手帳の白いページに〝ダニエル〟と書きつけた。

11

ヴィスティングはシチューを二缶あけ、鍋に中身を注いで強火にかけた。

食卓を囲むのは四名だ。ヴィスティングは中央に紙ナプキンを数枚敷き、自分とモルテンセン、リーネ、アマリエのためにテーブルを整えた。

「この記事、眉唾ものね」リーネが言って、バーナール・クラウセンの死亡記事を脇に押しやった。「党は彼を不動の信念を持った人物として賛美してる。でもグットルム・ヘッレヴィクの話では、いろんな面で政治的信条を変えていたそうなの。実際、メーデーで演説することもなくなっていたし」

昼間に党本部で聞いた話とは食い違うようだ、とヴィスティングは考えた。

「死者を悪《あ》しざまには言えないからね」モルテンセンがノートパソコンに入力を続けながら答えた。「段ボール箱の指紋のうち、二名のものがすでに特定されました」画面から顔を上げずにそう続ける。

アマリエがフォークをつかんでテーブルを叩きはじめた。リーネがそれを取りあげる。

「誰のものだ?」ヴィスティングは訊き、コンロの前へ戻った。

「バーナール・クラウセンとヴァルテル・クロムです。本人から採取した指紋と一致しました。クラウセンのものはすべての箱から、クロムのほうは一部のものから検出されています。それ以外の身元不明の指紋はデータベースと照合中です」

「結果はいつ?」リーネが尋ねる。

「明日」

「電話番号のメモについてはなにか?」ヴィスティングはシチューをかき混ぜながら訊いた。

モルテンセンが首を振る。「いま来ているのは一次報告のようです。まあ、なにかわかれば触れられているはずですが」

「クラウセンのアドレス帳に載ってるダニエルは四人。メモにあった番号とは一致しないけど」リーネが言った。

「すでに新しい番号を割りあてられているはずだからな」ヴィスティングは指摘した。

「ひとりはダニエル・ニュルップ、デンマークの政治家だから違うか」リーネが笑って続ける。「《アフテンポステン》の政治記者、ダニエル・ラーベもいる」

シチューが煮えたので、ヴィスティングは鍋をテーブルに運んだ。リーネがアマリエによだれかけを着け、皿にシチューをすくい入れて、フォークで肉の塊をつぶしにかかる。

「電話会社には、過去にあの番号を使っていた人のリストが残ってるんじゃない？」

「まえにも同じことを思いついて、問いあわせたことがあるんだ」モルテンセンが言い、ノートパソコンを脇に置く。「昔のデータは残していないと言われたが、念のため確認してみる」

ヴィスティングが自分の皿にシチューをよそおうとしたとき、電話が鳴りだした。

「《ダーグブラーデ》のヨーナス・ヒルドゥルです」電話の主は名乗った。「バーナール・クラウセンの件について伺えますか」

唐突な問いかけに、ヴィスティングはとまどった。「なんの話です」そう訊き返して鍋にレードルを戻した。

「なにか捜査中だとか」

「別荘で火事が起きた件なら、法務担当のクリスティーネ・ティーイスが対応するので、質問はそちらへ願いたい」

「さしあたり、下調べをと思いましてね」記者が食い下がる。

記事に氏名が載るのは避けたいが、ここで無下にはねつければ、クリスティーネ・ティーイスを困った立場に追いこむことになる。こちらの捜査に関してはなにも知らずにいるため、説明のしようがないだろう。

「いいでしょう」とにかく手短に切りあげることだ。「ただし、記事にコメントや名前を出すのは控えてもらいたい」

「それで結構です。いま言ったとおり、簡単な事実確認をしたいだけなので。さっそくですが、出火原因は判明しましたか」

「いや」

「でも、放火が疑われている？」

「出火原因が特定されるまではなんとも」

「火の手があがる直前、別荘に侵入者があったと聞いていますが」

ヴィスティングは電話に出たことを後悔した。相手はやり手だ。おそらくは警備会社の関係者から訊きだしたのだろう。否定するわけにもいかない。

「その件は現在確認している。警備会社は複数の種類の警報が作動したと言っている」

話しながら食卓を離れる。「じきに説明があるはずだ」侵入警報は誤作動によるものだったとにおわせようと、そう付けくわえた。

「クラウセンの死は火事とつながっていると思いますか」

「どういう意味だ」ヴィスティングは相手を牽制《けんせい》しようと切り返した。

「クラウセンの死と火事にはなんらかの因果関係があるのでは？」

　率直に言えば、答えはイエスだ。前者が後者を引き起こしたとヴィスティングも考えている。「因果関係とはどんな？」

「さあ。でも、その線もあたる必要があるのでは？」

　コメントを見出しに使われてメディアの注目を集めないよう、慎重に言葉を選ぶ必要がある。「死因に事件性はなく、持病があったことも確認されている」

「所有者が死に、無人だと知って侵入した可能性は？」

「憶測でものを言うわけにはいかない」

　記者はようやく切りあげる気になったようだ。「出火原因はいつわかります？」

「コテージは全焼したから、検証しても確実な答えが得られるとはかぎらない」

「でも、なんらかの引火物が使われていれば、成分は検出されますよね」

「その点は当然確認する」

　答えに納得はしていないようだが、記者は礼を言って電話を切った。

「《ダーグブラーデ》のヨーナス・ヒルドゥルからだ」ヴィスティングはリーネを見やった。

「政治記者ね。状況把握のために下調べしてるだけだと思う。でも、またかかってくるはず」

ヴィスティングは電話番号を保存しようとしたが、メールの着信にさえぎられた。老眼鏡をかけてから、ようやく送信者を確認した。火事の際に出動した警備員からだ。本文中には、ドライブレコーダーの映像をダウンロードできるサイトへのリンクが張られている。

「アクセスできるか」ヴィスティングはそう言って携帯電話をモルテンセンに差しだした。

モルテンセンはそれを受けとり、メールを転送してから、全員で画面を見られるようノートパソコンをテーブルの中央に置いた。まもなく走行中の警備車両から撮影された映像が映しだされた。ヴィスティングはすぐさまその場所に気づいた。車はスターヴェルン中心部のヴァシリオフホテル前を通過し、大型係船岸の前で左折した。画質は驚くほど鮮明だ。画面下部に表示された時刻は午前五時十四分、かすかなカーラジオの音楽も録音されている。

シチューを口に入れたものの、ヴィスティングはほとんど味を感じなかった。映像のなかでブザーが鳴った。警報作動の通知が入ったらしく、所在地を告げる声が聞こえた。

車は急加速して町の中心部を離れはじめた。街灯が消え、ヘッドライトが暗い田舎道を照らしだす。速度規制区間を外れたところでエンジンがうなりをあげ、さらに速度が上昇したのがわかった。

直線路の前方に対向車のヘッドライトが浮かびあがった。またたく間に距離が近づき、すれ違う。ライトに目がくらんでナンバーは読みとれなかった。

さらに映像は続いた。また対向車が現れる。今回もナンバーは判読不能だが、屋根に据えられたタクシーの表示灯が見てとれた。

車内でふたたびブザーが鳴った。モルテンセンが音量を上げる。警備会社の指令センターからの通信で、目的地の家屋で火災報知器も作動したことが告げられる。

警備員が四分ほどで現場に到着すると応答した。

フンメルバッケンへの分岐点が近づくと、夜空を染めあげる炎が見えはじめた。

すわっているのに飽きたアマリエが椅子の上でもがきだした。リーネが抱えあげて床に下ろす。

「待て！」ヴィスティングは声をあげた。「戻してくれ」

「なにか見えましたね」モルテンセンが言い、キーを押して映像を十五秒戻した。

警備員が脇道へ入ろうと速度を緩めたとき、道端の小さな待避所らしき場所でヘッドライトが点灯した。警備車両のヘッドライトが、発車しようとするグレーのヴァンを照らしだした。

モルテンセンがペンを取って正確な時刻を書き留める。ナンバーや運転者は確認できないが、車に詳しい者が映像を見ればメーカーと車種は十分に判別可能なはずだ。

警備車両が細い脇道に入ると、路面の荒れのせいで映像が揺れはじめた。炎が目前に迫ってくる。

「裏手のほうが火の手が激しいようですね」モルテンセンが映像に目を据えたまま言った。野次馬が数名、画面の端に見え隠れしている。

「そうだな」ヴィスティングは言い、スプーンを置いた。「道端にとまっていた車の車種を調べられるか。あんな早朝に誰かいるのは妙だ」

「ベルランゴに似ていたような」モルテンセンが映像を早戻しする。グレーのヴァンがふたたび画面に現れたところで停止し、静止画を保存した。

「シトロエンのベルランゴか、プジョーのパートナーでしょう。確認します」

リーネがテーブルを片づけにかかる。ヴィスティングも腰を上げ、キッチンの抽斗から爪楊枝《つまようじ》を出して前歯の隙間を掃除しながら考えに耽《ふけ》った。

12

夕刻、ヴィスティングとモルテンセンはくすぶり続ける別荘の焼け跡の前に車をとめた。形を留《とど》めているのは煙突だけだ。バーナール・クラウセンの車もかなりの被害を受けている。海側の木立に設けられた休憩スペースだけは無傷で残っている。

警官がパトカーから降りて近づいてきた。火事の噂が広まるにつれ野次馬が集まるようになったが、それ以外に報告すべき点はないという。

立ち入り禁止テープをくぐると鼻をつく煙のにおいが押し寄せた。屋根瓦と焼け焦げた木材が山をなし、マットレスの詰め物や金属片があたりに散乱している。

「現場検証は明日まで無理ですね」モルテンセンが言い、焼け跡の裏手にまわった。

ヴィスティングもあとに続いた。現金が保管されていた部屋は跡形もなく消えている。戸棚にしまわれていたプロパンガスのボンベのひとつが爆発し、コテージの壁から数メートル離れたラズベリーの茂みに落下している。ほかのボンベはどこにも見あたらない。

「ボートはどこにつながれているんですかね」

「バーナール・クラウセンがボートを所有していれば、だな」ヴィスティングは訊き返し、栈橋を見やった。緑のウインドブレーカーを着た男性が立っている。

「ええ」

「どうだろうな。ベッドに置いてあった燃料タンクのことが気になっているんだろ」

「それに、ベッド下の燃料タンク二缶と、戸棚のスプレー缶とプロパンガスのボンベも」モルテンセンがうなずく。「一度火が点いたら、一瞬で火の海だったはずです」

ヴィスティングは栈橋へ目を戻した。引き返してきた緑のウインドブレーカーの男が、立ち入り禁止テープの前で立ちどまった。「驚いたな」

「誰です？」

「検事総長のヨハン・オーラヴ・リングだ」

見張り役の警官がパトカーを降りて駆けつけようとする。ヴィスティングは自分が対応すると合図した。

ふたりは無言で握手を交わした。ヴィスティングは立ち入り禁止テープを持ちあげて検事総長をなかへ通し、モルテンセンに紹介した。

「なにか進展は？」リングが訊いた。

ヴィスティングは現金の箱から発見されたものと、指紋照合の途中経過について報告した。

「国家公安警察や情報部が関与していないか、ご存じではないですか。あるいは、国家安全保障局が」

「その点は確認した。どこの機関もクラウセンを調査対象とはしていなかった。大物政治家や政府高官が国を裏切り、外国と通じているといった情報もないそうだ」

吹き寄せた風に傍らの木に吊るされたウインドチャイムが鳴り、ハンモックの鎖も音を立てた。

「放火なのか」リングが訊き、何歩か焼け跡に近づいた。

「ええ」ヴィスティングはうなずき、警報の作動と、ドライブレコーダーの映像に映った車の件を告げた。

検事総長は思案顔になった。「昨日、あの場で伝えそびれたことがある」そう言ってヴィスティングに向きなおる。「あとから思いだしたんだが、以前にも一度クラウセンの名前が事件絡みで挙がったことがある」

ヴィスティングはすわって話せるようにと、敷石の休憩スペースを目で示した。検事総長は夕陽《ゆうひ》に背を向けてガーデンチェアに腰を下ろした。

「わたしのオフィスには多数の郵便物が届くんだが」と話をはじめる。「事件関連の書類だけでなく、警察や検察に対する苦情の手紙も含まれている。不当な扱いを受けたと感じ、不服を申し立てたり、助けを求めたりといった趣旨のものだ。それに加え、陰謀論を主張するような厄介な連中もいる。妄想癖や人格障害のせいだろうが、ニュースで事件を知っては、荒唐無稽な推理を送りつけてくる。多くは精神科病院の隔離病棟からのものだが」

ヴィスティングはうなずいた。自分のもとにも、重大事件の真相が上流階級の秘密結社による陰謀だなどと主張する手紙が数多く届いている。

検事総長が続ける。「ひととおり目は通して、署名のあるものには、少なくとも一通目には返信するようにしている。すべてファイルして、過去の投書も容易に探しだせるよう整理してある」

そして、上着の内ポケットからふたつ折りにされた茶封筒を取りだした。「これはコピーだ」と言って差しだす。「原本は車に置いてある」

ヴィスティングは受けとった封筒を開き、文字がタイプ打ちされた便箋のコピーを引きだした。二〇〇三年六月十一日の日付入りで、検事総長ヨハン・オーラヴ・リングに宛てられている。差出人名はない。本文そのものも一行きりだ。

〝イェルショ湖事件に関し、保健大臣のバーナール・クラウセンを調べられたし〟

「イェルショ湖事件？」ヴィスティングは訊いた。

「二〇〇三年、イェルショ湖付近で二十二歳の若者が行方不明になった。シモン・マイエルだ。二日続けて欠勤したため、五月三十一日に警察へ届け出がなされた。ひとり暮らしで、釣りに出たまま消息を絶ったそうだ」

「イェルショ湖はオッペゴールですね。クラウセンの自宅のある」

検事総長はうなずいた。「釣り具は湖の東岸で発見された。本人は行方不明のままだ」そこで少し間を置いて続ける。「これだけではなんの証拠にもならない」とヴィスティングが手にした手紙を示した。「それでも、匿名の情報提供があった場合、所定の手続きを踏む必要がある。内容は地元警察に伝えた」

「事件はどうなりました？」

「溺死事件として処理された。だが、真相は違っていた可能性もある。同様の手紙が半年後にも届いたんだ」

それも車内にある、と手で示される。「同一人物からのものと思われ、そちらもただちにファイルした。内容も同じだが、地方紙の切り抜きが同封されていた。家族が警察の捜査に不満を覚えていると報じた記事だ。不審な点があるにもかかわらず早々に捜査が打ち切られたと訴えられている。釣り場に続く小道で、釣り竿とリュックサックと釣った魚が発見されている。湖岸から二十メートル手前で」

「関係があるとお考えですか」ヴィスティングは手紙に書かれた一文に目を戻した。

「そう、確認する必要はあるだろうな」リングが答えて立ちあがる。「捜査資料を取り寄せようとしたんだが、書庫にはなかった」

「ない？」

「未解決事件班《CCG》に送られたそうだ。再捜査を検討中だとか」

クリポス内に新設されたその部署とは、以前に捜査で協力したことがある。古い未解決事件を扱う専門チームだ。「捜査責任者は？」

「アドリアン・スティレル」

「彼なら知っています」

「今回の捜査に加えたほうがよさそうか」

ヴィスティングはかなたの水平線へ目を転じた。「正直なところ、気が進みません。こちらが完全に主導権を握れるのでなければ。型破りなところがあり、頭から信用はできないというのが個人的な印象です。捜査資料は別の入手法を考えます」

検事総長が歩きだす。ヴィスティングとモルテンセンは少し離れた草地にとめられた車まで付き従った。ヨハン・オーラヴ・リングはトランクをあけ、灰色の紙の小さな包みを取りだした。

「二通の封筒と便箋が入っている。指紋やその他の検査はしていないが、誰がなぜこれを書いたのか、ぜひとも突きとめてほしい」

13

警備車両のドライブレコーダーに映った車がとめられていたのは、道路脇に設けられた砂利敷きの空き地だった。コテージの所有者たちの郵便箱やゴミ箱が並んでいる。

ヴィスティングは車をとめ、モルテンセンとともに外へ出た。「ここから別荘までは五百メートルほどか。歩いて五、六分だな。走ればもっと早い」

「ドライブレコーダーの映像では、火災報知器作動の連絡が入った際に、現場へは四分ほどで着くと警備員が言っていましたね」

ヴィスティングは遺留品がないかとその場を見まわした。つぶれたビール缶、ガムの包み紙、吸殻、嗅ぎ煙草《たばこ》の空袋。どれも最近のものではない。

一台の車がとまり、五十歳前後の女性がゴミ袋を手に降りてきた。それをゴミ箱に捨て、郵便箱を確認する。チラシの束を古紙回収箱に入れてから、車に戻って走り去った。

ふと思いつき、ヴィスティングは一列に並んだ郵便箱の前へ行って〝B・クラウセン〟と記されたものを探しだした。蓋をあけ、なかを覗く。《ダクスアヴィーセン》紙と《アフテンポステン》紙が二部ずつ、さらにチラシも押しこまれている。私信は見あたらない。

蓋を閉じたとき、隣の郵便箱に目が留まった。褪せた字で〝アルンフィン・ヴァールマン〟とある。コテージ番号はK622。一方、クラウセンの郵便箱には〝フンメルバッケン一〇二番地〟と正確な住所が記されている。

「クラウセンのコテージ番号は？」ヴィスティングはモルテンセンに向きなおった。

「わかりません。昔の住所表記ですね。いまは代わりにすべての通りに名前が付けられていますから」

「ノートパソコンはあるか」

「ブリーフケースに入ってます」

「コテージの奥の部屋の写真が見たいんだ」

車に戻り、モルテンセンが前日に撮った写真を表示させた。「なにか気になることでも？」

「さっき自分も言ったろ。クラウセンのボートはどこにあるか」

「ええ」

「ベッドの下段の写真を見られるか。燃料タンクが積んであったよな」

モルテンセンは画像をスクロールし、赤い燃料タンクが写った一枚を見つけた。黒い油性マーカーで〝K698〟と記されている。「コテージ番号ですね」

「だが、クラウセンのコテージの番号かどうかはわからんな」

「調べられると思います」モルテンセンは答え、警察のコンピューターシステムにログインして不動産登記簿の確認をはじめた。

ヴィスティングはまた車外に出て郵便箱のところへ戻った。長年使われているのか、古いコテージ番号が表記されたものが多く、購読新聞のシールが貼られているものもある。「あった！」とヴィスティングは声をあげた。「K698はグンナル・ビャルケのコテージだ」

モルテンセンがコンピューターを覗きこむ。「二軒隣ですね」

郵便箱は空だ。「在宅中かもしれない」ヴィスティングは車に戻った。

そして運転席におさまり、車を転回させてコテージ群へ引き返した。

モルテンセンはまだ膝にコンピューターを置いている。「あそこの赤いコテージです」角を曲がったところで前方を指差した。

コテージの外のボルボの後ろに車をとめた。ヴィスティングと同年配の男性がテラスの椅子から立ちあがり、本を置いた。

「グンナル・ビャルケさん？」ヴィスティングは車のドアを閉じて訊いた。

「いや、ヤン・ヴィダル・ビャルケです。グンナルは父ですが……なにか？」

ふたりはそちらへ近づき、警察官だと告げた。「今朝方の火事について捜査中でして」ヴィスティングは言った。

うなずきが返される。「おかげで目が覚めてしまって。警察の聴き取りならもうすんでますよ。出火原因はわかりました？」

「現場検証は明朝の予定です」モルテンセンが答えた。

「放火の疑いでも？」と、ヤン・ヴィダルが立ち入り禁止テープの奥のパトカーへ向かって顎をしゃくる。

「たしかに、確認すべき点はいくつかあります」モルテンセンがうなずいた。

「ところで、燃料タンクを紛失してはいませんか」ヴィスティングは訊いた。

相手がぽかんと見返す。

「ボートの燃料の」モルテンセンが付けくわえる。

「ああ、ええ、そういえば」ヤン・ヴィダルは答え、腰を下ろした。「でも、何年もまえのことです。とっくに新しいのを買いました」

「紛失した際の状況は？」

肩がすくめられる。「いきなりなくなったんです」

「ボートから？」

「いや、あそこに置いてあったんですが」ヤン・ヴィダルが庭にある小屋を指差した。ドアに閂《かんぬき》として木の棒が渡してある。「たぶん、近所の悪ガキたちのしわざでしょう。似たような迷惑行為が続いていたので。バーベキュー用のガスボンベも盗《と》られましたよ、通報はしてませんがね」

ヴィスティングはモルテンセンに目配せした。「迷惑行為とはどういった？」

「親たちの休暇が終わったあと、十代の若者だけがコテージに残っていたんですよ。大騒ぎが一週間も続いて、ボートもさんざん乗りまわしてね。ヤンセン家の燃料タンクもやられたんですよ」

ヴィスティングはヤン・ヴィダルが指差した向かいのコテージを振り返った。窓には雨戸が下り、ガーデンチェアにはビニールがかぶせられている。「若者たちのしわざなのはたしかですか」

「いや、でもそう考えるのが自然でしょう。燃料がないとボートに乗れませんから。ほかにも被害に遭った家がありますよ」

「いつのことです？」

ヤン・ヴィダルはしばらく思案した。「二年前の夏ですね。いや、三年前かな。火事とは無関係だと思いますよ」

ヴィスティングは話題を変えた。「バーナール・クラウセンとは知り合いでしたか」

「挨拶くらいはしましたよ、票は入れてませんが。支持政党じゃないので」

「最後に姿を見たのは？」

「先週の後半あたりだったかな。車で通りかかったんで、このテラスから手を振ったんです」

「最近、客があったような様子は？」

「いや、とくに。でも、有名な政治家がよく来ていましたね」

「ご協力感謝します」ヴィスティングは手すりをつかみ、テラスの階段を下りはじめた。

「どういたしまして」相手は愛想《あいそ》よく答えた。

ヴィスティングは車に戻り、道を引き返した。

「クラウセンが燃料タンクを盗んだと思います？」モルテンセンが訊いた。

「まあ、あの部屋で見つかったからな」ヴィスティングはバックミラーに映るコテージの焼け跡に目をやった。「あそこには火事を起こすための仕掛けがしてあった」

向かってきたパトカーとすれ違うため、木の枝にボディをこすられながら車を脇に寄せた。見張りの交代に来たのだろう。

「壁にあった穴だが」ヴィスティングは続けた。「覗き穴じゃない。火のまわりをよくするための通気口だろう」

「たしかに、効果てきめんでしたね」モルテンセンも同意する。

ヴィスティングは広い道へ出て郵便箱置き場の前に車をとめた。「火を点けたのは、明らかにバーナール・クラウセンの遺品を始末するためだ」そう続けてモルテンセンを見やる。

「発見された現金も、本来は跡形もなく消えるよう手配されていた。マッチ一本で」

「そうなると、たんなる放火事件とはわけが違ってきますね」

ヴィスティングはうなずいた。「携帯電話を出してくれ」

モルテンセンが従う。

「ストップウォッチはついているか」

「ええ、なぜです」

「ここから最寄りの料金所までの時間を知りたいんだ」

モルテンセンが納得の笑みを浮かべて画面を表示させる。過去にも高速道路の料金所で犯罪者の足取りがつかめたことがある。

スターヴェルンからラルヴィク方面へ続く街道を走りながら、ふたりとも十分ほどのあいだ黙っていた。

「それにしても、何者のしわざでしょう」モルテンセンが口を開いた。「情報機関へは検事総長から確認ずみなわけですよね。どこかが関与しているなら、そう回答があるはずだ。その場合は事件から手を引けと告げられる」

「まあな。どこかが関与していれば」

「ほかにも秘密の情報機関があるとか？　検事総長も手を出せないような」

「ないな、ノルウェーには」

「がっかりだ」とモルテンセンがこぼす。

　前方の馬運車に追いつき、しばらく減速を強いられたあと、車はオスロ行きの高速道路に入った。数分後、ラルヴィクとサンネフィヨルの境界にある自動料金所に到着した。信号が緑に変わると同時にモルテンセンがストップウォッチを停止させた。ヴィスティングは車を路肩にとめ、ハザードランプを点けた。

「二十四分十七秒です」モルテンセンが告げる。

　ヴィスティングはバックミラーを覗いた。一日に二万五千台近くの車がこの料金所を通過する。運転者の写真は撮影されないが、登録ナンバーと正確な通過時刻はすべて記録される。

　モルテンセンがノートパソコンを開いてグレーのヴァンの静止画を表示させた。「午前五時二十四分です。ということは、ここを通ったなら五時四十八分あたりですね。その時間なら交通量もわずかでしょう」

　ヴィスティングは火事の現場でも使った手帳を取りだした。「映像を六時頃に早送りしてくれ」

　モルテンセンが従う。コテージは猛火に包まれ、消防士たちが放水活動を行っている。

「なにをたしかめるんです？」

ヴィスティングは答えずに画面に見入った。やがて自分の姿がそこに現れ、警備車両の前に立ってフロントガラスのドライブレコーダーを覗きこんだ。

それから片手を上げて腕時計を確認し、手帳になにか書きこんだ。

モルテンセンが映像を止める。時刻は六時五分十一秒。ヴィスティングは手帳を顔に近づけた。記された時刻は〝六時一分七秒〟だ。

「ドライブレコーダーの時計は四分あまり進んでいる。探すのは、五時四十四分にここを通過したヴァンだ」

モルテンセンはうなずいてノートパソコンを閉じた。「明日の昼までには確認がとれると思います」

14

アマリエはおしゃぶりをくわえて眠りこんでいる。ベッドの端にすわったリーネは立ちあがって窓辺に寄り、ガラスに額を押しあてた。外は夕闇に沈み、開いた窓からひんやりとした風が吹きこんでいる。

これまで自分でも認めずにいたが、リーネは《VG》の記者を辞めたことを後悔していた。その選択は、心と頭のどちらに従うか迷い、理性を優先させた結果だった。シングルマザーの自分には子育てと多忙な記者生活との両立は難しかったからだ。それでもやはり仕事が恋しかった。バーナール・クラウセンの死と隠された大金がそれに気づかせてくれた。

坂の上の父の家に車が乗り入れるのが見えた。リーネはブラインドを下ろし、娘の枕もとに戻っておしゃぶりを口から外した。

夏のはじめからアマリエを子供部屋で寝かせることにし、ベビーベッドも子供用のベッドに替えた。それでも夜中になるとアマリエはたびたびリーネのベッドにもぐりこみ、リーネのほうも、おしゃぶりと同じように悪い癖がついてしまうとは知りながら、受け入れてしまうのだった。

娘の頰にキスしてから、リーネは足音をしのばせて部屋を出、低く音楽をかけて居間のおもちゃを片づけはじめた。

ふと気づくと、父がキッチンの入り口に立っていた。「ノックはしたんだが」と玄関のドアを指差しながら小声で言い、アマリエの部屋に目をやる。

「寝てるから大丈夫」

父は手帳とｉＰａｄを手にしている。「いま話せるか」

リーネは手でソファを勧めた。「なにかわかった？」

父は答えず、腰を下ろしてｉＰａｄに写真を表示させた。リーネも隣にすわる。「別荘の奥の部屋を写したものだ」

二段ベッドに現金の詰まった段ボール箱が並んでいる。父が二本の指で写真の一部を拡大した。燃料タンクだ。

「二、三年前に近所から盗まれたらしい」続いて戸棚の写真が表示される。下段にプロパンガスのボンベが並び、棚のひとつは種々のスプレー缶で占められている。

「ベッドの下にも燃料タンクが置かれていた」そう続けながら父がポスターで隠れていた壁の穴の写真を示す。

「窓には板が打ちつけられていたが、通気口が設けられていた。なにもかも、一瞬で火がまわるようにするための仕掛けだ」

「つまり、ただの放火じゃなく、周到に準備されたものだったってことね」リーネは少し考えて続けた。「道端にとまっていたヴァンのことはなにかわかった？」

「明日モルテンセンのところへ高速道路会社の返事が来るはずなんだ」さらに父は、ヴァンが料金所を通過したおおよその時刻を割りだしたと告げた。

ほかにも話がありそうだが、どこからはじめるべきか迷うような様子だ。「事件の全体像はなんとなく見えてきそう？」

「すべてがクラウセンの妻の病死から息子の事故死のあいだの期間を示している。当時、気になる事件が起きているんだ」

リーネは飲み物を取りに行こうと腰を上げたものの、すわりなおした。「なに？」

「二〇〇三年の、ガーデモエン空港での現金強奪事件だ。未解決のままで、金は発見されていない」

空港での強奪事件のことはろくに覚えていない。「まだ十九歳だったし」とリーネはごまかし、続きを促した。

「盗まれたのはスイスから空輸された現金で、オスロのDNB銀行と中央郵便局へ輸送される予定だった。強奪犯は外周フェンスに設けられたゲートから侵入し、滑走路に車で乗りつけて、現金の荷下ろし中の輸送機を襲ったんだ。中身はユーロと米ドルとポンドだった」

リーネは父の様子を窺った。盗まれた金だという可能性は当初から念頭にあったはずだが、なぜか父はこれまで言及せずにいた。「容疑者はいたの？」

「当時、バイカーギャングとのつながりもある犯罪者集団があったんだが、逮捕には至っていない」

「息子じゃない？　レナルト・クラウセン」

「可能性はある」父はうなずいた。「ただし、金額が合わないんだ。クラウセンが保管していたのは総額八千万クローネだが、奪われたのは七千万前後だった。それと、気になる事件がもうひとつある。時期的な意味で」

リーネはソファの上で膝を抱えた。

「今日、モルテンセンと焼け跡に行ったとき、検事総長と顔を合わせたんだ。二〇〇三年の夏、バーナール・クラウセンに関する密告状を受けとったらしい」

便箋の写真が表示された iPad が差しだされる。リーネは内容を読みあげた。「〝イェルショ湖事件に関し、保健大臣のバーナール・クラウセンを調べられたし〟」

「イェルショ湖で魚釣りをしていたシモン・マイエルが行方不明になった事件なんだ。最後に姿が確認されたのは二〇〇三年五月二十九日木曜日の午後。強奪事件も同日の午後に起きている」

続いて同様の便箋と新聞記事の切り抜きが表示される。記事は不首尾に終わった捜索について報じるもので、シモン・マイエルの顔写真も掲載されている。リーネは iPad を受けとり、最初の数段落に目を通した。事件性も疑われ、捜査が行われている。

「クラウセンは疑われなかったの？」

「手紙の件は地元警察に伝えられた。だが、取り調べが行われたかは不明だ」

「差出人は見つけられそう？」

「モルテンセンがDNAと指紋の検出を試みているが、望み薄だろうな」

「いたずらの可能性は？」

「検事総長が受けとった際にはよくある陰謀論の類いだと考えたそうだが、あらためて検討してみる必要がありそうだな」

リーネはもう一度文面に目を通した。「これは陰謀論者が書いたものじゃないと思う。《VG》にも山のように送られてくるのよ、たいていは国王か首相か閣僚絡みの、長ったらしい文面が。これは毛色が違ってる」

リーネはiPadを返した。「捜査資料を取り寄せなきゃ。空港の現金強奪事件と、失踪事件の両方の」

父はうなずいた。「ただし、問題がある」

「なに?」

「失踪事件の資料は書庫にないんだ——クリポスの未解決事件班に送られて、再捜査の検討中らしい」

「未解決事件班?」

「型どおりの確認だろうが、こちらが資料を請求したりすれば、あれこれ探りを入れられるはずだ。極秘捜査だから、それは困る」

「だったらどうする?」

「おまえならなんとかできないか。古い失踪事件について取材中だと言って、資料の閲覧を求めるんだ。事件の担当捜査官はおまえも知ってる」

「アドリアン・スティレル?」

父がうなずく。

一年前、アドリアン・スティレルは古い誘拐事件の再捜査に関して《VG》に協力を求めた。パーティーからの帰りにナディア・クローグという少女が行方不明になった事件で、リーネは捜査の内容をポッドキャストと連載記事で報じた。容疑者の自白を引きだすためにまんまとスティレルに利用されたと気づいたのは、あとになってからだった。

「今回は立場が逆になる」父が指摘する。「手の内を隠して近づくのはおまえのほうだ」

それはいい、とリーネは思った。記事の題材としても悪くない。忘れ去られた失踪事件、未解決の犯罪、そういったテーマそのものが魅力的だ。バーナール・クラウセンとのつながりを考えあわせると、新しく見えてくるものもあるかもしれない。

「明日スティレルに電話してみる。空港の強奪事件のほうも資料が必要ね」

父が立ちあがり、アマリエの寝室のほうを指差して目顔で問いかけた。リーネはうなずき、孫娘の様子を見に行く父から目を離して、テレビの脇の大きな掛け時計を見やった。と、ある考えが頭に浮かんだ。

「ぐっすり寝てるよ」父が戻ってきて言った。

「為替レートの変動は考えた?」

父がぽかんとした顔になる。

「警備車両のドライブレコーダーの時計が進んでたって言ったでしょ。料金所に着いた時刻を正確に知るために、ずれた時間を調節したって」

「それと同時に、かなり余裕を見る必要もある。おまけにその道を通ったという確証もない」

「基準を調節するってところから、奪われた現金のことが頭に浮かんだんだけど。為替レートは二〇〇三年のもので計算した？　当時に比べてノルウェー・クローネの価値は下がってるけど」

リーネの顔をまじまじと見ていた父が、腰を下ろしてiPadを手に取った。

やがて顔を上げて言った。「一米ドルは当時六クローネだった。一ユーロも同じ、六クローネだ」

手帳を出して計算をはじめ、またリーネを見上げた。「おまえの言うとおりだ。為替の変動による差額は一千万クローネ。あの金は強奪されたものである可能性が高い」

15

夜半に雲が垂れこめ、明け方には雨が降りだした。ヴィスティングはキッチンのテーブルにつき、クラウセンの別荘で発見した二〇〇〇年から二〇〇六年のゲストブックに目を通した。

夏の別荘滞在は長期間にわたり、その間にさまざまな出来事が生じている。クラウセンは保健大臣に任命され、妻子を亡くし、二年のあいだ政界を離れたあと、外務大臣として復帰した。訪問客は多岐にわたっている。当時は無名だった人物の多くが、いまやノルウェー政治の中核的存在となっている。

リーサ・クラウセンの死後初めての夏にあたる二〇〇三年のゲストブックは、メッセージの数が減り、文面にも変化が見てとれる。六月初旬の週末、古顔の労働党員がクラウセンを力づけようと顔を揃《そろ》えている。コテージの壁は塗りなおされ、屋外の休憩スペースが新設された。その後はまた訪問客も増えている。

表で車の音がし、窓辺に寄るとモルテンセンが見えた。雨脚は強まり、雨樋《あまどい》がやかましく音を立てている。傘を差したリーネも自宅から通りへ現れ、最後の数メートルは駆け足でやってきた。ヴィスティングは一階に下りてふたりを招き入れた。

テーブルについたモルテンセンがノートパソコンを開いた。

「昨夜リーネと話していて気づいたことがあるんだ」ヴィスティングはその脇にコーヒーのカップを置いた。

「なんです？」

ヴィスティングも腰を下ろし、ｉＰａｄを卓上に置いた。「おかげで寝不足だ。古い事件のことを調べていて、これを見つけたんだ」

そう言って、ニュース番組《ダクスレヴィエン》の二〇〇三年五月二十九日放送分のアーカイヴ映像を再生した。スイス航空機の尾翼下で行われている鑑識作業を映したものだ。犯行グループは軍事作戦並みの正確さで多額の外国紙幣を奪って逃走中、とレポーターが報じている。滑走路北側の外周フェンスのゲートを出たあとの足取りは不明とされている。

「強奪された金額は、当時の為替レートで換算すると今回見つかった紙幣の総額と一致する。捜査資料は明日にも宅配便で到着するはずだ」

モルテンセンは背もたれに身を預け、数分のあいだ考えこんだ。「数ある可能性のなかで、たしかにこれは有望そうな線ですが、どうにも筋が通らない。ノルウェーの国会議員が現金強奪事件に関与した？」

「エーデル・ホルトから聞いた話とは符合するかも」リーネが言った。「長年ともに働いて、そのあいだ三度だけクラウセンの様子がおかしかったことがあったそうなの。日常生活に影響を及ぼすほど。一度は奥さんが亡くなったとき、そして息子が事故死したとき。あとの一回はよく覚えていないそうだけど、ふたつの出来事のあいだに起きたみたい。現金強奪事件とシモン・マイエルの失踪と同時期よ」

ヴィスティングはiＰａｄを引き寄せた。「さっきのニュースはシモン・マイエルが消息を絶った日の晩に放送されたものだ」続いて、リーネに失踪事件の資料の入手を頼んだことをモルテンセンに告げた。

「アドリアン・スティレルとは今日の正午にアポがとれた」リーネが言う。

「なんと言っていた？」ヴィスティングは訊いた。

「訝《いぶか》しげだったけど、たぶん再捜査の余地はないと思ってるせいだと思う。特段事件に注目してはいないみたいだった」

強風が吹きつけ、雨がばらばらと窓を打つ。モルテンセンがコーヒーを飲み、注意深く卓上にカップを置いた。「来る途中、指紋鑑定の担当者から連絡がありました」そう言って携帯電話の新着メールの一覧に目を落とす。「紙幣の箱から採取した指紋二点の照合がすんだそうですが、かえってややこしいことになりました」

ヴィスティングは椅子をテーブルに近づけた。「誰のものだった？」

「同一人物のもので、フィン・ペッテル・ヤールマンとかいう男です」

ヴィスティングにも聞き覚えのない名だ。

「未成年の少年に対する性的虐待の罪で二度有罪判決を受けています」モルテンセンが続け、ノートパソコンの画面をヴィスティングとリーネのほうに向けた。犯歴データベースの顔写真が表示されている。三十代なかばの痩《や》せぎすな男だ。

「強盗をやるようなタイプには見えないけど」リーネがコメントする。

ヴィスティングは画面を手もとに引き寄せた。最初の有罪判決は二〇〇五年、二度目は二〇一三年に下されている。

「現在はシーエンの刑務所です」

「出身は?」リーネが訊いた。

モルテンセンがデータベースの記録を確認する。「コルボトゥンだ。バーナール・クラウセンの自宅があるのと同じ」

「なら、刑務所へ行って話を聞いてくる」ヴィスティングは言い、警察署での朝の会議と同じように、立ちあがってミーティング終了を告げた。

16

車でオスロへ向かうまえに、リーネは過去記事のアーカイヴでシモン・マイエル関連の記事にひととおり目を通した。シモンの人となりは簡単に触れられているだけだった。もの静かで、人付き合いの苦手な若者だったという。高校卒業後は工具店に就職し、ワンルームのアパートでひとり暮らしをしていた。趣味は釣り。自分が仕込んだのだと父親が取材に対し答えている。家族写真のなかのシモンは痩せっぽちで、ひょろ長い腕にカワカマスを抱えている。

未解決事件班は、最新技術を用いた再捜査の対象とすべき事件を選別し、捜査することを目的としている。

シャツの袖をまくったアドリアン・スティレルが出迎え、にっと笑った。「今日はレコーダーなしか」

ナディア・クローグ誘拐事件のポッドキャストを制作した際、リーネが四六時中レコーダーをまわしていたせいだ。「いまのところは」

その後一度だけ連絡をとり、仕事内容に関する取材を申しこんだものの、すげなく断られた。

エレベーターで六階に上がり、スティレルに案内されて廊下の先の小さな会議室に入った。分厚い書類の束が薄緑色のファイルに挟まれ、ゴムバンドをかけられて、テーブルの中央に置かれている。

「イェルショ湖事件のものだ」スティレルが言い、手振りで椅子を勧めた。

リーネは着座した。「この事件の再捜査を検討するのには、なにか理由でも？」

「未解決だからだ」スティレルはうっすらと笑い、隣に腰を下ろした。「それで十分だ」

「新たに情報提供があったとか、手がかりが浮上したとか、事件に目を向けるきっかけがあったわけではなく？」

スティレルはかすかにためらったあと、型どおりの手順を踏んでいるだけだと答えた。なにか隠しているとリーネが察するには十分な間だった。「遺体が発見されていない事件は、遅かれ早かれ検討の対象になる。今回、シモン・マイエルの番がまわってきたというだけだ」

「具体的にはどういう作業を？」

「二段階に分けられる。まずは技術面。最新鋭の技術を用いて再検証すべき証拠がないか確認する。次に、戦術面において、当時の警察がミスや見落としをしていないかも調べる」

リーネは書類の束に目を落とした。「なにか見つかりました?」

「なにより重大なミスは、イェルショ湖事件と名づけたことだ」

「なぜ?」

「イェルショ湖は面積が三平方キロメートル近くあり、最深部は六十メートル以上にもなる。パーチにカワカマス、ザリガニ、ウナギ、そういったものの宝庫だが、答えもそこに見つかるとはかぎらない」

スティレルは立ちあがり、カウンターまで行ってコーヒーポットとカップ二客を手にテーブルへ戻った。「捜査のごく早い段階から結論に飛びつくというのは、未解決事件に付きもののミスだ」

リーネはレコーダーを持参しなかったことを悔やんだ。アドリアン・スティレルの未解決事件に対する見解が録音できれば、ポッドキャストにうってつけだったのに。しかたなく、手帳を取りだしてメモを取った。「では、シモン・マイエルが溺死だという説は信じていない?」

「刑事の仕事は信じるかどうかじゃない」スティレルは答え、コーヒーを注いだ。「ただし、捜査の結果、溺死を示す証拠はあがっていない」

「でも、釣りの最中だったんでしょ」

「違う。釣りに行った帰りだった」

スティレルは捜査資料を引き寄せ、ゴムバンドを外して地図を取りだした。アイスターンという場所の周辺図で、細い道の終点に小さくひらけた場所があり、〝廃ポンプ小屋〟と記されている。そこから森のなかを踏み分け道がのび、湖岸の岬へ続いている。そこには〝釣り場〟との記載がある。さらに写真が二枚貼りつけられ、一枚には廃ポンプ小屋の雨樋につながれた自転車が、他方には踏み分け道の途中に落ちた釣り具が写っている。矢印が地図上のそれぞれの地点を示している。

「湖岸から二十メートル離れている」スティレルが釣り具の発見された場所を指差す。「湖に転落したとは思えない。なにかほかのことが起きたはずだ」

地図には古い家族アルバムのように台紙に貼られた写真の束がホッチキスで留められている。最初の数枚は踏み分け道で警察が発見した証拠品のクローズアップだ。魚が三匹入ったビニール袋がひとつ。裂けて穴があいているのは、鳥やほかの動物が食い荒らしたためだろう。袋はもともと釣り針やルアーとともにリュックサックに入れられていたが、ほかの中身もろとも引きずりだされたらしい。釣り竿は道とほぼ平行に草の上に落ちている。

「荷物は丁寧に置かれていたみたい。現状は違っているけど」

リーネがリュックサックと散乱した中身を指差すと、スティレルはカップを口に運んだ。

「最初は普通にそこに置いてあったけど、あとからやってきた動物たちが中身を引きずりだして、あたりに撒《ま》き散らしたってところかしら」

「目のつけどころがいい」スティレルがカップに口をつけたまま言う。

リーネは写真の束をさらにめくった。廃ポンプ小屋前の砂利の空き地は、地図よりも写真で見るほうが狭い。「鑑識の結果は？」

「遺留品と思われるものがいくつか。煙草の吸殻に空き缶、使用ずみのコンドーム。この場所がどういうことに使われていたかは想像がつく」

「シモンは見てはいけないものを見たのかも」

「記事にするなら、公式なコメントとオフレコのものとをはっきり区別しておきたい。これはオフレコのほうだが、シモン・マイエルが人目をしのぶ情事を目撃したと考えるほうが、溺死よりはるかに現実味がある」

「DNA鑑定は行われました？」リーネは訊き、資料の束から数枚を手に取った。

「二〇〇三年当時、捜査の後半でいくつかの試料が鑑定された。コンドーム三枚、同一の男性のものだ。付着していた陰毛は相手のもので、XY染色体だった」

リーネは目顔でどういうことかと尋ねた。

「どちらの試料も男性染色体が検出された。同性のカップルということになる」

リーネはメモを取ったが、個人的にはほとんど興味を引かれなかった。シモン・マイエルが目撃したのはまったく別のものかもしれない。

「シモン・マイエルのDNAは採取されたんですか」

「当時の捜査員たちもそのくらいは気がまわったらしい。自宅の電気シェーバーから試料が採取されている」

スティレルは立ちあがった。「この事件のどこに興味が？」

「そちらと同じで、未解決だから。それに、シモンが湖に転落して溺死したとはわたしにも思えなくて。だとすると、どこかに本当の答えがある。誰かがなにかを知っているはず」

「なにが起きたと思う？」

「誰かに拉致されたとか」

「警察以外にもなにか情報源が？」スティレルが資料の束を見やって訊いた。

「いまのところ、当時の証言を記事で調べるくらいしか」

「では、とくに情報提供があったり、情報源が見つかったためにこの件を追いはじめたわけではないんだな」

リーネは返答に迷った。「経験上、取材をはじめればなにか出てくると思いますけど。とりあえずいまは、情報収集をはじめたところ」

スティレルはドアのほうへ歩きだした。「電話で伝えたとおり、捜査資料は渡せないが、この場では自由に目を通してくれていい」そう言ってノブに手をかける。「ただし捜査上重要な手がかりを見つけたら、記事にするまえに知らせてほしい」

すでに見つけているのではと探るような目が据えられた。「ポットにコーヒーがまだある」スティレルはそう言うと、リーネを残して立ち去った。

17

刑務所の分厚い壁がいかめしくそびえ、灰色のコンクリートは雨に濡れて黒ずんでいる。ヴィスティングは門の前でインターホンを押してから、監視カメラに向けて警察官の身分証をかざし、応答があるまでしばらく待った。捜査中の事件に関連して受刑者に面会したい旨を伝えると、迎えが行くまでさらに待つように告げられた。

捜査というプロセスは水に似ている、そんな思いがヴィスティングの頭をよぎった。新たな情報が絶えず湧きだし、流れに導かれるままに事件を追う。

現れた看守に案内され、空気式ドアを通って本館に足を踏み入れた。奥へ入る際、携帯電話を預けるよう求められた。

フィン・ペッテル・ヤールマンは面会室のテーブル席で待っていた。顎ひげが伸び放題だが、それ以外は写真で見たのと同じだ。「なんの用だい」

ヴィスティングは席につき、少し間を置いてから身分を告げた。向かいの男は目を泳がせた。いま償っている罪のほかに余罪がいくつもあり、それを暴かれるのではと恐れているようだ。

「あんたとは初対面だ」ヴィスティングは続けた。「なんの罪でここにいるかは知っているが、来た理由はその件じゃない」

相手が居心地悪げに身じろぎする。刑事にとって最も重要な資質は、人の話に耳を傾け、ひとりの人間として相手を見ることである。警察の一員となって早々にヴィスティングはそう学んだ。刑事の仕事に決めつけは禁物だ。犯罪そのものがどれほど憎むべきものであろうと、先入観にとらわれないよう心がける必要がある。

「バーナール・クラウセンについて聞かせてもらえないかと思ってね」

「政治家の？」

「そうだ」

「死んだってな。テレビで見たよ」

「心臓発作だ」

「で、おれが関係してるとでも？」

「いや。彼とは知り合いだったかね」

「そうでもない」

「つまり？」

「同じ町に住んではいたが、付き合いはまるでなかった。店でたまに見かけるくらいで。有名人だからな」

「息子とは？　同じ年頃のはずだが」

「ああ、同級生だった」ヤールマンがうなずく。「やつも死んだが」

「知り合いだった？」

「あいつも有名だったが、おれは付き合いがなかった」

「レナルトが付きあっていたのは？」

「毛色の似たような連中さ」

「不良グループのような？」

「不良ってわけじゃないが、バイクを乗りまわしたり、その手のことはやってたな」

「レナルト・クラウセンを最もよく知る相手と話したければ、誰に会えばいい？」

ヤールマンは即答した。「リータ・サルヴェセンだ。やつの子供を産んだから。生まれたのは事故のあとだが」

ヴィスティングはうなずいた。その名前はすでに手帳に記してある。「当時、レナルトか父親のバーナールと話をしたことは？」

ヤールマンが首を振る。「レナルトは仲間とオスロにいたから。コルボトゥンではめったに姿を見なかった」

ヴィスティングは十分かけてレナルト・クラウセンの交友関係を訊きだした。とくに親しい相手の名もいくらか挙がった。トミーとローゲル、アクセルだという。

「ダニエルという名に覚えは？」

ヤールマンは考えるようにその名前をつぶやいたが、やがて首を横に振った。これ以上話しても得るものはなさそうだとヴィスティングは悟った。捜査とは特定の鍵穴に合う鍵を見つける作業だと以前同僚に言われたことがある。誰の言葉だったかは忘れたが、経験を重ねるにつれ、それに違和感を覚えるようになった。現実には鍵穴も鍵も複数あり、複雑に絡んだ謎を解くには鍵一本では足りない。

「シモン・マイエルとは知り合いだったかね」切り口を変えてそう尋ねた。

「釣り師の？」

ヴィスティングはうなずいた。それがあだ名だったらしい。

「なんだか妙な話になってきたな。死んだ人間のことばかり訊いてどうする？」

「知り合いだったのか」

「レナルト・クラウセンと同じだな。同じ町に住んで、同じ学校へ通った」

「レナルトとシモンに付き合いは？」

「知り合いではあったんじゃないかな」

「バーナールとシモンのほうは？」

ヤールマンはうんざりしたように両腕を広げた。「いいかげんにしてくれよ。まったく、なんなんだ?」

ヴィスティングはインターコムのボタンを押し、面会終了を告げた。段ボール箱ふたつに指紋が付着したのはなぜかと単刀直入に訊ければ手っ取り早いのだが。

「調べているのはバーナール・クラウセンの件なんだ」席を立ちながらそう言った。「彼の別荘に行ったことは?」

フィン・ペッテル・ヤールマンは首を振って笑いだした。「なんでおれが? 別荘を持ってたことさえ知らない」

外の廊下で足音が近づいてくる。鍵束の音がする。

ひとつの鍵に、ひとつの鍵穴。

そのとき、閃《ひらめ》いた。

「バーナール・クラウセンを店で見かけることがあったそうだね」

ヤールマンがうなずいたとき、ドアが開いた。看守が顔を覗かせる。「終わりましたか」

「あと少し」ヴィスティングは答え、ヤールマンに向きなおった。「どこの店だ?」

「〈コープ・メガ〉さ、スーパーの」

「あんたは客として行ったのか、それとも店員だった?」

「店員だった。クラウセンはときどき買い物に来てた」

ヴィスティングはどう尋ねるべきか迷った。「クラウセンが買い物以外で店に来たことがなかったか」

「買い物以外で？　たとえばどんな」

「たとえば、空の段ボール箱をもらいに来たりとか」

「あそこで働いていたのは十年以上もまえだからな。そんなこと覚えて……」と、そこで言葉が途切れる。なにか思いだしたらしい。「女房を亡くしたあと、段ボール箱がないかと訊かれたことがあったっけ。そう、たしかだ。たぶん、遺品を片づけるためだろう」

「箱は渡したのか」

「ああ」

ヴィスティングは笑みを浮かべて看守を振り返った。「終わりました」看守はうなずき、ヤールマンに待つよう告げてから、ヴィスティングを外へ案内した。

鍵束がまた音を立てたとき、ヴィスティングは悟った。捜査の喩《たと》えにふさわしいのは鍵ではない。ジグソーパズルだ。ただし、ときには別のパズルが交じり、ピースが余ることもある。

18

捜査責任者はウールフ・ランネとされていた。リーネは法務担当の名前も併せて書き留め、事件の概要に目を通しはじめた。行方不明届を出したのはシモン・マイエルの兄だった。ひとりで弟を探していたところ、イェルショ湖畔《こはん》で自転車と釣り具を発見したという。

行方不明届の日付は二〇〇三年五月三十一日。リーネはメモを取る代わりに携帯電話で書類の写真を撮った。基本的には自分用の記録だが、行方不明者の身長や体重、肌の色、髪の長さといった特徴が記載された届出用紙の写真はインパクトのある絵にもなる。

捜索は湖を中心に行われ、ダイバーが湖底を探り、湖面や湖岸もくまなく調べられている。さらに森全体にも捜索隊が出ている。やがて事件の性質は行方不明者の捜索から犯罪事件の捜査へと変化している。

過去の捜査資料を読むのは、リーネにとって慣れた作業だ。シモン・マイエルの個人情報は別個のファイルにまとめられている。それによると、シモンは友達のいない孤独な若者だったようで、明言されてはいないものの、いじめを受けていたらしい。家庭環境にも問題を抱え、両親は仲が悪く、母親は情緒不安定だった。別のファイルには事件現場に関する情報と鑑識結果のすべてが収められ、さらにもうひとつのファイルには当時行われた聴き取りの調書がまとめられている。証言者の氏名と調書番号を参照できるリストも別に作成されているが、バーナール・クラウセンの名前は含まれていない。

聴き取りは三名の捜査員が分担して行い、調書の内容は〝自発的供述〞、つまり質問を差しはさまない形の供述に基づいたものとなっている。聴き取りの主眼は不審な人物や他地域ナンバーの車両など、目についたものがないかの確認だった。供述の最後に捜査員によるまとめの質問が行われ、明らかになった内容は以降の質問に反映されている。犬の散歩やジョギングをする人影、不審な車といった目撃証言がひとつ出ると、その後の聴き取りでは同様のものを見たかどうかが確認されている。

バーナール・クラウセンの名前はどこにも触れられていないが、クラウセンを見たかという質問がなされていれば結果は違っていたかもしれない。

とくに有力な手がかりは廃ポンプ小屋へ続く道で目撃された黒い車らしいが、目撃者の女性は車種や正確な日時は不明だと供述している。運転者の男に対し広域手配がかけられたが、発見には至っていない。

資料の束の底から〝情報提供〞と手書きされたファイルが見つかった。情報には日付が記され、番号が振られているだけで、未整理のまま詰めこまれている。

リーネは丹念に目を通していった。大半は最初の一週間に電話で寄せられたもので、種々の用紙に走り書きされている。聴き取り調書で見た名前もいくつかある。

情報提供ファイルの末尾にシモン・マイエルが通ったクラスの名簿が見つかった。行方不明になる十年もまえのもので、説明書きの類いがないため、捜査資料に加えられた理由は判然としない。同世代の若者たちに話を聞くために用意されたのかもしれない。シモンのクラスのほか、同学年の他クラスや、その前後数年のクラスの名簿も保管されていた。リーネは写真を撮り、ほかの情報に目を移した。

失踪する直前のシモンを見かけたという報告も寄せられている。不審な車やハイカーに関するものもある。ジョガーと犬連れの男性の目撃情報が複数あるほか、無事なシモンの姿を見たとの情報も全国各地から寄せられている。シモンがどこかの砂利の下に埋められていると主張する女性霊能者からの肉筆の手紙まで含まれているが、バーナール・クラウセンを名指しした例の密告状は見あたらない。

リーネは見落としがないよう、資料の束をもう一度頭から見なおしはじめた。霊能者の手紙に関する報告書のところで手が止まった。その主張に従い、近隣の砕石場三カ所で警察犬を使った捜索が行われている。それだけ手がかりに乏しかったということだ。リーネは手紙と捜索の首尾を記した報告書を写真に収めた。霊能者ネタは読者受けがいい。

ジョガーと犬連れの男性はいずれも特定され、事情聴取を受けている。犬の飼い主からは散歩コース以外の情報は得られなかったようだ。それでも念のため名前をメモした。記事にする際、こういったことが新鮮な切り口になる場合もある。ひょっとすると犬はまだ生きているかもしれない。月日の流れを象徴するものとして使えるかも、とリーネは考えを巡らせた。

一時間後、アドリアン・スティレルが戻った。「なにか発見は?」

リーネは首を振った。「ここにあるので全部ですか」

「少なくとも、こちらが受けとったものは。なぜ? なにか探しているものでも?」

「いえ、ほかにも情報提供があったのではと思っただけ」

スティレルが腰を下ろす。「古い事件の場合、たしかにそれが問題になることがある。情報が書き留められたメモは放置されがちで、捜査資料が保管される際にも漏れなく集められるわけじゃない。確認だけして報告書に残されないものや、受けとる側の者が重要ではないと判断して、そのままになるものもある」

「新聞社も似たようなものだけど」リーネは苦笑してみせた。

「今回のような事件ではとくにそうだ。溺死事故との見方が有力だったから。いまは保管方法も改善されたが」

「ウールフ・ランネとは話しました? 当時の捜査責任者の」

「挨拶程度は。事件の中身にまでは触れていない。それは資料を精査してからになる」

「では、先方は資料に含まれていない情報を持っているかもしれない？」

「あるとすれば、捜査中に立てられた仮説や下された判断などといったものだろう。報告書には書かれないが、行間から読みとれる類いの」

リーネは文書をひとつにまとめ、ゴムバンドをかけた。「事件解決の決め手はなんだと思います？」

「情報提供だ」スティレルは答えた。「鍵を握る人物からの」

19

アドリアン・スティレルは窓のそばに立ち、リーネ・ヴィスティングが運転席に乗りこんで来客用駐車場からバックで車を出すのを眺めた。

彼女はなにか知っている、そう感じていた。なにかを探しに来て古い資料にあたったものの、不首尾に終わったらしい。

自室へ戻り、会議室の防犯カメラの映像を確認した。リーネは事件の概要や霊能者の手紙に関する報告書の写真を撮っているが、とりわけ興味を持ったのは情報提供のファイルのようだ。見落としがないように、繰り返し書類をめくって目を通している。

スティレルも同じように資料をめくった。古い事件を調べ、時間の経過によってもたらされた変化をたしかめるのは興味深い作業だ。家屋と同じように事件も古びて土台が傾き、頑丈に見えた軀体《くたい》にひびが生じる。イェルショ湖事件のようにとくに土台が不安定で、事故か事件かも判然としないようなものにはなおさら心引かれる。

スティレルは電話を手にして捜査責任者にかけた。「なにか発見でも？」ウールフ・ランネが訊いた。

「まだ捜査資料にあたりはじめたばかりなので。ただ、資料に欠けがあるようだ。0文書のファイルが見あたらないのですが」

大きな事件では、捜査には重要でない事務書類が多く作成され、通常そういったものは0文書と呼ばれる別個のファイルにまとめられる。

「かもしれん。なにか気になることでも？」

「一応、中身を知っておこうと」

「管理部に言って確認させよう」

スティレルは礼を言い、付けくわえた。「事件に興味があるという記者が訪ねてきました。そちらへも連絡があるかもしれない」

「ほう？」

スティレルは画面に表示されたままの防犯カメラの映像に目をやった。「リーネ・ヴィスティング。別の事件で面識がありますが、有能な記者です。メディアの注目を集めるのはいい手かもしれない。新たに情報提供があることも多いので」

ウールフ・ランネは賛成とも反対ともつかない声をあげた。みずからが担当した古い未解決事件が再捜査される際、刑事の反応はふたつに大別される。諸手《もろて》を挙げて歓迎する者と、落ち度を指摘されるのを好まない者とに。ウールフ・ランネは後者らしい。ほかの人間に事件を解決されるのも喜ばないだろう。

電話を切ったあと、スティレルはリーネの映像の続きを確認した。

音量を上げると、事件解決の決め手はなにかと問われ、鍵を握る人物からの情報提供だと答える自分の声が聞きとれた。もしや、リーネはそういった情報を手にしているのだろうか。考えを巡らせるうちに映像が終わり、画面が暗転した。自分の知らないことをリーネがつかんでいるかもしれない。そのことに苛立《いらだ》っていた。

20

看守から携帯電話を受けとったヴィスティングは、二件の着信記録に気づいた。同じ番号からだ。刑務所の外へ出たときまた電話が鳴った。車の座席に身を落ち着けてから、ようやく応答した。

「ヨーナス・ヒルドゥルです、《ダーグブラーデ》の。昨日も電話しました」

「ああ」答えながら、ヴィスティングは番号を保存しそこねたことを後悔した。

「バーナール・クラウセンについてなにかわかりましたか」

「いや」

「ある筋から聞いた話ですが、火事のまえに警察が別荘に立ち入り、かなりの数の品を運びだしたそうですね。どういうことです？」

ヴィスティングはエンジンをかけた。「故人の遺品に関わることなので明かせない」そう返したものの、そんな答えでごまかされる相手ではないだろう。

「なにを運びだしたんです？」

「置きっぱなしになっていた食べ物などだ」ヴィスティングは答えながら車を出した。「すでににおいはじめていたんでね」

通話をハンズフリーに切り替える。「昨日も言ったように、火事の件はクリスティーネ・ティーイスが担当する。メディア対応の責任者だ」クリスティーネ・ティーイスのメディア捌《さば》きには信頼を置いているし、なにしろ一刻も早くしつこい記者を厄介払いしたい。

相手はおかまいなしに続ける。「党幹部と連絡は取りあっていますか？」

視界をさえぎっていたフロントガラスの油膜と埃をワイパーが拭き払う。「ヴァルテル・クロムとは話をした」

「話とはどういった？」

「純粋に事務的な内容の。彼が最近親者に指定されている」

「では、別荘から持ちだしてクロムや党幹部の誰かに渡したものはないと？」

「ああ」

「本当に？」

「その場にいたからたしかだ」自分の声に苛立ちが混じるのがわかった。「ほかになにか？」

「今日のところはこれで」記者は言い捨てて電話を切った。

ヴィスティングは番号を保存し、現金強奪事件の捜査資料が届いているかとラルヴィク警察署へ向かった。

資料はまだだった。管理部のカウンターで犯罪記録係のビョルグ・カーリンに尋ねてみたが、待つよりほかないらしい。

法務担当室に向かうと、髪を短くしたクリスティーネ・ティーイスに迎えられた。よく似合っていると思いながらヴィスティングは椅子にすわった。

「バーナール・クラウセンの件ですけど」ティーイスは未処理書類入れからファイルを取りだした。「火事の報告書を読みましたが、すべてが書かれてはいないようですね」

「モルテンセンが鑑識員ふたりを連れて現場検証に行っているところなんだ」

クリスティーネ・ティーイスは笑みを見せた。「というより、明け方にあなたがあそこでなにをしていたのか、そっちのほうが気になりますけど。ニルス・ハンメルからは極秘捜査を任せられたと聞いていますが」

ヴィスティングはうなずいた。

「バーナール・クラウセンの死となにか関係が？」

「はっきりとは言えない」

クリスティーネ・ティーイスは詮索をやめた。「訊かないほうがいいみたいですね」

「そうだ、これは言っておかないと。火事の前日、モルテンセンと別荘へ行ってかなりの数の段ボール箱を運びだしたんだ。近所の住民に見られたらしく、《ダーグブラーデ》の記者に嗅ぎつけられた」

クリスティーネ・ティーイスが背もたれに身を預ける。

「遺品を調べる必要があったんだ。火事とは別件ということで、記者に訊かれてもはぐらかしてもらいたい」

「了解」とうなずきが返される。「放火だったようですね。そちらの件とつながりが?」

「状況的に見てそうらしい。任務と並行して火事の捜査も通常どおり行うから、随時報告するよ」

クリスティーネ・ティーイスは軽くうなずいた。「そのあたりはお任せします。なるべく蚊帳の外には置かないでくださいね」

「もちろんだ。いろいろすまないね」ヴィスティングは立ちあがり、ドアをあけたまま部屋を出た。

自室に向かう途中、段ボール箱を抱えたモルテンセンと顔を合わせた。鼻をつく焼け跡の煙のにおいが衣服にしみついている。

「検証は終わったか」

モルテンセンが首を振る。「いえ、ほかのふたりはまだ何時間か作業を続けますが、意味のあるものはもう出てこないでしょう」

そう言って、煤《すす》まみれの錠ケースが入った箱を差しだした。「玄関ドアのものです。解錠されています」

「侵入者は鍵を持っていたということだな」

「警報装置の暗証番号も知っていたんでしょうが、そちらは党幹事長が日曜に訪れた際に変更されました。古い番号が三回入力されたせいで警報が鳴ったんです」

「高速道路会社からの報告は？」

「いまメールをチェックします」モルテンセンは言って自室へ向かった。あとについて歩きながら、ヴィスティングはヤールマンとのやりとりを伝え、地元の店で働いていたときにクラウセンに段ボール箱を渡したらしいと告げた。「それなら説明がつきますね」

モルテンセンの肩ごしにコンピューターの画面を覗くと、高速道路会社からのメールが三十分前に届いていた。開いた添付ファイルには、各料金所の通行車のナンバーと正確な通過時刻がエクセルファイルにまとめられている。モルテンセンが各車両のナンバーを車両登録簿にコピー&ペーストし、車種を割りだしにかかる。

ヴィスティングは椅子を引っぱってきて腰を据えた。

「ああ、これですね」モルテンセンが四度目の試みで言った。「プジョー・パートナー、五時四十三分に通過しています。われわれよりスピードを出していたようですが、間違いないでしょう」

ヴィスティングは表示された登録情報に目を凝らした。ヴァンの所有者はアクセル・スカーヴハウグ、オスロ在住の三十七歳だ。

モルテンセンはさらに数分かけて各料金所の記録を調べたが、警備車両のドライブレコーダーに映っていたのと同車種のものはそれ一台きりだった。

「警察の記録にあたってみてくれ」

モルテンセンが警察の各データベースを一括検索できるコンピューターシステムにスカーヴハウグのＩＤ番号をコピー＆ペーストする。「有罪判決が二度、どちらも麻薬所持です。最近のものじゃないですね」

リンクをクリックすると写真が表示される。数年前のものだ。髪はブロンド、細面で顎ひげを生やしている。

「ほかにも名前が挙がっていないか。器物損壊や放火絡みで」

モルテンセンが犯罪記録をスクロールし、スカーヴハウグが関与した事件に目を通していく。

「交通違反が数件あるだけですね」

「待った！」ヴィスティングは声を張りあげ、二〇〇三年の事件のひとつを指差した。

モルテンセンがリンクをクリックする。交通死亡事故に分類されたものだ。アクセル・スカーヴハウグが目撃者に挙げられている。

死亡者はレナルト・クラウセンだった。

21

床に寝そべったヴィスティングの隣で、アマリエがパズルに挑戦していた。十個のピースを正しく並べると、農場にいる動物たちの絵が完成する。アマリエは絵柄ではなくピースの形ばかりに気を取られ、おまけにがんとして手を借りようとしない。

リーネはキッチンのテーブルで別荘のゲストブックをめくっている。

「ふたりは子供のころからの友達だったみたい。写真も残ってる」

ヴィスティングは膝の関節をきしませながら立ちあがった。そばへ寄ると、リーネがゲストブックを押しやった。一九八八年夏の巻を見ていたようだ。ポラロイド写真が三枚貼られている。一枚目はテーブルを囲んだ四人の大人たち。バーナール・クラウセンも含まれている。二枚目には、上半身裸のブロンドの少年がイソガニを撮影者に向けて掲げている。三枚目には、十歳そこそこの子供が三人桟橋にすわり、めいめい糸を垂らしてイソガニを釣っている。

写真の下には〝レナルト、トーネ、アクセル〟と書き添えられている。

イソガニを掲げている少年がレナルトだ。寄せられたメッセージによれば、スカーヴハウグ一家は別荘に三泊したらしい。

「なら、トーネはアクセルの妹ね。顔立ちが似てるし」リーネは言って、さらにページをめくった。

「コルボトゥンの同じ通りに住んでいたそうだ」

「おじいちゃん！」アマリエが大声で呼んだ。

新しいピースがひとつ嵌まっている。ヴィスティングは傍らにすわりこみ、牛の頭のピースをさりげなく正しい場所に近づけた。

現場検証の完了を受け、別荘の火事は正式に放火事件として扱われることとなった。警察署を出るまえに、ヴィスティングは判明した事実をまとめてクリスティーネ・ティーイスに提出した。証拠は十分であると判断され、スカーヴハウグの放火容疑での検挙が決定した。通常ならばオスロ警察の同僚に逮捕とラルヴィクへの移送を依頼するのだが、被疑者との初接触はきわめて重要な瞬間でもある。容疑を告げられた際にアクセル・スカーヴハウグの口からどんな言葉が出るか、それがその後のなりゆきを決定的に左右する可能性がある。そのため、オスロ－コルボトゥン間の町ランバルトセーテルでオスロ警察のパトカーと落ちあい、実際の逮捕時には待機してもらうよう要請した。

「翌年の夏も来てたみたい」

リーネが言って自分も床にすわり、ヴィスティングに別の写真を見せた。ふたりの少年がポテトチップスと漫画本を前に、二段ベッドに並んで寝そべっている。アクセルは撮影者を見上げている。その下にリーサ・クラウセンの手書きの文字で〝雨の日に〟と書かれている。

「奥の部屋だ。現金はこのベッドに積まれていた」

「アクセルはお金のことを知っていたと思う？　火を放ったのはそれが理由かな」

ヴィスティングは時刻を確認した。じきに家を出なければならない。「そうは思えんな」

アマリエが牛の頭のピースを上手に嵌めたので、ヴィスティングは手を叩いた。残るピースはふたつだ。

「この写真は一九八九年で」リーネが言って、ゲストブックをめくった。「二〇〇三年には、ふたりは二十五歳と二十六歳だった。空港の強奪事件に加わってた可能性もありそうね」

「だとすると、なぜあの金は長いあいだ別荘に保管されたままだった？　いまになってそれを燃やして、なんの得がある？」

リーネは豚のピースが収まる場所を教えようとしたが、アマリエにはねつけられた。「別荘に入ったとき、奥の部屋とかそれ以外の部屋を詳しく調べた？」

「いや、念入りには。まずは紙幣を運びだしたんだ。そのあとすぐ燃やされてしまった」

「ほかにもなにかあった可能性は？」

「ほかにも？」

「燃やすことでアクセル・スカーヴハウグの得になるものが別荘にあったんじゃないかな」

ヴィスティングはアマリエが残りのピースの一方を嵌めようと苦心するのを眺めながら、リーネの意見を検討した。「そういったものはなさそうだった。気づいたかぎりでは」

パチンという音とともにアマリエが豚のピースを嵌めた。

「《ダーグブラーデ》の記者からはまた連絡があった？」

「今日の午後電話してきたよ。ただの放火じゃないと嗅ぎつけたようだ。別荘から箱を運びだすのを見た人間から話を聞いたらしい」

リーネが顔をしかめる。ほかの人間が事件に首を突っこむのが気になるらしい。「なんて伝えたの？」

「故人の遺品に関わることなので明かせないと」

アマリエがパズルを完成させ、ヴィスティングはまた手を叩いた。「刑事になれるぞ！」そう言ってくすぐった。

「どうかな」リーネがため息をつく。「今日ソフィーの家に迎えに行ったとき、この子ったらマーヤのおもちゃを持って帰ろうとしたのよ」

「二歳の子には誰の物かなんてわからないさ。物を借りるのに許可がいることだって」

「二週間したら保育園がはじまるから、そこでいろいろ学んでくれるといいけど」

ヴィスティングは孫娘がパズルを箱に戻すのを手伝い、そのあいだにリーネが帰り支度をした。

「《VG》に連絡をとって、シモン・マイエル失踪事件を記事にできないか訊いてみる。その価値はあると思う」

「見込みはあるのか」

「とにかくやってみる。面白い記事になるはずよ。それに、アリバイ確認のいい口実になるし。空港の現金強奪事件は、シモン・マイエルが消息を絶ったのと同じ日に起きた。記事にすると言えば、その日の所在を訊きやすくなる」

ヴィスティングは賛成のしるしにうなずいた。

リーネがアマリエの手を取った。「明日出かけるあいだ、二、三時間この子を預かってもらえない？」

「明日はどうなるかまだわからんな。なにか起きるかもしれない」

「お昼過ぎまででいいの。ソフィーはマーヤの三歳児検診があるそうなんだけど、失踪事件の捜査責任者にアポをとっちゃってて。レナルトが亡くなった晩、いっしょにバイクを乗りまわしてた三人目の人物を調べたいの」

「トミー・プライムだな」ヴィスティングはうなずいた。「わかった、アマリエは預かるよ」

22

グレーのヴァンがアパートメントの前の通りにとめられていた。ヴィスティングは二度目にそこを徐行しながら、二階の部屋を見上げた。磨りガラスのバルコニーで女性が煙草を吸っている。記録によれば、アクセル・スカーヴハウグはパートナーとのあいだに十二歳と十四歳のふたりの息子がいるらしい。

駐車スペースを見つけて車外へ出ると雨のにおいがした。オスロ警察のパトカーが通りの角で待機している。ヴィスティングが手を上げて挨拶すると、ヘッドライトの点滅で応答があった。

「商用車のようですね」モルテンセンがグレーのヴァンを顎で示した。

横を通りすぎながら、ヴィスティングはさりげなく車内を覗いた。運転席は汚れ、空き瓶や紙屑《かみくず》が散乱している。

バルコニーの女性はふたりに気づく様子もなく、煙草を揉み消して芝生に落とした。

エントランスのインターホンの下に居住者名が記載されているが、住人の出入りに合わせて入れないかと数分のあいだ待った。やがてヴィスティングは肩をすくめ、インターホンを押した。

少し待ってから男の声で応答があり、ヴィスティングは名乗った。「アクセル・スカーヴハウグ氏にお会いしたい」

解錠音が響き、モルテンセンがドアをあけた。上階でドアの開く音が聞こえ、階段をのぼるとアクセル・スカーヴハウグが戸口で待っていた。

ヴィスティングは身分証を示した。「警察の者です」そう告げると、相手の顔に困惑の色が浮かんだ。

「なにか？」

ヴィスティングは室内を示した。「入らせてもらっても？」

居間へ入ると、女性がソファにすわっていた。子供の姿は見あたらない。

「警察だ」スカーヴハウグが告げる。

女性はリモコンを取ってテレビを消し、隠すべきものでもあるように慌ててあたりを見まわした。

ヴィスティングは立ったまま令状のコピーを提示した。

「バーナール・クラウセン氏の別荘で起きた火事の件ですが」

「なんです？」

「あなたが放火したものと考えています。ご同行願いたい」

スカーヴハウグは法務担当の署名入りの文書に目を通した。「頼まれたんだ」

ヴィスティングはモルテンセンと視線を交わした。「どういうことです」

「バーナールに。やってくれと頼まれたんです」

「バーナール・クラウセンが亡くなったことは？」

「知ってます、でも頼まれたのはずっと昔です。三年ほどまえだったか」

ヴィスティングはコーヒーテーブルを指差し、かけていいかと目で訊いた。携帯電話を卓上に置き、レコーダーをオンにして、スカーヴハウグにいまの言葉を繰り返すよう求めた。

「電話があって」と話は続く。「スターヴェルンの別荘に来てほしいと言われたんです。頼みたい仕事があるからと。修理かなにかかと思って、あまり気乗りしなかった。車で行くのにも時間がかかるんでね。それでも、報酬ははずむからぜひにと言われたもんで」

ヴィスティングは手帳を取りだしたが、そのまま耳を傾けた。

「バーナールとは長い付き合いなんです。レナルトとおれが幼馴染《おさななじみ》だったから。子供のころから夏はよくあそこへ遊びに行った。コルボトゥンの家へも」

「それで、呼ばれて行ったんですね」ヴィスティングは続きを促した。

スカーヴハウグがうなずく。「具合が悪そうだった。退院したばかりで。心臓発作だとか。だからあんなことを考えるようになったんだろうな」

「あんなこととは？」

「自分の死後、他人に遺品をあさられるのが嫌だと。それでおれに頼んだってわけです」

相手の言わんとすることが呑みこめてきた。

「死んだと聞いたら、すぐにあそこを焼き払ってほしいと言われました」スカーヴハウグが立ちあがる。「念書がここに」そう言ってサイドボードに近づき、少し抽斗をあさってから、一枚の紙を差しだした。

文字がタイプ打ちされている。

わたし、バーナール・クラウセンは、死後にスターヴェルン・フンメルバッケンに所有する別荘が焼き払われ、すべての書類が処分されることを望む。この件について助力を願ったアクセル・スカーヴハウグが罪に問われることのないよう、ここに記す。

署名の下に手書きの文字でこう添えられている——〝警報装置の暗証番号　０１０５〟

「鍵も預かってました」スカーヴハウグが続ける。「ヴァンに置いてある」

ヴィスティングはパートナーの女性に目を向けた。事情はすべて承知しているようだ。

「本人が処分すればよかったのでは？」モルテンセンが訊いた。「暖炉で燃やすなり、なんなりすれば」

その疑問は解消ずみらしく、スカーヴハウグはきっぱりと首を振った。

「バーナールは本を書いていた。回顧録を。机は書類の山だった。執筆中は捨てるわけにはいかないが、もしもぽっくり逝くようなことがあれば、人目に触れさせたくないと言っていました」

「それで望みどおりにした？」

「別荘には保険がかかっているから、レーナにはまとまった金が入るはずなので」

「クラウセンの孫ですね」

「そう、レナルトの娘です。その子が唯一の相続人なので。最新式のコテージを新築してもお釣りが来るほどの保険金が入ると聞いてます。おまけに、コルボトゥンの自宅と預金も相続することになる」

「でも、自宅のほうは燃やす手筈《てはず》ではなかった？」モルテンセンが尋ねた。

「そう、見られたくない書類は全部別荘にあるとかで」

「協力の報酬は？」ヴィスティングは訊いた。

「前金で十万。現金で用意してあった。おれが断れば、ほかの人間に頼んだはずです」

「ノルウェー・クローネでしたか」

スカーヴハウグはその問いに面食らったようだが、うなずいた。「あとは当日、あらかじめ知らされていた場所にもう十万が」

ヴィスティングは椅子の背にもたれた。「では、話してください」

「なにを?」

「火曜の早朝、別荘でやったことを。できるだけ詳しく」

スカーヴハウグは立ちあがり、パートナーのそばのテーブルから煙草の箱を取った。「日曜にニュースで見ました。バーナールが死んだと」

そして、煙草に火を点けてから続けた。「月曜の深夜にスターヴェルンまで車で行って、別荘に入ったんです。でも暗証番号が違っていた」と、クラウセンの念書を指差す。

「それ以外は打ち合わせどおりだった。満タンの燃料タンクが用意されていて、金の残りも以前教わった場所にあった。それで、燃料を撒いて、マッチを落とした。火がまわるのを確認してから、急いでヴァンに戻りました」

「報酬の残りはどこに?」モルテンセンが確認する。

スカーヴハウグは煙草の灰をカップに落とした。「戸棚の棚板の下に、封筒が張りつけられていた。三年前にそこにあるのを見せられたんです」

「奥の部屋に?」ヴィスティングは訊いた。

「は?」

「残金の封筒は、火を点けたレナルトの部屋に?」

「いや、その隣の部屋に。そういう取り決めだったので」

ヴィスティングは携帯電話を取りだした。スカーヴハウグがバーナール・クラウセンの指示で放火したのは間違いないが、焼却したかったのは書類ではない。現金だったはずだ。

「それで、このあとは？」スカーヴハウグが訊いた。

ヴィスティングは相手の男に目を据えた。クラウセンの念書があれば自分の身は安泰だと無邪気に信じているらしい。この場で告げるのはしのびないが、保険金詐欺の片棒を担いだことになり、放火自体も罪に問われる。警察と消防を不当に出動させた件だけでも懲役六カ月の判決が下るかもしれない。起訴は免れないが、勾留の必要はないだろう。

「弁護士はいますか」ヴィスティングは訊いた。

スカーヴハウグがうなずく。

「では、そちらへ相談を」そう勧めて録音を止めた。電話はポケットに戻したが、腰を上げずに続けた。「ところで、レナルトの死の現場に居合わせたそうですね。バイク事故の」

スカーヴハウグが言葉に詰まる。「ひどい事故だった」そう言って煙草を揉み消し、煙を吐きだした。

「事故当時、現場にいたのは？」

「おれとレナルト、あとはトミー。トミー・プライムです」

「あんな深夜に、町の反対側でなにを？」

スカーヴハウグがとまどったように見返す。

「どこから来て、どこへ行こうとしていたか」ヴィスティングは付けくわえた。

「とくに、どこというわけでも。バイクで飛ばしたかっただけで」

「当時、仕事か大学は？」

「ときたま親父の手伝いを」

「ほかのふたりは？」

「どうだったかな。レナルトはおふくろさんが死んでからはぶらぶらしていたっけ。実家に住んでたが、ひとり暮らしも同然で。親父さんはオスロに議員宿舎があったから。おれたちはレナルトの家に入り浸りで、たまにレナルトがオスロに借りたアパートへも行った」

「トミーとはまだ連絡を？」

「とくには。あいつはあれからすぐ宝くじを当てたんですよ。六百万クローネ近く。株やらなんやら投資をはじめて、すっかり変わったな」

モルテンセンが口を開いた。「ほかにグループにいたのは？」

「グループってわけじゃない」と否定しつつ、スカーヴハウグは二、三の名前を挙げた。

「レナルトには恋人がいたとか」

「リータ・サルヴェセン。あいつが死んだあと、レーナを産んだ。まったく、気の毒に」

ヴィスティングは立ちあがった。リーネに倣って空港の強奪事件には直接触れず、さりげなくイェルショ湖事件当時の様子に話を向けてみることにする。「当時、あなたは何歳でしたか」

「二十五かな」

「行方不明になった若者とは知り合いでしたか、釣り師と呼ばれていた」

「シモンのことかな」

ヴィスティングはうなずいた。

「学校は同じでしたが、付き合いはなかった。暗いやつで」

「捜索には参加を？」

「いや、たいして役に立てそうもなかったんで。ダイバーやボートまで出て探したものの、見つからずじまいだった。それがなにか？」

ヴィスティングは弁解するように小さく笑ってみせた。「いや、失礼。娘が記者で、事件を取材中でね。今朝その話をしたところなんだが、シモンと同世代で、コルボトゥンでの子供時代の話を聞ける相手を探していると言っていたものでね」

「悪いが、役には立てませんね」

玄関へ出ると、ふたりの息子が靴を脱ぎ散らかしているところだった。

「帰るか」ヴィスティングは言った。

23

キッチンのテーブルには小さな捜査チームが集まり、三度目の朝のミーティングを行っていた。リーネはアマリエを膝に抱えている。現金強奪事件に注目することにより、捜査は明確な方向性を示しはじめた。めいめい意見を出しあい、モルテンセンはレナルトと父親の両方が事件に関与していたはずだと主張した。

「息子を庇《かば》ったんでしょう」

「そのためにあんな大がかりな仕掛けを？」リーネが指摘した。

「クラウセンが直接関わっていたと思うかい」

リーネは首を振った。「でも、お金以外のことが絡んでる気がする」

「なんにでも金は絡んでくるさ」モルテンセンが答える。

「なら、お金以上に絡んでいるものがあるとか」とリーネが言いなおす。

モルテンセンがヴィスティングに向きなおった。「強奪事件の捜査内容を確認する必要がありますね。正式な被疑者はいなくても、資料にいろいろ記録があるはずだ」

ヴィスティングの携帯電話が卓上で振動した。また《ダーグブラーデ》の記者だ、と画面をリーネに見せた。

「出て！」リーネが促し、アマリエを床に下ろした。「放火犯が自白したって伝えて」

ヴィスティングはスピーカーホンに切り替えた。

「バーナール・クラウセンの件ですが」記者が切りだす。

「だろうね」

「新しい情報は？」

「放火の件で被疑者を検挙した。洗いざらい自供している」

回線の向こうでキーボードに指を走らせる音が響く。「年齢と居住地を伺えますか」

「三十代で、東部地域在住」

「動機は？」

ヴィスティングは返答に迷い、モルテンセンに目をやった。「個人的な動機だそうだ」

「というと？」

「詳しいことは話せない」

ページを繰る音を聞き、リーネが早く切ってと身振りで促す。

「別荘から持ちだしたのは食べ残しだと昨日伺いましたが。ある筋から、大型の段ボール箱がいくつも運びだされたと聞きましてね。食べ物だけじゃないはずだ」

「昨日も言ったように、故人の遺品に関係することだ。具体的には話せない」

「箱の中身についてはノーコメント？」

ヴィスティングは無言を返した。

「バーナール・クラウセンが党の方針を批判する本を別荘で執筆中だったとの噂がありますが」

ヴィスティングは空いた手で卓上のコーヒーカップを握った。「初耳だ」

「では、運びだしたのはその種のものではない？」

「ああ」

「コンピューターは？」

「そんなものはなかった」

リーネがまた通話を切れと合図する。

「あと一点だけ」記者が食い下がる。「火曜日に労働党本部でゲオルグ・ヒムレとヴァルテル・クロムに面会しましたね。用件は？」

リーネが目で天井を仰ぎ、自分の携帯電話を手にした。

「事務的な確認だ」ヴィスティングは答えた。「クラウセンには存命中の相続人がひとりいる」未成年に関する報道には厳格な規定があることを念頭に続ける。「孫だが、クラウセンの息子はその子が生まれるまえに亡くなり、母親のほうはクラウセンとの付き合いを望んでいなかった」

「なるほど」

「別の電話がかかってきた」画面にリーネの名前が表示されるのを見て、ヴィスティングは言った。「まだほかにあれば、かけなおしてもらいたい」

「そうさせてもらいます」

ヴィスティングは電話を切った。

「政界にネタ元がいるのよ。労働党の中枢に。父さんを党本部で見かけたのね。もっと早く切ればよかったのに」

「スカーヴハウグもクラウセンが本を執筆中だったと言っていましたね」モルテンセンが口を開いた。「別荘に放火させるための口実だと思ってましたが、実際になにか書いていたのかもしれない」

「もしそうなら、読んでみたいものだな」ヴィスティングは答えた。

電話がまた鳴った。今回は未登録の番号だ。ヴィスティングは少し躊躇したのちに応答した。

相手が名乗る。「ローメリーケ警察のアウドゥン・トゥーレですが」不愛想だが、落ち着きのある声だ。「うちで扱った古い事件の捜査資料を取り寄せたいとか？」

できれば避けたかった事態だ。アウドゥン・トゥーレは空港の強奪事件の捜査責任者だった。資料請求の件が耳に入らないよう、管理部に直接依頼したのだが。

「連絡をどうも」ヴィスティングは答えた。

「あの事件は二年近くかけて捜査したものでね」トゥーレが続ける。「どういうわけで捜査資料を確認する必要があるのか伺えますか」

相手の心情はヴィスティングにも理解できる。自分にもまた、多大な時間と労力を費やしたものの解決できずに終わった事件がいくつかある。よその警察の人間にいきなり捜査資料を貸せと言われても、おいそれと渡しはしないだろう。

「現在、多額の外国紙幣が絡んだ事件を捜査中でしてね。出所を突きとめるため、空港で強奪されたものかどうか、たしかめる必要がある」

「多額とはどのくらいの？」

「相当の大金です」ヴィスティングはテーブルを囲んだモルテンセンとリーネに目をやった。そろそろ捜査チームを拡大してもいい頃合いだろう。

「捜査資料を持ってこちらへ来てもらうことは可能だろうか。重要な情報を提供できると思う」

「こういう連絡を長いこと待っていた。三時間で行きます」

24

《VG》のフロントデスクの警備員は知らない顔に変わり、リーネは氏名と面会相手を画面に入力するよう求められた。

《VG》を去って六ヵ月が過ぎていた。退職の際には送別会もなにもなかった。育児休暇取得中から元社員に身分が変わっただけだ。休んでいるあいだに編集部の再編で大きな人事異動があった。だからビールに誘われることも、記念の品を贈られることもなかった。

報道デスクは以前と変わらずクヌート・サンデシェンが務めていた。リーネはセキュリティゲートの外に立ち、サンデシェンが迎えに下りてくるのを待った。

七年前に《VG》に入社したとき、リーネはこれが未来のはじまりだと思った。ずっとここで働くつもりでいた。当時は自分のことだけ考えていればよかったが、いまは事情が違う。正しい選択をしたはず、と心のなかで自分に言い聞かせた。誰からも指図を受けずにすむのは気楽でいい。

サンデシェンにハグで迎えられた。

「お時間割いてくださってどうも」リーネは言った。

「いいんだ」サンデシェンは答え、ゲートからエレベーターへとリーネを案内した。リーネがここで書いた記事はたびたび第一面を飾り、権威あるゴールデン・ペン賞やスクープ賞を受賞してきた。

エレベーターが編集部の階に着くまでに、サンデシェンは二度も時計に目をやった。そう長くは時間をもらえそうにない。

「いま、古い失踪事件を調べているんです」ガラス張りの編集デスク室に向きあって腰を下ろすや、リーネは切りだした。

「どんな？」

サンデシェンは分厚い背もたれに身を預け、鋭い目でリーネを見据えた。

「忘れ去られた事件です。シモン・マイエル。二〇〇三年にイェルショ湖で行方不明になった若者です」

「新たな手がかりでも？」

「おそらくは」

サンデシェンが疑わしげに首をかしげる。

「ちょうど、未解決事件班が捜査資料を調べなおしているところです」リーネは続けた。

「型どおりの確認だろ」サンデシェンが答え、また時計に目を落とす。「あそこは古い未解決の失踪事件を片っ端から再検証する。その事件にどこか特別な点でも？」

「警察の捜査にミスがあった可能性があります」事件に広大な湖の名をつけたのは失敗だったというアドリアン・スティレルの話を伝えた。

「警察のミスなんて珍しくもない」サンデシェンがそっけなく返す。「そもそも、事件が迷宮入りしたのもそのせいなんだから」

「未確認のままの手がかりもあるようです。詳しいことはまだつかめていませんが、《VG》の依頼で記事を書くと言えたら、取材がしやすいんですが」

「残念だが、ひと足遅かったな」サンデシェンが言い、身を起こした。「すでに古い失踪事件の特集を準備中なんだ。人員も大勢注ぎこんでいる。ポッドキャストに記事に動画、みんなかかりきりだ。わかるだろ？」

「どんな事件です？」

「似たような内容だ。当時もたいして注目されず、いまやすっかり忘れ去られてる。それが、真相と遺体のありかを知っているという女性が名乗りでたんだ。来週あたり、記事が載る」

似たような企画はふたつもいらないということだとリーネは理解した。バーナール・クラウセンを名指しした密告状を見せようかとも考えたが、自制した。

「よければ六カ月後にまた来てくれ。あるいは、なにか特ダネをつかんだら」

リーネは腰を上げた。新聞社の後ろ盾があればやりやすくはあるが、それに依存するつもりは毛頭ない。《VG》の助けなんて必要ない。

「お忙しいところどうも」そう言い残し、リーネは歩み去った。

25

前日からの雨はあがった。気温は下がったが、それでもまだ戸外で快適に過ごせる。ヴィスティングはテラスの長椅子にいくつもクッションを置いてアマリエをすわらせ、iPadを持たせた。孫娘はゲームに夢中で、ときおり画面から電子音が響いている。

一時間前、こちらへ向かう途中のアウドゥン・トゥーレから電話があり、待ち合わせ場所を尋ねられた。ヴィスティングは自宅の所番地を教え、職場ではなく家で子守中だと告げた。

そのあと手帳の白いページを開き、二〇〇三年五月末の数日間に絞って時間軸の表を作りにかかった。軸の中央に赤い点を記し、二〇〇三年五月二十九日十四時四十分と書き入れた。空港の現金強奪事件の発生時刻だ。続いて軸の右寄りに鉛筆でしるしをつけ、SM——十七時〇〇分ごろと記した。こちらはシモン・マイエルが最後に目撃された時刻だ。

モルテンセンのほうは、同時期の別の記録をノートパソコンで確認している。労働党本部より入手した二〇〇三年のクラウセンの公務記録だ。クラウセン宅の書斎で発見した日記と一致するが、より詳細な内容となっている。五月二十九日木曜日、クラウセンは午前九時に党本部で打ち合わせをすませたあと、午前十時にアイナル・ゲルハルセン広場の保健省で執務を行っている。正午にはノルウェー小児科医会との会合に出席、午後一時にはノルウェー歯科医会の役員の訪問を受けている。午後二時三十分、さらにノルウェー生物工学諮問委員会との会合もこなしている。

「翌日はすべての予定がキャンセルされています」モルテンセンが五月三十日金曜日のスケジュールが表示された画面を示す。

予定のいくつかは後日にずらされているが、ノルウェー公衆衛生研究所長との会談は電話で行われたと記されている。

「気になりますね」モルテンセンが言った。

ヴィスティングは日記に目を通した。同じ予定が記入されている。さらに金曜日から日曜日にかけて〝別荘〟の文字が付記されている。「ゲストブックはどうなってる?」

モルテンセンが確認する。「翌週末まで書きこみなしです。その際は大勢来客があったようですが」

ヴィスティングは日記の該当箇所を調べた。六月七、八日の週末に〝別荘、仲間と作業〟と記されている。

「ゲストブックはおもに来客が書きこんでいたようですね、本人ではなく」

室内で呼び鈴が鳴った。ヴィスティングは腰を上げ、アマリエの様子をたしかめた。iPadを膝に置いたまま眠りこんでいる。

アウドゥン・トゥーレは立派な口ひげとごつい鼻をした大柄な男だった。ジーンズに白いTシャツ、警察の身分証をストラップで首から下げている。分厚い手帳を左手に持ち替え、ヴィスティングの手を固く握った。

「同僚のお宅を訪ねるのは初めてだ」

ヴィスティングは笑みを浮かべ、トゥーレの乗ってきた車に目をやった。

「資料はトランクに積んであります。リングバインダー八冊分。あとで運びます」

ふたりは室内を突っ切り、裏のテラスへ出た。モルテンセンが立ちあがってトゥーレと握手を交わすあいだに、ヴィスティングはコーヒーカップをもうひとつ取ってきた。

「それで、現金の件ですが」腰を下ろすとトゥーレが切りだした。

ヴィスティングはぐっすり眠っているアマリエを目で示した。

「わざわざうちに来てもらったのは、孫娘の子守があるせいじゃない。じつは現在、検事総長じきじきの指示で特別捜査に携わっている。署の人間にも秘密で」

トゥーレが眉をひそめる。「そんな話、聞いたことがない」

「わたしも初めてだ。それで、捜査チームに加わってもらえないだろうか」

「まずは話を聞かせてもらわないと」

ヴィスティングはうなずいた。「これから話すことはすべて機密事項だ。返事はあとでもかまわないが、いずれにしろ、聞いたことは他言無用に願いたい」

「了解」トゥーレが即答する。

ヴィスティングはなにから話すべきか迷った。「まずは現金を見てもらおう」そう言って立ちあがり、アマリエがよく寝ていることをたしかめてから、テラスを離れた。

トゥーレは怪訝《けげん》な顔を見せたが、椅子を引いて立ちあがり、ヴィスティングとモルテンセンに続いた。ヴィスティングはふたりを地下室に通し、警報装置を解除した。

「ここに現金が？」

モルテンセンが卓上に置かれた箱からラテックスの手袋を取って嵌め、段ボール箱のひとつを持ちあげる。ヴィスティングは手袋の箱をトゥーレに差しだした。トゥーレがそれを装着するあいだ、モルテンセンが段ボール箱をあけて米ドル紙幣の束を取りだした。

「全部で九箱あります」そう言って札束をトゥーレに渡す。

「五百三十万ドルと二百八十万ポンド、そして三百十万ユーロだ」ヴィスティングは言った。

「そんな大金を家の地下室に？」トゥーレは声を張りあげ、首を振った。「気はたしかですか」

「計算したところ、総額は強奪された金と一致する。当時の為替レートでおよそ七千万クローネ」

アウドゥン・トゥーレはまだ呆然《ぼうぜん》としている。「たしかに、合っている」つぶやくようにそう言った。「正確な金額は捜査資料にありますが」

そして、テーブルをまわりこんで段ボール箱に近づき、もうひとつドル紙幣の束を手にした。「逮捕された者は？」

「いない」

「発見場所は？」

ヴィスティングはバーナール・クラウセンの別荘の件を告げた。

「公務記録から、強奪事件発生時のクラウセンのアリバイは確認がとれています」モルテンセンが言った。「そもそも、現職の大臣が実行犯だとは考えにくいですが」

「その四カ月後にバイクの事故で息子を亡くしているんだが」ヴィスティングは続けた。「その仲間にあたっているところだ」

トゥーレは札束を箱に戻し、手袋を脱いだ。「クラウセンがなんらかの形で強奪事件に関わっていたなら、検事総長が極秘捜査までさせて庇う理由がわからない」

「これが強奪された金なら、事件の機密度は下がる。だが、まだ確証はない。当時のクラウセンは大臣で、ここにあるのは彼の政治判断を左右しうるほどの大金だ。つまり、ノルウェーの国益に重要な意味を持つ」

「でも、使った形跡はない」トゥーレが指摘する。「手つかずのまましまってあった。そこが解せない」

ヴィスティングは同意し、アクセル・スカーヴハウグが別荘に放火して受けとった報酬はクローネ紙幣だったと告げた。

「ここにある紙幣になにか痕跡は？」トゥーレが訊く。

モルテンセンが検出した指紋について伝える。「DNA鑑定は結果待ちです。箱のひとつから、トランシーバーの付属品らしきケーブルが見つかっています」

「別の箱からは鍵と、それから電話番号の書かれた紙切れも見つかった」ヴィスティングが続きを引きとった。「ダニエルという人物の番号だった可能性がある。心当たりは？」

トゥーレは首を振った。「すぐには浮かばないが、調べてみる価値はある。捜査資料には五百人近い名前が挙がっています」

26

身元調査の結果、トミー・プライムがパートナーと暮らしていること、《VG》社屋から数ブロックの距離の金融会社で営業部長を務めていることが判明した。リーネはパン屋の外のカフェテーブルにつき、電話をかけた。

「二、三分お時間いただけませんか」身元を告げてからそう訊いた。

「用件によりますが」と相手が答える。

「シモン・マイエル失踪事件を記事にするつもりなんですが、ご記憶はありますか」

「ええ」

「彼と同じ町で育った同世代の人にお話を伺いたいんです。当時、失踪のことをどう感じたか、いま振り返ってみてどう考えるかを」

「なら、ほかを当たってもらったほうがいい。当人をよく知っていた人間に」

「いま手もとに当時のクラス名簿があるんですが」リーネは食い下がった。「誰に話を聞けばいいか教えていただけませんか」

トミー・プライムはしばらく思案した。「最近はもう付き合いがないので」

「いま《VG》本社の前にいます。あなたがグレンセン通りの会社にお勤めだと知って電話させてもらいました。五分で行きますので、クラス名簿を確認していただけません？」

「三十分後に会議があるんだが」

リーネは立ちあがって歩きだした。「それ以上はかかりません」

「OK」

　リーネは電話を切って通りを急いだ。トミー・プライムの勤務先のオフィスビルは裏通りに出入り口があり、受付係にインターホンで名前を告げてなかへ通された。階段で三階までのぼるとトミー・プライムが受付デスクで待っていた。黒いスーツのズボンに白いシャツ、袖がまくりあげられている。

「お時間いただけて感謝します」

「さっきも言ったように、お役に立てるかどうか」トミー・プライムは言いながら、近くの会議室にリーネを通した。「学校にいた記憶はあるが、付き合いはほぼなかったし、事故があったときは卒業後何年もたっていたから」

　リーネは椅子にすわった。「では、あれは事故だと？」

「まあ、そういう話になっているので」

「行方不明になった日のことは覚えています？」

「記憶にあるのは、イェルショ湖の上をヘリコプターが低空飛行していたことだが、それは二、三日後のことかな。消息を絶ってから捜索がはじまるまで、しばらくかかったはずだから」

「当時はコルボトゥンに住んでいました？」

「アパートでひとり暮らしを。電話セールスの仕事をしていた」

「シモンがいなくなった日もお仕事でしたか」

「たぶんね。普通の人間が家にいそうな、午後から夜にかけての勤務でね」

「行方不明だと聞いてどう思いました？」

トミー・プライムが肩をすくめる。「クラス名簿のことなら協力するが、あの日のことをあれこれ話すのはどうも」

「すみません」リーネは言い、クラス名簿のコピーを取りだした。一枚目はシモン・マイエルのクラスのものだ。

「まるで覚えてないな。まあ、こっちは学年が上だったし、付きあう連中もそうだったから」

リーネは次の名簿を示した。レナルト・クラウセンの名が二番目に載っている。あらかじめ名前を線で消してからコピーし、その状態で受けとったように見せかけてある。「ひとり消してありますね」

「ああ、レナルトだ。死んだから」

「死因は？」

「交通事故だ」

「同じクラスでした？」

トミー・プライムはうなずいたが、事故について語ろうとはせず、クラス名簿を手に取ってぱらぱらとめくった。その様子にどことなくためらいが感じられる。

「だめだ」と首を振る。「思いあたるのはインゲボルグ・スクーイくらいだな」

そして、名簿の下端近くに記された名前を指差した。「学校新聞の編集部員で、生徒会活動もしていた。親切で、みんなの世話役のような子だった。本人がなにも知らなくても、役に立てそうな人間を紹介できるかもしれない」と言って名簿を返してよこす。

「ご協力どうも」リーネは時間をかけて書類をまとめながら言った。

求めていた答えは得られなかったが、ここで引き下がるのは惜しい。「それにしても、当時の生徒がふたりも亡くなったんですね」

「レナルトはバーナール・クラウセンの息子なんだ。政治家の」

リーネは初耳だという顔でうなずいた。「レナルトとシモンは知り合いでした？」

トミー・プライムが腕時計に目をやり、腰を上げた。「まあ、家はわりと近かったはずだが」それだけ答えてドアのほうへ歩きだす。

リーネは話を引きのばそうと食い下がった。「あなたとレナルトは卒業後も付き合いを？」

そう言って自分も立ちあがる。

「ああ、たまに会ったりはしたな」

「シモン・マイエルが行方不明になった日はどうです？　レナルトといっしょでした？」

「さあ、覚えてないな」トミー・プライムが苦笑する。「昔の話だから」

「そうですよね。地元の人には忘れがたい事件だろうと思ったもので」

トミー・プライムがドアをあけてリーネを通す。「とにかく、ほかをあたってもらうしかないな。悪いね」

リーネは協力に感謝した。トミー・プライムはレナルト・クラウセンとも過去とも距離を置きたがっている、そんな印象が拭えなかった。バイク事故は思いだしたくない心の傷なのだろうが、あのごまかし方は気になる。

通りに出たリーネは、振り返って三階を見上げた。窓のひとつから自分を見下ろす人影が見えた気がした。

27

ウールフ・ランネの部屋の窓の外を列車が通過した。シモン・マイエル失踪事件以降、ランネは異動となっていた。地元の警察署が閉鎖されてシー警察の所属となり、現在は立派な本部庁舎の二階に個室を持っている。

「《VG》の取材ということかね」

「以前はそこで記者をしていました。いまはフリーです」リーネは答えた。

「何年かまえにもイェルショ湖事件について調べているという記者が来たな」

リーネは手帳とボイスレコーダーを取りだした。「いつのことです？」

「まだ地元警察にいたときのことだ。五、六年になるかな。シモンの兄にも話を聞いていたようだ、なにかつかめたとは思えないが」

「シェルですね」

ウールフ・ランネが怪訝な顔をする。

「シェル、お兄さんの名前です。あとで訪ねることになっています」

「ああ、そうだった。家族とやりとりする際は、いつも彼だった」ランネがうなずく。「だが、もうずっと話をしていないな」

先ほどとは逆方向からまた列車が通過し、リーネは騒音が遠ざかるのを待った。「録音してもかまいません？」

ウールフ・ランネがうなずくのを待って、レコーダーをオンにする。

厳密に言えば、レコーダーは《VG》に返却する必要がある。以前にポッドキャストのシリーズを制作した際に支給されたものだ。

「シモンになにがあったと思いますか」

「事故だ。湖の底に沈んでいると思う。イェルショ湖の泥のなかに」

「でも、所持品が湖岸からかなり離れた場所で発見されていますよね」リーネは指摘した。

「それはなんとでも説明がつく。道端に荷物を置いて、岸に置き忘れたものを取りに戻ったとか」

「たとえばなにを?」リーネは突っこんだ。「釣りをしていた地点にはなにも発見されていませんが」

ウールフ・ランネが肩をすくめる。「釣り具を拾ってポケットに入れたとか、フィッシングナイフを鞘《さや》におさめたとか。おそらく、そのときに事故が起きたんだろう。なにかを探しに戻り、湖に落ちたということだ」

「でも、ダイバーが徹底的に捜索したんでは?」

「潜水の条件としては最悪だった。湖底には粘土と泥が五十センチ以上も積もっていて、ダイバーの動きでそれが巻きあがり、視界がさえぎられたんだ」

「でも、いずれは湖面に浮かびあがってきたはずでしょう?」

「われわれもそれを期待した。だが、なにかが絡まったか、湖底の泥に呑まれたかしたんだと思う。そのうち遺体も溶けて泥に変わったんだろう」

湖底に潜った人間にも話を聞かなくては、とリーネは心に留めた。「捜索にあたったダイバーというのは?」

「消防署の水難救助隊だ。地元のダイビングクラブの協力も得た」

リーネは自分の書いたメモを読み返した。「では、いまのがあなたの考えということですね。水難事故だと」

「近頃は〝仮説〟とか言うらしいがね」ランネが真新しい室内を見まわす。

「ほかの仮説も検討してみました？」

「あらゆる可能性にあたったが、なにも浮かばなかった。犯罪につながりそうな動機というものが見つからなくてね」

「なにか見てはいけないものを目撃したとか？」

ウールフ・ランネがにやりとする。「コンドームの件かい」

それは頭になかったが、とっさにうなずいた。「ええ、たとえば」

「ポンプ小屋周辺を捜索した際に、たまたま見つかったんだ。争った形跡がないかと探したんだが、そちらは無駄骨だった。折れた枝も、血痕もなし。ゼロだ」

「寄せられた情報はすべて確認しました？」

「もちろんだ。霊能者だとかいう女がシモンを〝見た〟と言うから、砕石場まで調べた」

「特定の人物に関して情報提供はありました？」

「つまり？」

つまり、バーナール・クラウセンに関して。「疑わしい人物を名指ししたような」

ウールフ・ランネが首を振る。「さっきも言ったように、溺死の可能性がいちばん高い」

「情報提供は何件ありました？」答えは知っているものの、そう訊いた。

「五十ばかり。大半は、シモンの失踪後にオスロで見かけたといった目撃情報だ」

「クリポスのアドリアン・スティレルから聞いたんですが、寄せられた情報がどこかに紛れてしまうこともあるそうですね。答えを決めてかかっているような場合はとくに、別の可能性を示す情報は重要でないとみなされて」

捜査の手落ちを示唆され、相手は苦虫を嚙みつぶしたような顔になる。

「まあ、たしかに、捜査を担当する者にとって悩ましい問題ではある。オスロ一円の警察署に山ほど情報が押し寄せるから、漏れなく報告されるとはかぎらない。それでも、なにか重要なことがわかれば耳に入ったはずだ」

「未解決事件班が資料を再検証していることはどう思います？」

「感謝すべきなんだろうな。われわれにはそんな余裕などないから。まあ、いまさらなにができるとも思えんが。あんただって、なにを見つけるつもりやら」

リーネはにっこり笑い、レコーダーに手を伸ばして電源を切った。内心、シモン・マイエル本人を見つけられるような気さえしていたが、あえて口にはしなかった。

28

「事件発生の緊急通報が入ったのは十四時四十分」アウドゥン・トゥーレが手帳も見ずに事件の概略を語りはじめた。「ターミナルビル正面の滑走路に車両が侵入、飛行機から輸送車へ積みこみ中の現金を強奪した。十四時四十六分、一台目のパトカーが空港へ急行。ところが広大な敷地内で現場を探しあてるのに手間取り、先に空港警察が到着したときには、犯人たちは逃亡したあとだった」

目覚めたアマリエが、パンを齧りながら目を丸くして聞いている。

「実行犯は二名」トゥーレが続ける。「黒の作業服と目出し帽を着け、短機関銃を所持していた。車は黒のグランドボイジャー、空港北側の外周フェンスのゲートに設置された南京錠を切断して滑走路に侵入しています」

ヴィスティングはうなずいた。ここまでの内容はすべて報道で知っている。

「ただちに現場周辺の道路すべてに検問を設置。十五時七分、クロフタの東の高速16号線で車両が炎上中との通報が寄せられた。車種はグランドボイジャー。強奪犯は東のスウェーデン方面へ逃亡中と判断し、そちらへ人員を派遣して国境に検問を設置した。しかし、陽動作戦と判明。一週間後、犯行に使用された車は、空港から十分のサンという村の閉鎖された溶接工場内で燃えているところを発見された。人の出入りのないはずの工場の焼け跡からは、グランドボイジャーとともにオフロードバイクも発見されている。車は六カ月前にハウケトで盗まれ、ナンバープレートはビャルケバーネンで類似の車から取り外されたもの。陽動作戦に使われた車のほうは、オスロ中央駅近くの駐車場で盗難に遭ったものです」

トゥーレが初めて手帳を開いた。「われわれは内通者の存在に注目した。ガーデモエン空港に勤務していた警備会社か航空会社の従業員のなかに、輸送機の到着時刻や積みこみ作業の詳細を実行犯に伝えた人間がいたはずだと考えた」

「それらしき人間は？」

「いや。多大な労力と時間を投入し、ある程度候補を絞りはしたものの、内通者も実行犯も目星をつけられずじまいです」

「絞ったとは、どうやって？」

「襲撃は時間をかけて入念に計画され、準備されたもので、軍隊を思わせる正確さで実行された。ノルウェーの犯罪者でそれほど大がかりなことをやれるのは、ほんのひと握りのはずです。各方面の情報源にあたったところ、ある名前が浮上した——アレクサンデル・クヴァンメ」

ヴィスティングもその名は知っていた。東部地域を拠点とする犯罪組織の大物として長年知られ、スウェーデンで勢力を増しつつあるセルビア系マフィアともつながっている。一度は殺人罪で起訴されたものの、無罪放免となっていた。

「麻薬絡みで別件逮捕して取り調べたものの、アリバイがあった。強奪事件当時は、タトゥースタジオで二の腕に鷲《わし》を彫られていたとのことで」

「疑いの余地なし？」

「タトゥー職人と待合室の客が嘘《うそ》をついていなければ。日時の入ったレシートの証拠もあった。紙幣が出まわりさえすれば手がかりになったはずだが、その気配もなかった。奪った金はただちに国外へ持ちだされたか、氷漬けにされたかだと判断しました」

「氷漬け？」

「安全な場所に保管して、警察の捜査が縮小されるのを待っているのだと」

「バーナール・クラウセンの手もとにあったと聞いて、どう思う？」ヴィスティングは訊いた。

「どう考えたものか。あらためて事件全体を見なおす必要があるが、それにしても、バーナール・クラウセンと現金強奪事件がどう結びつくか、見当もつかない」

ヴィスティングはクラウセンの息子の死と交友関係について告げた。

「こんな大それたことをやってのけるような大物ではないのでは？」

「もう一点ある」ヴィスティングは続けた。

トゥーレが熱心に身を乗りだす。

「強奪事件と同じ日、コルボトゥンに住む二十二歳の若者が行方不明になった。シモン・マイエルだ。メディアにはイェルショ湖事件と報じられた」

「記憶にないな」

ヴィスティングは長椅子でふたたび眠りこんだアマリエの手からｉＰａｄを取り、写真のフォルダーを開いた。

「シモンが消えてから二週間ほどのち、検事総長が密告状を受けとった」

そう言って、短い文面の書かれた手紙をトゥーレに示した。〝イェルショ湖事件に関し、保健大臣のバーナール・クラウセンを調べられたし〟

「つまり、この三件にはつながりがある可能性がある」ヴィスティングは言い、人差し指で三角形を描いてみせた。「現金強奪事件と、失踪と、バーナール・クラウセンとのあいだには」

アマリエが目を覚ましてｉＰａｄに手を伸ばした。ヴィスティングは渡してやり、クッションで両脇から挟むようにしてアマリエを長椅子にすわらせた。アウドゥン・トゥーレがモルテンセンとともに車に戻り、強奪事件の捜査資料が詰まった段ボール箱を運びにかかる。

そのあいだにヴィスティングは検事総長に電話をかけた。

「なにか進展が？」リングが訊いた。

「金の出所がつかめたかもしれません。二〇〇三年、ガーデモエン空港の現金強奪事件です」

回線の向こうに沈黙が流れる。

「時期と金額が一致します」ヴィスティングは続けた。

「たしかに可能性はある。だが、クラウセンが関与していたとは到底信じがたい」

「強奪事件とシモン・マイエルの失踪は同日に起きています」

「つながりは？」

「まだ不明です。ところで、少々口添えをお願いしたいのですが」

「いいとも、なにかね」

「ローメリーケ警察の署長に、アウドゥン・トゥーレを通常勤務から外して、チームに参加させるよう指示していただけますか」

29

草むした未舗装路にリーネが車を乗り入れると、ボディや屋根が枝にこすれた。見つけるのに苦労したが、二〇〇三年にシモン・マイエルが釣り具を持って自転車で通った道はここで間違いなさそうだ。

ゆっくり奥へ進むと、百メートルほど行ったところで廃ポンプ小屋が現れた。レンガの壁はひび割れ、苔《こけ》に覆われている。土台を取りかこむように背の高いイラクサが蔓延《はびこ》り、ひとつきりの窓は仕切り枠から何枚もガラスが外れて地面に散乱している。シモン・マイエルが自転車をつないだ雨樋はすでに失われている。

ポンプ小屋のまわりを一周したあとリーネは車を降り、カメラを取りだした。しばらくそこに立ってその場の雰囲気を感じとった。月日の流れとともに周囲の森が迫り、写真で見るより敷地内は狭く感じられる。いまいる場所からイェルショ湖はほとんど見えない。

釣り場へと続く踏み分け道が見つかった。すっかり踏みかためられ、地面を這う松の根もつるつるとすべりやすくなっている。獣道にされているのか、あるいはまだ釣り人が通ってくるのだろうか。両方かもしれない。

じきに視界がひらけ、岬の突端に出た。吹きわたる風が湖面にさざ波を立てている。切り立った斜面に波が打ち寄せ、濡れた岩場に足を取られそうになる。たしかに転んで頭を打ち、気を失って転落してもおかしくはない。いまと同じように岸から湖へ風が吹いていたとすれば、深みへ押し流され、湖底に沈んだとも考えられる。

周囲の地面には数ヵ所に魚の血が付着していたものの、シモン・マイエルが転倒して頭を打ったという説を裏づける証拠は見つかっていない。人間の毛髪も血液も発見されていない。ただし、二日のあいだに採取困難になった可能性はある。

左手のイグサの茂みからカモが一羽、翼をせわしなくはためかせて飛び立ち、湖面すれすれを飛び去っていく。背後で車の音がした。

斜めに差しこむ木漏れ日の下、踏み分け道を引き返しながらリーネはカメラを構えた。かつてシモン・マイエルが佇《たたず》んだ岬の方向にレンズを向け、地面にのたくる木の根にピントを合わせ、被写界深度を調節してから、何度かシャッターを切った。記事にドラマチックな効果を添えられるはずだ。

さらに数枚撮ってからポンプ小屋へ戻った。車のドアが閉じられる音がし、釣り竿を持った男性が小屋の裏手から現れた。

風貌から見て東欧系だろうか。微笑んで会釈を交わしたあと、リーネはふと思いついて声をかけた。「釣りですか」相手は片言のノルウェー語で夕食のおかずを獲りにと答え、踏み分け道の先へ消えた。

ポンプ小屋の裏手へまわると木陰に車がとめられていた。捜査資料の写真で自転車がつながれていた場所を撮影するつもりでいたが、車が邪魔になる。

それでも、ポンプ小屋の正面ドアは雰囲気たっぷりな絵になりそうだ。すっかり荒れ果て、いかにも不吉な事件の現場らしく見える。リーネは光の具合を考慮しながら納得のいく一枚をカメラに収め、戸口に近づいた。ドアの表面に筋状の錆《さび》がこびりついている。

施錠はされているものの、侵入を試みた形跡が見られ、戸枠は鋼鉄のカバーで補強されている。窓は高い位置にあり、内部は見えないが、すぐ下の壁際に置かれた木箱が踏み台になりそうだ。その上にのぼり、ガラスが外れた箇所から室内を覗きこんだ。床は地面より一メートル掘り下げられ、部屋の中央には大型のポンプが据えられていて、四方八方にパイプがのびている。壁際には数台の棚と旧式の操作盤、さらに隣室へのドアが並んでいる。ドアの奥には床のハッチがかろうじて見てとれる。

リーネはしばらく眺めていたあと地面に飛び降り、携帯電話を出してウールフ・ランネの番号にかけた。「お邪魔してすみません。ポンプ小屋を見に来たんですが、ひとつお尋ねしたくて。シモンの捜索中、このなかも調べました？」

「もちろんだ。捜索隊がドアをこじあけて入った」

リーネは戸口に目をやった。「床のハッチも？」

「この目で内部を確認した」

リーネは礼を言い、邪魔をしたことをもう一度詫《わ》びた。電話を切って、恥ずかしくなった。警察がその可能性を見落とすはずがない。

じきに午後一時だ。父に電話してアマリエのお昼のことを念押ししようかと考えたが、やめにした。車に乗りこんでナビにシェル・マイエルの住所を入力した。

そして、がたつく狭い砂利道を出てラングフースの町へ移動し、灰色の壁のテラスハウスが並ぶ通りの突き当たりで車をとめた。

シモン・マイエルの兄が出迎え、リーネをキッチンへ通した。テーブルに開いて置かれたリングバインダーには新聞記事の切り抜きをはじめ、失踪事件に関する情報がぎっしりとファイリングされている。

「お時間作ってくださって感謝します。急なお願いでしたのに」

「かまいませんよ」

シェル・マイエルの見た目はリーネの想像と違っていた。シモンは細身だったが、兄はずんぐりしている。

「昨日、クリポスの未解決事件班のアドリアン・スティレルと会いました」リーネは切りだした。

「なにか聞けましたか。新たな情報は?」

「まだその段階ではないようです。今日ウールフ・ランネを訪ねたとき、数年前に事件を調べていた記者がほかにもいたと聞いたんですが」

「ああ、彼女は本当にねばり強くて熱心だった。こつこつと取材を続けて、警察のミスをいくつか見つけもしたんだが、記事にはならずじまいだった」

「なぜです?」

「仕事をもらっていた新聞社が倒産したんだ。報酬も受けとりそこねたらしい、長い時間をかけたのに。徹底的に調べなおし、一から取材もしたんだ。警察のやるべき仕事まで」

「記者の名前はわかりますか」

「ヘンリエッテ・なんとかだったかな」シェル・マイエルは言い、卓上のリングバインダーをめくりはじめた。「わかると思いますよ」

「話を聞いてみようと思います」

数ページ目で目当ての名前は見つかった。「ヘンリエッテ・コッパン」と、開いたページが差しだされる。「じつに熱心な仕事ぶりだった。会ったことは?」

リーネは首を振って電話番号をメモした。名前にはかすかに聞き覚えがあり、たしかオンライン新聞《ネッタヴィーセン》の記者だったような気がするが、それ以上は知らない。

「いまはフリーランスなので、特定の媒体とつながりはないんです。かならず記事にするとお約束はできないんですが、未解決事件班が再捜査を検討中なので、メディアの注目は集まるはずです」

シェル・マイエルがうなずく。

「これ、見せていただいても？」リーネは尋ね、リングバインダーのページを繰った。

「ええ、どうぞ」

リングバインダーには事件の記事が残らず集められているらしい。《ダーグブラーデ》や《アフテンポステン》といった主要紙にも短い記事が二、三掲載されているが、捜査の模様を詳しく追っているのは地元紙ばかりだ。切り抜きのほかにも、被害者弁護人から警察の法務担当へ送られた、捜査打ち切りに対する不服申立書も収められている。さらに、事件の三年後に発行された失踪宣告の証明書類も見つかった。

「被害者弁護人を立ててたんですね」リーネは言い、その氏名を書き留めた。

「ええ、自腹を切って」

リーネはさらにページを繰った。シモンの写真が現れた。

「正直な話、弟を思いだすことも減ってきてね。何日、何週間も忘れていることさえある。それでもせめて、なにがあったのか、どこで亡くなったのかがわかればと思うよ」

「あなたはどうお考えですか」

「あらゆる可能性を考えてはみたが、湖の底だとは思えないんだ。誰かに拉致されたんだと思う」

「なんのために?」

「なにより耐えがたいのは、どこかのいかれたサディストに連れ去られて虐待された場合だ。まともじゃないが、そういうことは実際に起きている。少なくとも外国では。若い女性が多いがね。そう考えると恐怖で夜も眠れない。もっと単純に、事故に遭った可能性もある。バックしてきた車に轢《ひ》かれ、運転していた人間が弟を運んでどこかへ捨てたか」

リーネはその言葉を書き留めた。どちらの説も、警察の溺死説と同じくらい可能性が低そうに思える。「警察には伝わっていない情報が、直接寄せられることはありませんでした?」

「女の霊能者が連絡してきたが、そのことは警察に伝えた。シモンは石と砂利の下に埋まっていると言うんだ。ヴィンテルブロの砕石場を調べたものの、石と砂利だけでは漠然とすぎでね」

「弟さんが行方不明になった日のことを伺えますか」

「あれは木曜日で、最後に目撃されたとき、シモンは釣り竿を積んで自転車に乗っていた。その日は話をしなかったが、土曜日に勤め先から電話があって弟のことを尋ねられた。それで家に行ってみたら、自転車がなくなっていたので、釣りに出たんだろうと思ったんだ。よく通っていた釣り場があるアイスターンのポンプ小屋まで探しに行って、自転車と道に落ちた釣り竿を発見した。そのとき初めて、なにかあったと気づいたんだ」

リーネは強奪事件の日に話を戻そうとした。「木曜日はなにをされていました？」

シェル・マイエルが首を振る。「土曜日のことしか覚えていない」

その日の不安と動揺を語るシェルの言葉をリーネはメモした。警察が到着し、ダイバーが投入され、赤十字の捜索隊が結成されたという。

さらに一時間をかけて、シモンの友人や交流のあった人々について訊いた。レナルト・クラウセンの話が出るかと学校時代のことに水を向けてみたが、名前は挙がらなかった。

リーネはインタビューを切りあげようと腰を上げた。「ところで、バーナール・クラウセン氏とはお知り合いでした？　住まいはたしかこのあたりでしたね」

シェル・マイエルはうなずいた。「先週末に亡くなったそうだね。でも、なぜ？」

「以前、記事を書いたことがあるので」もっともらしく聞こえるようにと願いながらそう答えた。「弟さんと同じ年頃の息子をバイクの事故で亡くしたそうですね」

「レナルトだね」シェル・マイエルがうなずく。「同じ通りで育ったんだ」

「レナルトとシモンは友達でした？」

「子供のころはね。シモンはよく家に遊びに行ったもんだよ」

シェル・マイエルも腰を上げ、リーネを戸口へ送った。リーネは感謝を伝えてその場を辞した。なにか訊き忘れたような気がしたが、思いだせなかった。

30

正午少しまえ、《ダーグブラーデ》がバーナール・クラウセンの別荘に放火した容疑で男が検挙されたと報じた。自分の名が出ていないことにヴィスティングは安堵《あんど》した。他社への対応はクリスティーネ・ティーイスがうまくやってくれるはずだ。

雲が垂れこめてきたので、三人の刑事はテラスからキッチンへ入った。ヴィスティングは現金強奪事件の資料に目を通した。過去の事件を検証すると捜査の穴や手抜かりが見つかりがちだが、いまのところ不手際らしきものは見あたらない。

隣にすわったトゥーレはクラウセンの別荘の写真を確認している。「ある意味、芸術品を扱うのにも似ているような」奥の部屋の二段ベッドに並んだ箱の写真を眺めてそう言った。

「どういう意味で?」

「長年手つかずのまま保管されていた点が」とトゥーレが説明する。「酔狂なコレクターが盗品の絵画を買って、人知れず壁に飾るのと似ている気がする」

モルテンセンが考えを口にした。「現金強奪に息子が関わっていて、その死後に金を見つけたクラウセンが扱いに困ったのでは？　明るみに出れば大スキャンダルになる」

「なら、始末すればいい」トゥーレが答える。「暖炉で燃やすことも、埋めることもできたはずだ。手もとに置くことで、いつか発見される危険を冒すことになる」

玄関ドアが開く音がし、アマリエが落書き帳から顔を上げた。

「ママのお帰りだ」ヴィスティングは告げた。

アマリエがぴょんと立ちあがり、母親のもとへ飛んでいく。モルテンセンはかかってきた電話に出ようと居間へ移った。リーネはアウドゥン・トゥーレに挨拶してから、娘の絵を褒めた。

「なにかつかめたか」ヴィスティングは訊いた。

「あんまり」リーネが答え、午前中の首尾を報告した。「本屋で地図を買ってきたの」そう続け、キッチンテーブルに広げた。

釣り場とバーナール・クラウセンの自宅にはすでにしるしがつけられているが、それ以外の場所を記入するまえにモルテンセンが居間から戻った。「DNA鑑定の結果です。試料B－2からDNA型が検出されました」

「ケーブルだな」

「鍵と紙片のほうは収穫なしですが、ケーブルから検出されたDNA型がDNAデータベースでヒットしました」

「誰のものだった？」

「オスカル・トヴェットです」モルテンセンは答え、ノートパソコンの前にすわった。トゥーレが悪態をついた。「大尉の野郎か！」そう言ってリングバインダーのひとつを引つつかむ。

「大尉とは？」ヴィスティングは訊いた。

「特殊部隊の元隊員です。アルナ地区で起きた暴行事件までは、アレクサンデル・クヴァンメの仲間だった」

「その事件は初耳だな」ヴィスティングは言った。

「オスロ警察の管轄だったので。ただし、当時の主要な犯罪者集団に関する資料は残らず取り寄せてあります」

トゥーレがバインダーを繰り、目当ての資料を探しだした。「当時はつながりが見えなかったが、こいつは当たりかもしれない。現金強奪に使われたトランシーバーのケーブルにやつのDNAが付着していたということは、実行犯のひとりだった可能性が高い」

「アルナ地区でなにがあったんです？」リーネが訊いた。

「いまラディソンホテルが建っているあたりに駐車場があったんだが、そこに重傷者が倒れていると緊急通報があったんだ。駆けつけた救急隊が、殴られて重傷を負ったオスカル・トヴェットを発見した。内部抗争と見られ、犯人は逮捕されずじまいだ」

「オスカル・トヴェットの供述は？」ヴィスティングは訊いた。

「なにも。何週間も昏睡《こんすい》状態で、意識が戻ってからも脳に深刻なダメージが残ったので。身体《からだ》にも麻痺《まひ》が残り、会話能力も失われた」

「いまはどこに？」

「この報告書が書かれた時点では、ウレヴォール病院のリハビリ施設に」

「その後、回復した可能性は？」モルテンセンが尋ねる。

アウドゥン・トゥーレは持ち物を片づけにかかった。「調べてみる。署に戻って二、三用事をすませないといけないが、明日には戻ります」

モルテンセンも帰り支度をはじめた。ヴィスティングはふたりを戸口まで送った。外は気温が下がり、秋の気配が漂っていた。

31

「《VG》に寄稿を断られちゃった」リーネは報道デスクとのやりとりを父に語って聞かせた。

「かえってよかったんじゃないか。基本的にこれは捜査で、取材じゃない。おまえには厄介な役を頼むことになるが」

「シモンのお兄さんには取材ってことにしといた。数年前にも事件を追っていた記者がいたらしいんだけど、記事にはならなかったって」

「どのみち捜査中は公表してもらうわけにはいかない。今後、詳しいことが明らかになれば、《VG》も興味を持つんじゃないか」

リーネはカメラを取りだした。「かもね」そう答え、釣り場とポンプ小屋の写真を父に見せた。「だめだったら、ほかの社にいくつかあたってみる」

シモン・マイエルの失踪は、はるかに大きな事件の一部にすぎない。記事にしたいのはその全体像だ。

「明日はアマリエを預ける当てはあるか」

「ええ、なぜ？」

「バーナール・クラウセンの昔の友人たちに話を聞いてくれ。二〇〇三年の春から夏にかけて親しく付きあっていた人間に」

リーネは父を見た。いまの口調になぜかかちんと来た。「明日じゃなきゃだめ？　シモンの失踪を調べてた記者に連絡をとろうと思ってたんだけど」

「クラウセンが死んで一週間近くになる。月曜には葬儀だ。不自然に思われないうちに話を聞く必要がある」

また型どおりの確認か、そう考えてリーネはため息をついた。そんなことを続けたところで望み薄な気がする。

父がぎろりと睨《にら》んだ。そんな目をされるのは十代のころ以来だ。なにも言われなくてもわかった。いま自分は父が率いる捜査チームの一員なのだ。

「誰に会えばいいか、リストはある？」

父が別荘のゲストブックを取りだした。「シモン・マイエル失踪後の週末、大勢が集まって別荘の手入れをしている」該当するページを開いた状態で差しだされる。「大半が昔からの党の仲間だ。まずはトリグヴェ・ヨンスルからあたってみてくれるか」

「元財務大臣の？」

「同じ年に国会議員に当選して以来の付き合いだったらしい。それに、このあたりに別荘も所有している。運がよければ週末でこっちへ来ているかもしれん」

そう簡単に取材に応じてもらえる相手とは思えない。「とりあえずあたってみる」

「幹事長に頼んで電話番号を手に入れておく」

「わかった」

アマリエの持ち物をバッグにしまってから、リーネは自宅へ戻った。

ここ数日庭に来ている黒猫が玄関ポーチの階段にすわっていた。昔、母が亡くなったあとに父が飼っていて、ある日急にいなくなった猫のブステルに似ている。

「ニャンニャン！」アマリエが大声で呼んだ。

そして、リーネの手を振りほどいて猫めがけて駆けだした。猫は階段から庭へ飛び降り、家の角をまわりこんだ。アマリエがあとを追う。リーネも続いて裏手へまわると、ちょうど猫が生垣の下にもぐりこんで隣家の庭へ消えるところだった。

「ニャンニャン！」アマリエがまた呼びかけたが、無駄だった。

リーネは娘をなだめすかして家へ入らせた。それからしばらくふたりで過ごそうと、アマリエをベッドに入れて、『ペットソンとフィンドゥス』の絵本をダウンロードした。アマリエにはすべてを理解するには少し早かったが、縦縞のズボンを穿《は》いた猫はすっかり気に入ったようだった。そのあとお絵描きしたいとせがまれ、描けた猫の絵をベッドサイドの壁に飾った。

父からトリグヴェ・ヨンスルの電話番号が送信されていた。かけてみたが、応答はなかった。

アマリエが寝入ったのをたしかめてから、リーネは紅茶を淹れ、地下の仕事部屋へ下りた。窓はなく、机の前の壁にはコルクボードをかけてある。ボードの左半分はイェルショ湖事件関連の記事で埋めつくされている。右半分には、レナルト・クラウセンを中心とした人物相関図を作りはじめたところだ。レナルトの写真の周囲に、関わりが深い順に関係者の名前を書いた付箋紙を配してある。最も近くにあるのは学校時代からの友達のアクセル・スカーヴハウグとトミー・プライム、そしてレナルトの恋人だ。

仕事部屋にはＭａｃのデスクトップ・コンピューターも置いてある。仕事のファイルはすべて自動で同期されるので、どちらでも不便なく作業できるが、デスクトップのほうが大画面で動作も速く、使いやすい。

ログオンしてヘンリエッテ・コッパンについて検索してみる。同名の女性が数人見つかったが、記者はひとりだ。ヒットする記事は数年前のものばかりだが、《ネッタヴィーセン》のほか、映画やテレビのプロダクションともつながりがあったようだ。ＳＮＳにも個人情報は非公開で、ほぼなにもつかめない。写真からブロンドで丸顔なのがわかるくらいだ。

電話をかけてみると、明るい元気な声で応答があった。リーネは名乗り、フリーの記者だと告げた。「失踪事件について調べはじめたところなんです。シモン・マイエルの。数年前、あなたも取材されていたと聞いたもので」

回線の向こうの声がとたんに真剣になった。「なにか新しい情報でも？」

「いえ、そうじゃなく。クリポスがひととおり洗いなおしている最中なんですが、自分でもなにかつかめないかと思って。事故だったと断定はできないと思っています」

ヘンリエッテ・コッパンは同意した。「たしかに、謎が多すぎるから」

「記事にはしていないんですよね」

「ええ、だから正直言って、あの事件のことは心残りで。当時は《ゴリアト》から仕事をもらっていて、妊娠五カ月だったの。なのにいきなり原稿料を支払えないと言われて、必要経費さえもらえなかった。そのうち《ゴリアト》がつぶれて、出産前なのに収入の道を断たれてしまって。とにかく大変な状況で、事件どころじゃなくなったの」

「当時、なにかつかめました？」

「警察の捜査打ち切りが早すぎたことくらいね」

背後で子供の呼び声がした。ヘンリエッテが電話を口から離し、すぐに行くからと大声で返す。

声が電話口に戻ってきた。「あなたの考えは？」

「調べたかぎりでは、おそらく犯罪に巻きこまれたんだと」

「殺されたということ？」

「ええ、正直なところ、そうじゃないかと」リーネは言葉を探しながら答えた。「なにか別の犯罪を目撃して、その口封じに殺されたとか」

「犯罪って？」

「いえ、犯罪とはかぎらないかもしれない。誰かがまずい場所にいるのを目にしたとか」

「シモンが失踪したのがセックスによく使われる場所だったって話？」

露骨な表現にリーネは苦笑した。「あなたの意見は？」

「じつは、彼はまだ生きてるんじゃないかと思う」

その可能性はまともに考えていなかった。「根拠は？」

「第一に、発見されずじまいだということ──遅かれ早かれ、死体は見つかるものなのに。でも、ほかにもそう考える理由はある」

リーネは目撃情報の内容を思い返した。そのうち二件は、シモンを外国で見たというものだった。

「母親がチリの出身だったから」ヘンリエッテが続ける。「シモンはスペイン語が堪能《たんのう》だった。外国で新しい生活をはじめたというのも、ありえない話じゃないでしょ」

また呼び声がした。「明日コーヒーでもどう？　話の続きもしたいし」ヘンリエッテが提案する。

「住まいはスターヴェルンなんですけど」

「大丈夫、こっちが出向くから。さっきも言ったように、あの事件のことは心残りだったの。ご家族を見捨てたみたいでね。代わりに調べてもらえるなら、わたしもうれしい」

ふたりはスターヴェルンのカフェで会う約束を交わし、通話を終えた。

シモン・マイエル生存説にはまだ納得がいかないものの、自分の殺害説も思いこみにすぎない。リーネはそう認めざるを得なかった。警察の溺死説と同じだ。シモン・マイエルが生きているなら、家族との関わりを絶ったことになる。つまり、なにかから逃げたかったということだ。

32

日付が変わるころ、ヴィスティングは現金強奪事件の捜査資料を読み終えた。軽く目を通しただけの文書もあるが、いくつかは何度も読み返した。犯行の手口がきわめてプロフェッショナルだというアウドゥン・トゥーレの意見にはヴィスティングも賛成だった。資料を読むかぎり、捜査には多大な労力が費やされたものの、収穫は皆無に等しかったらしい。ここ数日でかつてない進展を遂げたと言える。強奪されたものと思われる現金が手つかずで発見され、DNAの痕跡も検出された。

ヴィスティングは腰を上げて居間に入り、床に散らかったアマリエのおもちゃを片づけにかかった。ジグソーパズルのピースがひとつ、ソファの下にもぐりこんでいる。

拾いあげた牛の頭のピースを手にしたまま、ヴィスティングはフィン・ペッテル・ヤールマンとのやりとりを思い起こした。わざわざ刑務所まで出向いたものの、そちらは余分なピースが紛れていただけだと判明した。

鍵穴に合う鍵を見つける、とつぶやきが漏れた。かつてそう言った年上の同僚が誰だったか、いまだに思いだせずにいる。

キッチンに戻り、リーネがテーブルに残していった地図を覗きこんだ。シモン・マイエルがよく通っていた釣り場近くの廃ポンプ小屋に、十字のしるしがつけられている。空港からそこまでの距離は約六十キロメートル、高速6号線の降り口からもほど近い。

そう考えながらバスルームに入り、歯を磨いた。寝床に入ったものの、眠れずに寝返りを繰り返した。経験上、こんなときは何時間も寝つけないと知っている。無駄に悶々《もんもん》とするばかりで、疲労だけが残ることになる。

三十分後、ヴィスティングは上掛けをはねのけて起きだした。リーネの地図と必要な物をかき集め、地下室の警報装置の設定を確認してから、車に乗りこんで前庭を出た。バックミラーを覗くとリーネ宅の居間の明かりは消えていた。ギアを入れなおし、通りをゆっくりと走りだした。

高速道路に乗り、途中で給油に寄った。地図を頼りに廃ポンプ小屋へ続く脇道を探しはじめたときには午前二時に近くなっていた。

ヘッドライトが雑草に覆われた未舗装路の入り口を照らしだした。運よくすぐに見つけられたが、普段から使われているようには見えない。車を乗り入れると、車体の底と側面が枝や下草にこすられた。

漆黒の闇が四方から迫る。ヴィスティングはハンドルに覆いかぶさるように身を乗りだし、前方に障害物がないか注意しながら進んだ。

狭い道を百メートル入ったところで、ややひらけた場所へ出た。かつては砂利敷きだった地面には小石のあいだから雑草が突きだしている。ところどころ草が平らになっているのはタイヤの轍《わだち》らしい。

車をアイドリング状態にしたまま、ヘッドライトでポンプ小屋の入り口を照らした。光の輪のなかを羽虫が飛び交う。黒々とした木立のどこかで、モリバトかフクロウらしき大きな鳥が飛び立った。

ヴィスティングは車を降り、灰色のレンガの壁に踊る自分の影を見ながら戸口へ近づいた。ポケットにはモルテンセンがB‐3と記した証拠品袋が入っている。ラテックスの手袋を嵌め、袋の封をあけて、現金の箱から発見した鍵を取りだす。古ぼけたドアのシリンダー錠の鍵穴にそれをあてがい、挿しこんだ。

鍵は途中でつっかえた。力任せに引き抜き、もう一度挿しこんでまわそうとしてみたが、やはりいうことを聞かない。

ヴィスティングは車に戻ってボンネットをあけ、検油棒を抜いて鍵に数滴オイルを垂らし、戸口へ戻った。今度は楽に挿しこんでまわすことができた。ドアがゆっくりと開き、湿った冷たい空気があふれだす。

――捜査とは、特定の鍵穴に合う鍵を見つける作業だ。

そのとき思いだした。その言葉の主は、ヴィスティングが犯罪捜査部に配属になった一九八四年に部長を務めていたオーヴェ・ドッケンだ。

少しその場に立っていたあと、ヴィスティングは車から懐中電灯を持ちだした。戸口を入り、階段を五段下りたところに床がある。漆喰《しっくい》の欠片《かけら》を踏む音が壁に響いた。

室内の中央に大型のポンプが設置されている。片側の床から突きだしたパイプが反対側の壁の外へつながっている。隣室に続くドアはあけ放たれ、部屋そのものは空っぽだが、床にハッチがある。蝶番をきしませながらそれを開いた。開口部に懐中電灯を向けて内部を照らす。高さ二メートル、奥行きが一メートルほどのなにもない空間だ。壁には黒黴《くろかび》が蔓延っている。ハッチを閉じようとしたとき、隅のほうに落ちているものに気づいた。鍵が挿さったままの南京錠だ。飛び降りて回収しようかと考えたが、そのままにして注意深くハッチを戻した。

立ちあがったとき、ヴィスティングはアドレナリンがみなぎるのを感じた。間違いない。ここは空港で強奪された現金が〝氷漬け〟にされていた場所だ。その後、なにが起きたか――次はそれを解明する必要がある。

33

夜のあいだに灰色の海霧が陸を覆っていた。ヴィスティングが午前四時ごろラルヴィクへ戻った際にはまだかすかだったが、いまはキッチンの窓からリーネの家が見えないほど濃く立ちこめている。

コーヒーマシンの前に立ったとき、一対のヘッドライトが霧を切り裂いて通りを近づいてきた。几帳面《きちょうめん》なエスペン・モルテンセンが、定刻通り朝のミーティングにやってきたのだ。

ヴィスティングはカップをもう一客用意し、玄関へ下りて相手を迎えた。

「寝不足ですか」モルテンセンがヴィスティングの顔を見て訊いた。

「寝られはしたんだが、時間が短くてね」

「なにをしていたんです？」

ヴィスティングはキッチンのテーブルに置いた鍵入りの証拠品袋を手に取った。「これを持って夜中に車で出たんだ。帰ったのは明け方だった」そう答えて行き先を告げた。

モルテンセンは椅子にすわった。「なら、奪われた金はそこに？」

「おそらくは」

「アウドゥン・トゥーレには話しましたか」

「まだだ。じきに来るはずだ」

モルテンセンがファイルから書類の束を取りだした。「わかりました。ひとつ気づいたことがあるんですが」

リーネが玄関を入ってくる音がした。

「トリグヴェ・ヨンスルとは連絡がついたか」キッチンにやってくるのを待って、ヴィスティングは訊いた。

「おはようもなし？」

モルテンセンが書類から目を上げた。「元財務大臣の？」

「シモン・マイエルの失踪直後にクラウセンの別荘を訪れているんだ。そのときの話がなにか聞けるかもしれない」

ヴィスティングはリーネに向きなおった。「話はできたか」

「だったらもう報告してる」

「アポくらいはとれたのか」

「昨日、電話してみたんだけど、つながらなくて」

「もう一度試してみろ」

リーネがうんざりしたように苦笑する。「そうする」

「レナルト・クラウセンの恋人とも話す必要がある」ヴィスティングは手帳で名前を確認した。「リータ・サルヴェセン。バーナール・クラウセンの身内に近いと言える人間は彼女くらいだ」

その件も任せると伝えるために、娘に目を据えたままにした。「故人の知られざる一面を紹介したいから、祖父としての彼について聞きたいと頼んでみてくれ。記者なら不自然じゃない」

「でも、交流はなかったんじゃ？」

「レナルトの子を妊娠したのは、空港の強奪事件後まもなくのはずだ。当時は付き合いがあったかもしれん」

「住まいはスペインだ。この三年は向こうにいるらしい」モルテンセンがそう言って自分の手帳を繰り、住所と電話番号を書きつけた紙をリーネに渡した。

「気づいたことがあると言っていたが」ヴィスティングは話を戻した。

モルテンセンがうなずく。「レナルト・クラウセンの交友関係を、空港の強奪事件との関連に注目して調べたんですが。アクセル・スカーヴハウグとつながりのある人物が二、三見つかりました。ひとり、とくに気になる人間がいます。二〇〇三年当時、ガーデモエン空港のメンジーズ・アビエーションに勤務していた者です」

ヴィスティングはトゥーレから渡された捜査資料をあさり、内通者の捜査に関する報告書のバインダーを探しだした。「職務は？」

「本人の担当は不明ですが、空港地上業務全般を請け負う企業です」

「名前は？」

「キム・ヴァーネル・ポーレン」

ヴィスティングは名簿に指を走らせた。「聴取を受けている」そう言って、別のバインダーから聴き取り調書を取りだした。

「事件の当日は休みになっているが……」と調書を繰る。「非正規の従業員で、勤務歴は八カ月だ。航空貨物の荷下ろしと積みこみなどに従事している」

「あたってみる価値はあります」とモルテンセンが意気込む。

「その人、いまはなにを？」リーネが訊いた。

「アスケルでガソリンスタンドを経営している。既婚で子供がふたり」

リーネはノートパソコンを開いた。「生まれた年は？」

「一九八一年。なぜだい」

「シモン・マイエルと同じ年ね」過去のクラス名簿を開いてリーネが答える。「クラスメートだったみたい。わたしから話してみる」

呼び鈴が鳴り、ヴィスティングはアウドゥン・トゥーレを招き入れた。全員でキッチンのテーブルを囲み、最新の情報をトゥーレにも共有した。

「どうも全体像がつかめない」トゥーレが言った。「ケーブルからオスカル・トヴェットのDNA型が検出された。やつがプロの犯罪者集団の一員なのはわかっている。でも、それとコルボトゥンの不良グループとのつながりは？」

「なにか接点はあるはずだ」ヴィスティングは話を続けた。「強奪犯がどうやってポンプ小屋の鍵を入手したか、そこも気になる」

「シモン・マイエルの捜索が行われたとき、警察はドアをこじあけて入ってる」とリーネが口を開く。「建物は地元の自治体か水道局あたりの所有になってるはず。ウールフ・ランネが詳しいことを知っているかも」

「そっちも頼めるか」

リーネはうなずき、メモを取った。

ヴィスティングはトゥーレに向かって言った。「オスカル・トヴェット絡みでなにか情報は？」

「今年の夏に母親が亡くなるまでは、ノールストランの実家で暮らしていました。母親が介護者手当を受給して息子の世話をしていたようで。現在はオステンショ湖近くの療養院に」

「話はできるんだろうか」

「いや」トゥーレが手帳を繰ってなにかを探す。「やはり、脳に複数の損傷を受けたせいで、認知機能に障害が残っているようです。うなり声や手振りで快・不快を伝えるのがせいぜいかと」

「アルナ地区での暴行事件に被疑者は？」

「いや、内部抗争として片づけられて、それ以上は」

「〝内部〟とは？」

トゥーレはファイルを取りだし、ゴムバンドを外した。「これが先日話したアレクサンデル・クヴァンメです」そう言って、いかつい体躯《たいく》の男の写真を卓上に置いた。スキンヘッドで、撮影者を睨《ね》めつけている。

「こっちがヤン・グディム」続いて癖毛の男の写真が置かれる。「ライフ・ハーヴァン、ルーディ・ラーセン、ヨーナス・ステンスビー」次々と写真が並べられる。「主要メンバーはこんなところです」

いずれも警察の犯罪者リストに登録された顔写真で、レナルト・クラウセンとその仲間とは段違いの凶悪さを漂わせている。

「このなかで、空港の事件への関与が疑われたのは？」モルテンセンが訊いた。

「ライフ・ハーヴァンは除外された。精神的に不安定で、いまもそうらしい。仲間に加えるのは危険すぎたはずだ。ほかの三人は有力な候補だと言える。ヤン・グディムはモータースポーツの経験があり、運転手役だったと考えられる。ヨーナス・ステンスビーはサポート役にまわることが多かったから、陽動作戦に使われた車に火を放つ役だったかもしれない」

「当時、彼らのアリバイ確認は？」

「全員は確認できていないが、行動は監視した。事件後六カ月は誰も国外へは出ていないし、派手に金を使ってもいない。そこまではたしかめたが、いま思えば不十分だった」

リーネがヨーナス・ステンスビーの写真を手に取った。残りの四名とは違い、小柄でひ弱そうな男だ。「仲間のひとりに、ダニエルという人間はいませんでした？」

トゥーレが首を振る。「現金の箱にあった電話番号の件かい。お父さんからも聞いたが」

「当時の通信記録はあります？」

トゥーレが立ちあがって段ボール箱のひとつからリングバインダーを取ってくる。「ガーデモエン空港周辺の基地局の通信記録だ、事件発生の前後一時間分の。フロッピーディスクにも保存されているが、あいにくここにはない。まだディスク・ドライブを持っている者に言って送らせるよ」

ヴィスティングは立ちあがった。ようやくつながりらしきものが見えてきた。「強奪された現金はポンプ小屋に隠されていた」話をはじめながら、キッチンのカウンターへ向かう。「同じころ、シモン・マイエルがその付近で失踪した。犯人グループが奪った金を使えずじまいだったことは判明している。それがオスカル・トヴェットのせいだった可能性は？　金の保管を任せられていたが、警察の捜索が入ったことで、なぜもっと安全な場所を選ばなかったのかと責められたのかもしれない」

「捜索に加わっていた誰かが金を発見したのかもしれませんね」モルテンセンが言う。

ヴィスティングは娘を見た。「捜索に加わった人間のリストか身元のわかる書類はないか」

「捜査資料のなかにはなかった。ウールフ・ランネは捜索隊がドアをこじあけて入ったと言っていたけど、誰かは聞いてない」

「クラウセンの息子と仲間は捜索に加わったんだろうか」トゥーレが口を開く。

「アクセル・スカーヴハウグの話では、加わらなかったらしい」ヴィスティングは答えた。

「どっちみち、その可能性は低いと思う」リーネが言う。「捜索はポンプ小屋の周辺一帯で行われたから、誰かがお金を見つけて運びだしたりしたら、人に見られたはず。シモン・マイエルといっしょにお金も消えたと考えるほうがすっきりすると思う」

ヴィスティングも同意見だった。「唯一の問題は、金が実際には消えていなかったことだ。なんらかの理由で、バーナール・クラウセンの手もとに転がりこむことになった」

34

アドリアン・スティレルはフォッロ警察から届いた分厚い封筒を開き、中身を出して机に置いた。

ファイルの表にはシモン・マイエルの氏名と事件番号、〝経費関連〟の文字が記されている。対象となる書類がクリップでまとめられ、収められている。一件目は苦情申立書だ。オストリ校の保護者会によるもので、警察の捜索後、廃ポンプ小屋の入り口が開いたまま放置され、付近で遊ぶ子供たちが危険にさらされていると申し立てられている。添付された警察の回答によれば、苦情は水道局にまわされている。

次の書類は赤十字からの最終報告書のコピーで、捜索参加者のリストと請求された経費の明細、捜索を管轄する救難調整本部名が記載されている。

さらに、被害者弁護人とシモン・マイエルの家族とのあいだで交わされた文書と、裁判所が発行した失踪宣告審判書のコピーも含まれている。

書類の束の最後近くには、ホッチキス留めされた二枚の文書のコピーが挟まれていた。一枚目には検事総長の手書きで〝オッペゴールの所轄警察へ転送〟と記されている。二枚目は手紙で、文面は一行きりだ――〝イェルショ湖事件に関し、保健大臣のバーナール・クラウセンを調べられたし〟

コピーには黄色い付箋紙が貼られ、人名が記されている。アーント・アイカンゲル。捜査に加わった警察官のなかにその名があったはずだ。密告の内容を確認する役目をこの男が担当したということかもしれない。

「バーナール・クラウセン」と、スティレルはつぶやいた。

そのとき、閃くものがあった。スティレルは偶然を信じない――刑事はみなそうだ。経験上、物事にはたいてい因果関係があると知っている。

隠れたつながりに気づいたことに満足を覚えつつ、念のため、バーナール・クラウセンの死とスターヴェルンの別荘の火事についてインターネットでざっと確認した。

リーネ・ヴィスティングはやはり思惑を隠している。なにかつかんでいるのは間違いない。

35

〈ゴールデン・ピース・カフェ〉の外には空いたテーブルが並んでいたが、リーネは店内に入り、奥のテーブルに持ち物を置いてからカウンターへ戻ってカフェラテを注文した。席についたとき携帯電話が鳴った。ヘンリエッテ・コッパンが十五分遅れると連絡してきたのだ。

リーネはラテの表面のクリーミーな泡を口に含んでから、バーナール・クラウセンと同時期に閣僚を務めたトリグヴェ・ヨンスルの番号を電話の画面に呼びだした。ここ数日、知らなかった父の一面に触れ、リーダーとしての父の顔を垣間見たような気がしていた。細かく指図されることに苛立ってもいた。捜査チームのほかのふたりには、仕事の優先順位ややり方にまで口を出さないのに。

トリグヴェ・ヨンスルが応答したので、リーネは名乗り、バーナール・クラウセンについて一時間ほど話を聞けないかと尋ねた。

「葬儀までは難しい」元財務大臣は答えた。「いまはフランスにいるので。日曜には戻るが」

「では、来週のいつかでは？」

「記事の内容はどういったものに？」

「選挙を視野に入れたものにするつもりです。あなたやクラウセン氏が提唱してきた伝統的な労働党の理念が、なぜ今日重要であるかについて書きたいと思っています」

「たとえばどんなふうに？」ヨンスルが訊く。テストでもされているようだ。

「福祉国家の強化などの社会民主主義政策が、ノルウェーの未来を守るために不可欠だと」

もっともらしい答えを口にする。

「水曜日では？」

「ええ、水曜日で結構です。シェリンヴィクの別荘をお訪ねしても？　わたしの自宅からも近いので」

「かまいませんよ。では、午前十時に」

リーネは感謝を告げ、コーヒーをひと口飲んでからスケジュール帳に日時を記入した。五日も先だと父は不満かもしれないが、ヨンスルと会う約束を取りつけられただけでも上等だ。どのみち、昔の同僚の話からなにか得られるとは思えない。

ヘンリエッテ・コッパンの到着までまだ少しありそうだ。ウールフ・ランネの番号にかけると、相手はすぐに出た。

「何度もすみません。なにか思いつくたびにお邪魔しないように、まとめてご質問するべきなんですが」

「いや、かまわんよ」

「ポンプ小屋の件なんですけど。警察がドアをこじあけたと伺いましたが、あけたのは誰かご存じですか」

「警官のひとりだと思うが」

「誰かはわかりません?」

「名前までは。その瞬間を見てはいないので。なぜ?」

「いえ、たんにいろいろな角度から事件を眺めてみたくて。読み物として面白くなるように。捜査資料には書かれていないようなんですが」

「なるほど。それは事務的な情報だからだ」

「というと?」

「捜査上、意味を持たない情報だということさ」

「でも、ドアをこじあけた人の記録はあるはずでは?」

「まあ、おそらくは」

「見せていただけます?」

「問題はないよ、おそらく0文書ファイルのなかだ。クリポスにすべて送ったはずだが」

「では、いまはアドリアン・スティレルの手もとにそのファイルがあるんですね」

ウールフ・ランネがそうだと答える。

「ポンプ小屋の所有者をご存じですか。鍵の持ち主を」

「水道局の所有だと思うが。それもスティレルに送った資料のどこかにあるはずだ。たしか、こじあけたドアの修理代を請求されたから」

「そこにこじあけた人の名前も記載されているのでは？」

「警察が結果的に費用を負担した場合は、どこかに残っているはずだ。だが、公式の捜査資料のほうじゃなく、雑書類がまとめられた0文書ファイルのほうだと思う」

協力に感謝して通話を終え、アドリアン・スティレルに電話しようかと考えていたとき、カフェのドアが開いてヘンリエッテ・コッパンが店内を見まわした。インターネットで写真を確認してあったリーネはすぐに気づき、手を振った。

「飲み物は？」ヘンリエッテが席についてから、リーネは訊いた。

「あなたと同じものを」ヘンリエッテがにこやかに答える。

リーネはカフェラテをもう一杯買いに行き、水のグラスふたつとともにテーブルへ運んだ。

「以前は《VG》にいたのよね」ヘンリエッテが訊く。

「子供ができるまで、五年近く。六カ月前に退職金をもらって辞めたの。いまはフリーで、おもに週刊誌や季刊誌の仕事をしているところ」

「大活躍の五年間だったみたいね。大きな記事を山ほど書いて」

「運がよかっただけ。タイミングよく重要な場面に居合わせたり、重要人物と出会ったり」

「わたしも駆け出しのころは、ずいぶん大きな夢を持ってた。でも、それはわたしだけじゃなかった。まわりはやり手だらけ、なのに仕事は減るばかり」

「いまも記者を？」

「細々とね。正社員じゃないけど。いまは《インサイダー》の依頼で取材をしているところ。昔のコネが少しは利くから」

「あの番組なら見てる」リーネは笑みを浮かべて言った。《インサイダー》はテレビの実録犯罪ドキュメンタリー・シリーズだ。

「ヨセフィーネを産んでから、すべてが変わってしまって」ヘンリエッテが続ける。「安定した仕事は見つからないし、それまでみたいにばりばり働けなくなった。あとはまっさかさまに転落ってわけ、どんなに能力があっても」

「ひとりで子育てをしているの？」リーネは訊いた。

ヘンリエッテが顔をしかめる。「そうじゃないけど」と、言葉を濁す。「ちょっと複雑で。あなたのほうは？」

「こっちも複雑で」リーネは笑ってみせた。「ひとりで育ててるの」

ヘンリエッテがコーヒーに口をつけた。「仕事は家でしてるの、それともどこかにオフィスを借りてる？」

「自宅の地下を仕事部屋にしてる」

「それで、シモン・マイエルの件でなにがわかった？」

「たいしたことはまだ。でも、警察の結論を疑ってみる価値はあると思う」

ヘンリエッテがうなずく。「イェルショ湖の湖底の状態について生物学者に訊いてみたんだけど。重りでもつけないかぎり、人体が泥の底に沈んだままにはならないって話だった。その人の名前ならまだわかるはず。調べて教えるわね」

「ウールフ・ランネはなにかが絡まったんだろうと言ってたけど」リーネは指摘した。

「ダイバーたちはソナーも使ったのよ。底に沈んでいるなら画像に映ったはず」

ソナーによる探索関連の書類にはざっと目を通しただけだ。

「《ゴリアト》ではそんなふうに徹底的に事件を調べあげたものよ。警察に捜査のミスを指摘することもあったし。よくやったと思う。独自に真相にたどり着いたり、新たな仮説を立ててみたり」

「シモンは外国にいると思う？」

「スペインに」とヘンリエッテがうなずく。「マルベラでの目撃情報が二件寄せられてる」

「その場合は、本人の意志で姿を消したということね。なにかから逃げようとして」

「まあ、捨てたくなるような人生だったのはたしかね。いじめられっ子で、仕事は安月給の店員だったし。友達も恋人も、希望もなし」

ヘンリエッテがまたコーヒーを口に運ぶ。「同級生にも何人か話を聞いてみたんだけど。

家族の仲もあまりよくなかったみたい。父親は乱暴で、母親は精神的な問題を抱えていた」

「だから逃げたと？」

「警察は飛行機や船の乗客名簿までは調べなかった。それに、オーレスン橋も開通後だったから、車でも三十六時間でマルベラまで行けたはず。コンピューターや電子システムや防犯カメラだらけの世界だけど、その気になれば、いまでも行方をくらまして新しい生活をはじめることはできるのよ」

「でも、簡単ではないはず」リーネは指摘した。「なにより、お金が必要だし」

「たしかに」ヘンリエッテがうなずく。「たとえば、満たされない生活を送っていたら、宝くじでも当てて贅沢《ぜいたく》したいと思うものでしょ？　もしかして、シモンが大金を手にしたとしたら？　それで急に姿を消したのかもしれない」

リーネは椅子の上で身じろぎした。ヘンリエッテ・コッパンの仮説は非常に興味深くはあるが、ひとつ難点がある――シモン・マイエルは大金を手にしていなかった。

「たとえばどんなことが起きたと思う？」

「なにか拾ったんじゃない、札束とか麻薬とか」思いつくままにヘンリエッテが例を挙げる。

「じつは、シモンを探しに行ったこともあるの」

「スペインまで？」

「わたしの恋人がマラガにアパートメントを持っていて、友達も何人かいるから。マルベラでの目撃証言が二件あるのは無視できないでしょ。目撃者同士は他人だし。ヨーロッパに町がいくつあるか考えると有力な情報なはずだけど、警察はたしかめもしなかったのよ」

「行ってみてなにかわかった？」

「目撃者のふたりに話を聞いてみた。ふたりとも確信がありそうだったけど、それ以上のことはつかめなかった。別の町に移ったり、見た目を変えたりもしているだろうし」

スペイン説には同意しかねるものの、いま出た話から別の仮説を導くことはできそうだ。

リーネは切りだした。「シモンが麻薬取引のお金を見つけたとか、なにかまずいものを目撃したとして、ほかの誰かがそれに気づいて始末したんだとしたら？」

ヘンリエッテが考えこむ。「別の犯罪があったということね。たとえばどんな？」

空港の強奪事件に触れるわけにはいかない。いまはまだ。「脅迫とか？」廃ポンプ小屋で起こりそうなことを想像し、そう答えた。

「容疑者に心当たりは？」

レナルト・クラウセンもそのひとりではあるが、名前を出すのは早すぎる。「いま調べているところ」とだけ答えた。

ヘンリエッテが目を輝かせた。「なにかつかんだのね。新しい手がかりが出てきたから、そう考えたんでしょ！」

図星を指され、ぎくりとした。「まだはっきりしなくて。まるで的外れかもしれない」

「なにをつかんだの、わたしもなにか協力できない？」

リーネは少し身を引いて考えた。ヘンリエッテには好感が持てる。「そうね。いまも《インサイダー》で仕事を？」

「番組で取りあげられそうだと思う？」

そのことは頭になかったが、たしかに場合によっては可能だろうし、《VG》のサンデシェンも見返してやれる。「昔のコネが利くってさっき言っていたけど」

「ええ、《ゴリアト》時代の」とヘンリエッテがうなずく。「有名な犯罪者たちにもたびたび取材したし、警察より内情に詳しいくらいだった。そのときの人脈が、《ゴリアト》で得た最高の財産かもしれない」

リーネはもう一枚手札を見せるべきかと迷った。現金強奪事件がシモン・マイエルの失踪日と同日に起きたことは極秘事項でもなんでもない。これまでつながりに気づかれずにいたというだけだ。口にしたところで、父の捜査の邪魔にはならないはず。

「二〇〇三年に起きた空港の現金強奪事件のことは記事にした？」

ヘンリエッテ・コッパンはぽかんと口をあけ、いきなり笑いだした。「嘘でしょ」そう言ってから、声を潜めた。「つながりがあるってこと？」

「はっきりしているのは、強奪事件とシモン・マイエルの失踪が同じ日に起きたということだけ」

「そんなのばかげてる！」

「なにか知っていそうなネタ元はいない？」

「まあ、心当たりがなくもないけど」

「ただし、くれぐれも注意して」リーネは釘《くぎ》を刺した。「誰にもなにも漏らさないで」

父の許可を得ずに情報を伝えたことが急にやましく思えたが、一方で、真実に近づけるかもしれないという期待も湧いていた。

「そのへんは心得てる」ヘンリエッテが請けあう。「犯人の目星はついてる？ 強奪事件のことでタレコミでもあった？」

リーネは首を振った。その情報はまだ伝えるわけにはいかない。「わかっているのは、誰も逮捕されていないことと、奪われた現金が発見されていないことだけ」

「これって、特大のネタになりそうよ」

リーネはうなずいた。「でも、いまは誰にも言わないで」

36

キッチンはすでに捜査本部の用をなさなくなった。書類が多すぎるためだ。モルテンセンの手を借り、ヴィスティングは現金を保管してある地下室へすべてを運んだ。

部屋の中央にテーブルを据え、庭の椅子を運びこんで、そこをミーティングの場とした。さらに壁の一面を片づけて掲示板代わりにした。現金強奪事件の捜査資料のバインダーも並べた。部屋の一角にアウドゥン・トゥーレが自分用の作業スペースを確保し、ノートパソコンを警察のネットワークに接続した。モルテンセンはトゥーレに背を向けてすわり、鑑識結果の報告書を熱心に読みはじめた。

ヴィスティングの携帯電話が鳴った。過去の事件の際に保存した番号からだ。発信者はアドリアン・スティレル。

出ずにおこうかと迷った。スティレルはシモン・マイエル失踪事件の再検証中だが、情報部の人間と同様、情報を求めはするが、分かちあおうとはしない男だ。

「出ないんですか」モルテンセンが訊いた。

「いや、出る」ヴィスティングは答え、指で画面をスワイプした。

スティレルが前置きなしに本題に入る。「バーナール・クラウセンとシモン・マイエルのつながりは？」

ヴィスティングは電話を反対の耳に押しつけ、同じように端的に返した。「いま捜査中だ。そちらは、なにか情報でも？」

「場合によっては。現在、ＣＣＧで古い失踪事件の捜査資料を読みなおしています。とっくにご存じでしょうが。バーナール・クラウセンがその件に関与を？」

「なぜそう思う」

「密告状に名指しされていた」

「その手紙ならこちらの手もとにもある。元は検事総長宛てに送られたものだ」

スティレルは双方の持つ情報が同じだと認めた。「なぜこの件に関与を？」

「こちらはクラウセン絡みの別件を追っている。密告状の件はたまたま知り、確認する必要が出てきたというわけだ」

「たまたま？」スティレルが切り返す。「大昔の失踪事件絡みの密告状に、たまたま行きあたったと？　いったいなにを捜査中なんです」

ヴィスティングは返答に詰まった。

「バーナール・クラウセンは亡くなったばかりだ。そのこととなにか関係が？」

「電話じゃ話せない」そう答え、ヴィスティングは室内に視線を走らせた。モルテンセンが顔を上げ、聞き耳を立てている。

「こちらが出向きますが」スティレルが申しでる。

アドリアン・スティレルも捜査チームに加えるしかないだろう。手法や流儀には相容《あいい》れない部分があるものの、この男の独創的な捜査スキルは役に立つはずだ。「そうしてもらおうか。いつ来られる？」

「先に確認したい件があります。明日では？　週末も捜査を続けますか」

「明日でかまわない。自宅へ来てもらえるか」

「では、朝の十時に。当然リーネも同席を？」最後のひとことには軽い皮肉が交じっていた。

「ああ、そうだ」ヴィスティングは答えて通話を終えた。

モルテンセンが立ちあがる。

「アドリアン・スティレルからだ。未解決事件班の」

「チームに加えるんですか」

「バーナール・クラウセンを名指しした密告状が、シモン・マイエル失踪事件の捜査資料に含まれていたらしい」

「まあ、加えないわけにはいかないでしょうね。密告状の分析結果が来ました」

トゥーレが振り返る。

「数種類の指紋が出ましたが、身元は特定できずです」モルテンセンが続ける。「検事局の職員の指紋を採取してそこから除外してもいいですが、どのみち差出人の指紋は警察の記録にはないでしょう」

「でも、と続きそうだな」トゥーレが言った。

「封筒のほうですが」モルテンセンが答える。「レターオープナーで開封されていますが、封をする際、蓋の糊《のり》を濡らして接着されています」

「唾液か」とトゥーレが言う。「DNAだな」

「DNA型が検出されました。データベースに一致するものも見つかりました」

期待に胸を躍らせながら、ヴィスティングはモルテンセンのコンピューターを覗きこんだ。封筒からなにか得られるとは思ってもいなかったが、これで捜査に進展が見込める。

「誰だ」

「名前は不明ですが、痕跡データベースを検索したところ、面白い結果が得られました」痕跡データベースには、未解決事件で採取された身元不明のDNA型が記録されている。「差出人は、イェルショ湖事件のコンドームの使用者と同一人物です」

アウドゥン・トゥーレが詳しい説明を求める。

「シモン・マイエルが行方不明になったポンプ小屋付近で、使用ずみのコンドームと男性の陰毛が採取されているんだ」ヴィスティングは告げた。

「なるほど」

「あの場にいたんだ」ヴィスティングは密告状の差出人を指して言った。「そしてなにかを目撃した」

37

金曜日の午後、首都を出る道路は渋滞していた。ハンドルを握るアドリアン・スティレルはリーネ・ヴィスティングのことを考えていた。この件にリーネが果たしている役割は不明なままだ。イェルショ湖事件の捜査資料を確認するために父親に送りこまれたのか、あるいは実際に未解決事件を記事にするつもりなのだろうか。いずれにせよ、失踪事件のことは父親から聞かされて知ったにちがいない。

スティレルは助手席に置いた書類に目をやった。バーナール・クラウセンの関与を示唆した密告状だ。アーント・アイカンゲルの名が記された黄色い付箋紙がそこに貼られていた理由はすでに調べがついた。シモン・マイエルの失踪時、アイカンゲルはオッペゴールの地元警察署に勤務する警察官だったが、政治活動にも関わっていた。地元議会の議員として執行理事会の長を務め、二〇〇三年から二〇〇七年までは労働党地方支部の副代表の座にもあった。捜査責任者がバーナール・クラウセンの聴取を任せたのも当然だろう。

アーント・アイカンゲルの住まいはイェルショ湖東岸の町ミールヴォルにある。シモン・マイエルが通っていた釣り場からほんの二キロの距離だ。午後の渋滞のせいでオスロからそこへ行くのに通常の倍の時間がかかった。

地元警察署の閉鎖後、アイカンゲルは警察官の職を辞し、政治活動に専念した。秋に総選挙を控えた現在、選挙区の比例名簿の第四位に載せられている。スティレルは事前に訪問を告げずにおいた。無駄足に終わる可能性もあるが、不意打ちの形で話を聞くほうが望ましい。アイカンゲル宅を見つけ、石敷きの前庭に車を乗り入れた。車外へ出ながら、警察官は政治的立場を表明するのを慎むべきだと考えた。警察組織は政治的中立を保ってこそ市民の信用と信頼を育むことができる。

在宅していたアーント・アイカンゲルが戸口に現れた。髪に白いものが交じり、眼鏡をかけている。スティレルは身元を告げた。

「お邪魔して恐縮です。近くまで来たもので、ご在宅ではと思い、立ち寄らせてもらいました。現在イェルショ湖事件の再検証中で、いくつか手がかりを追っているところです」

「なるほど。そういうことなら、どうぞ」

ふたりはキッチンのテーブルについた。「なにか新たな情報でも？　シモンが発見されたとか」

スティレルは首を振った。「新たな情報はまだ。ただし、未確認のまま残った疑問がいくつかあります」

「捜査の責任者はウールフ・ランネでしてね。わたしは捜索隊の組織といった、現場の対応にあたっていた。ウールフはまだ在職中だが、シー警察に異動になった」

スティレルはクラウセンを名指しした密告状のコピーを取りだした。

「ランネとは話をしました。ですが、すべてに答えてはもらえなかったもので。たとえば、この件がどう処理されたかといったことには」

そう言って、コピーをテーブルごしに押しやった。アイカンゲルは眼鏡を押しあげ、短い文面に数度目を通してから、自分の名前の書かれた付箋紙を一度剝がし、また貼りつけた。

「わたしが確認した」

「どのように？」

「バーナール・クラウセンと話をした」

「面識はありましたか」

アーント・アイカンゲルがうなずく。「長い付き合いでね」

「労働党で？」

スティレルの問いにかすかな非難が混じった。

「政治活動に携わる警察官は大勢いる」アイカンゲルが切り返す。「職務上、ありとあらゆる社会の矛盾を目にすることになるから、そういった経験が政治の舞台でも役に立つ。わたしの目的は一貫して、安全でよりよい社会の創造に貢献することだ。数年前に警察を辞めたのは、国会議員になればより大きな貢献ができると思ったからでね」

用意された台詞《せりふ》のようにも聞こえたが、スティレルはコメントを控えた。

代わりにこう続けた。「クラウセンの聴き取りの記録がないようですが」

「記録すべきことがなかったもので」

「どういう意味です」詰問にならないよう気をつけながら、スティレルは訊き返した。「聴き取りをしたのなら、調書を作成したのでは？」

アーント・アイカンゲルがコピーを押しもどす。「捜査の参考になるような話は聞けなかった。なにも知らないとのことで」

スティレルは紙を卓上に置いたままにした。「それで確認したと言えますか。密告状に名指しされた人物の聴き取りを行い、なにも知らないと言われて納得したと？」

「そうとも！」アイカンゲルが苛立ちを露わにする。「バーナール・クラウセンのことはよく知っている。月曜には葬儀にも出席する。マイエルとのつながりを示すものはなにもなかった。匿名の密告状ひとつでは容疑をかける理由にならない。それでなくとも、当時のクラウセンは多くの問題を抱えていたんだ」

「問題とは?」

「夫人を亡くし、息子とも折り合いが悪かった」

「シモン・マイエルが消えた日の所在は確認しましたか」

「朝から夕方まで会議をこなしたあと、オスロの議員宿舎に帰ったと聞いた。平日はそこで寝泊まりし、週末はコルボトゥンの自宅に戻るか、スターヴェルンの別荘で過ごしていた」

「裏は取りましたか」

「疑う理由もなかったのでね。事件への関与を示すものは皆無だった」

「それで、調書を作成さえしなかった?」

「ウールフ・ランネに報告はした」

「口頭で?」

「聞いたとおりのことを伝えた。それが記録に残されたかどうかは知らない。密告状が検事総長宛てに送られていなければ、おそらくは聴き取りすらしなかっただろう。溺死事故の扱いだったんだから」

「クラウセンを調べろという密告が、なぜ検事総長に送られたと思いますか」

アーント・アイカンゲルが肩をすくめる。「政敵がクラウセンの名を貶《おとし》めようとしたとか」

スティレルは卓上のコピーを手に取った。「では、動機は政治的なものだと?」

「クラウセン本人は、たんなる誤解だと言っていたが」

「誤解とは？」

「イェルショ湖畔の森に、よく散歩に行っていたそうだ。考えごとをしに。リーサの死後はそれが頻繁になった。ひとりで静かに過ごしたかったんだ。ときにはポンプ小屋に車をとめることもあったらしい。誰かがそれを見かけて、日付を間違えたんだろうと言っていた」

「日付を間違えた？　いつと？　何日に行ったんです」

「別の日だ」

「しかし、平日はずっとオスロだったのでは？　イェルショ湖に車で行ったのは何日のことですか」

「知らない」

「待ってください。バーナール・クラウセン本人が犯罪現場へ行ったことを認めたにもかかわらず、調書も作成せず、裏取りもしなかったということですか」

アーント・アイカンゲルの眉間に深い皺が刻まれた。「犯罪現場などない。事件は溺死事故で片づけられたんだ。こんなことをしても時間の無駄では？」冷ややかにそう言って席を立つ。「バーナール・クラウセンは死んだ。故人の名を汚すつもりなら、わたしを巻きこむのはやめてもらおう」

スティレルも腰を上げた。「当選を祈ります」そう言い残し、戸口へ向かった。

38

午後七時、自宅にひとりになったヴィスティングは警報を設定し、地下室のドアを施錠してからキッチンへ上がった。冷蔵庫からソーセージを出し、三本を鍋に入れて強火にかけた。ポケットで携帯電話が鳴ったので取りだした。リーネからだ。窓辺に寄り、娘の家に目をやりながら応答した。

「《ダーグブラーデ》、読んだ？」リーネが訊いた。

ヴィスティングは振り返ってiPadを探した。「いや」

「クラウセンが執筆中だった本のことが書いてある」

居間のコーヒーテーブルの上にiPadが見つかり、腰を落ち着けて記事を表示させた。見出しは〝消えた遺稿〟。

リーネと電話をつないだままで内容に目を通す。

元財務大臣トリグヴェ・ヨンスルが、生前のバーナール・クラウセンが労働党議員時代の回顧録を執筆中だったと明かしている。ヨンスルが三週間前にクラウセンの別荘を訪れた際に話題にのぼったという。内容は明らかでないものの、物議を醸すものとなったはずだと記事は続いている。クラウセンが労働党の理念に反する見解を示した例が挙げられ、より自由主義的な立場から、経済と個人の自由を重視するようになっていたと報じられている。

「警察が労働党執行部の使い走りみたいに原稿回収に協力したって批判されてる」リーネが言った。

ヴィスティングは該当箇所を見つけた。法務担当のクリスティーネ・ティーイスが、クラウセンの死の直後に警察が別荘から遺品を回収したことを認めている。原稿やコンピューターが含まれていたかどうかは明言されていない。火事で焼失した可能性もあると記事は締めくくられている。

「クロムだ。党幹事長の。日曜に別荘の戸締まりをたしかめに行ったと言っていた。そのとき現金を発見したんだ。原稿を探すためだったということか」

「それじゃ、こっそり持ち帰ったってこと？」

「少なくとも、真っ先に回収しようとしたのはたしかだ」

「どうするつもり？」

答えようとしたときキッチンで音がし、ヴィスティングははっとした。

「ソーセージが！」

鍋に駆け寄ると、熱湯がコンロに吹きこぼれていた。鍋を脇に退《ど》けてから、すまん、と電話に戻った。

「うちで食べれば？　ラザニアをオーブンに入れたところだけど」

鍋のソーセージは破裂している。

「そいつは助かる」

「それじゃ、アマリエをベッドに入れたあと来てくれる？　空港の事件に関わった犯罪者集団のこと、なにかつかめそうかも」

「ああ、あとでな」

ヴィスティングはソーセージを鍋に残したままクリスティーネ・ティーイスに電話した。

「《ダーグブラーデ》のクラウセンの記事は読んだかい」

「いえ、まだ」クリスティーネ・ティーイスが答える。「でも、どうせまた警察が叩かれているんでしょ、労働党のお偉方の使い走りをしたとか」

「すまんね。原稿のことは知らなかったんだ。別荘からその類いのものは運びだしていない。こちらが調べているのはまったくの別件なんだ」

「内容を知りたくてうずうずしてますけど、訊かないほうがいいんでしょうね」

「極力早く教えるよ」ヴィスティングは約束した。

通話を切り、今度はヴァルテル・クロムの番号にかけた。

「原稿の件ですが」応答したクロムにそう切りだした。「こちらへ送っていただきたい」

クロムはとぼけても無駄だと判断したらしい。「すでに目は通したが、現金の出所を示すような記述はなかった」

「クラウセンの人生を全面的に把握する必要があります。回顧録の類いを残していたなら、確認したいのですが」

「こちらとしては、原稿の内容を党の機密事項だと考えている」

「それでは困る」ヴィスティングは切り返した。「明日中に着くよう、宅配便で送っていただきたい」

クロムは返答を避け、代わりに訊いた。「なにか新たな情報は？」

「現金の出所はつかめました。それもそのうち記事になるはずです」それだけ言って、ヴィスティングは電話を切った。

そしてキッチンの抽斗からフォークを取りだし、ソーセージ三本を皿に移して、たっぷりのマスタードとともに腹に収めた。

取り分けておいたラザニアをリーネが電子レンジで温めていると、父がやってきた。

「あの子は寝たかい」そう訊いてアマリエの寝室を目で示した。

「もうぐっすり」リーネは笑顔で答えた。「バーナール・クラウセンの原稿のこと、なんとかなりそう？」

父が椅子を引いて上着を背もたれにかけた。「明日には手に入るはずだ」そう答えて腰を下ろす。

電子レンジが鳴った。リーネは皿を取りだし、サラダを添えて父の前に置いた。

「今日、ある人から面白い話を聞いたの」そう言って、ヘンリエッテ・コッパンの件を告げた。「数年前にシモン・マイエルの事件を取材したんだって。記事にはならなかったけど、スペインに逃げたんだろうって言ってた」

父が食べはじめる。「なにを根拠に？」

リーネはお茶を淹れようと薬缶《やかん》を火にかけた。「マルベラで目撃情報が二件出たそうよ。ただし彼女の説は、シモンが現金を拾ってネコババしたか、麻薬でも見つけて口止め料をもらったということらしいけど。それを持って国外へ逃げたんだって」

「なかなか鋭いな」

その続きを話すのは気が引けた。ヘンリエッテ・コッパンに失踪事件と現金強奪事件のつながりを話したことを父は喜ばないだろう。

「わたしもそう思った。それで、ガーデモエン空港の事件がシモン・マイエル失踪と同じ日に起きたと伝えてみたの」

父がフォークを置く。

「どのみち、誰にでも調べはつく話なんだし」

「以前からの知り合いなのか」

「いいえ」

「身元は調べたのか」

「いまは《インサイダー》で取材を担当してる」

「テレビ番組の?」

「そこがポイントなのよ。犯罪組織につてがあるんだって。情報を持っていそうな人間に心当たりがあるそうよ」

「だが、信用できんだろう!」父が語気を強める。

リーネも声を張りあげた。「そっちこそ、信用してよ! なにか手がかりがつかめるかもしれないでしょ。昔の党の仲間に話を聞いてまわるだけじゃ埒《らち》が明かない。彼女だってプロなんだから、ネタ元の扱い方くらい知ってるはずよ」

父の返事はない。

「イェルショ湖事件とのつながりのことは口外しないはず。《インサイダー》の取材って形で、強奪事件について探りを入れてくれるのよ」

父が少し表情をやわらげる。「バーナール・クラウセンの名前は出していないな」

リーネは情けない気持ちで父を見やり、首を振った。「少しはわたしを信頼して、自由にやらせてよ。ほかのふたりには細かいことなんて言わないのに」

「ほかのふたりは経験を積んだ刑事だ」

「協力してほしいって言ったのは父さんでしょ。わたしの経験に従って、わたしのやり方でやらせて」

「問題がないかたしかめたかっただけだ。すまん」

薬缶の湯が沸いた。リーネはカップに熱湯を注ぎ、ティーバッグを浸した。「飲む?」

父が首を振る。

「ところで、別荘で見つかった現金は、強奪されたお金の全額だったの?」

父がまた食べはじめる。「アウドゥン・トゥーレが今日確認した。数千クローネほど足りないそうだが、犯人が現金を隠すまえに少し抜いたかなにかだろう」

リーネが椅子にすわると、沈黙が流れた。

「アドリアン・スティレルから今日電話があった」ややあって、父が言った。

「なんて?」

「イェルショ湖事件に関してバーナール・クラウセンを調べろという密告状の件だ。地元警察から入手したらしい」

「なんて答えたの?」

「最初は適当にあしらったんだが、核心を突かれて、ごまかしきれなくなった。明日ここへ来る」

「捜査チームに加えるってこと？」

「当時の捜査資料を自由に見るにはそれしかない」父がうなずいた。

リーネはため息をついた。当然予想されたこととはいえ、歓迎する気にはなれない。

「わたしの芝居なんてお見通しでしょうね」

「疑ってはいるだろうが、別にやましいことをしたわけじゃない。むしろ感心されるんじゃないか」

たしかにそうかもしれない。アドリアン・スティレルにとって捜査とは戦術ゲームだ。プレーヤー同士を争わせ、手の内は見せず、ときにはアンフェアな戦いも厭《いと》わない。

どこか遠くで甲高い音が響きはじめた。リーネはティーカップを持ったまま窓に近づいて外を覗いたが、音の出所はわからなかった。

「DNA鑑定の結果が今日出たんだ」

リーネは父を振り返った。

「密告状の差出人は、イェルショ湖事件のコンドームの使用者と同じだ」

「なんでいままで教えてくれなかったの」リーネは抗議した。「密告の信憑性《しんぴょうせい》が全然違ってくるじゃない。書いた人間はポンプ小屋に行ったたってことでしょ」

メールの着信音が鳴り、リーネは携帯電話をたしかめた。

「父さんのほうよ」

　父が椅子の背にかけた上着のポケットから電話を出した。また着信音が鳴る。

「警報装置だ！」そう叫んで父が戸口へ駆けだす。

　数秒後、リーネもその意味に気づいた。急いで父を追って走りだし、のぼり坂の途中で追いついた。サイレンの音が騒々しさを増す。

「ここで待ってろ！」

　その言葉を無視して、リーネも父を追って戸口へ走った。

　父はすでに鍵を取りだしている。玄関を入り、別の鍵を出して地下室へのドアをあけた。

　リーネは明かりを点けた。どこにも異常は見あたらない。父が警報を解除して室内を調べはじめる。現金の箱はどれも無事だ。

「装置の誤作動だろう」

「なにかに反応したのよ」リーネは言い、あたりを見まわして答えを探した。

　父が手にした電話を覗きこむ。

「動体検知カメラの画像が送られてきている」

　リーネはそばへ寄り、画面に表示された警報作動時の画像に目を凝らした。二カ所に設置されたカメラのうち、異常を検知した方の一台はアウドゥン・トゥーレの作業スペースと窓のない壁に向けられている。

「ネズミかなにかだろうな」父が言った。

リーネは掲示板として使っている壁に近づいた。アウドゥン・トゥーレの手でそこに空港の事件の容疑者たちの写真がピン留めされている。

「これよ」そう言って、壁から剝がれて床に落ちたヤン・グディィムの写真を拾いあげた。その動きに警報が作動したのだ。

「まあ、作動することはわかったたな」

そのとき、父の電話が鳴った。「モルテンセンだ。警報が作動すると向こうにも通知が行くんだ」父は応答し、モルテンセンに無事を告げた。

リーネはヤン・グディィムの写真を元の場所に戻した。深く窪《くぼ》んだ鋭い目に、角ばった顎、鼻は折れたように歪《ゆが》んでいる。

自分も電話を取りだして一列に並んだ写真をカメラに収めた。

「ほかにお金を保管できる場所はないの」

父は椅子にすわりこんでいる。「週末のあいだになんとかするつもりだ。捜査の対象は、この金の件だけじゃなくなったしな」

リーネはベビーモニターのアプリをチェックし、アマリエが眠っているのをたしかめた。

「つまり？」

「次はシモン・マイエルの身に起きたことを突きとめる」

「もしかして、濡《ぬ》れ衣《ぎぬ》を着せられたのかもしれない。現金を横取りしたと思われたとか」

リーネは壁の写真を眺めながらその思いつきを検討した。すべてのピースが揃ってはいないが、父の言葉には賛成だった。シモン・マイエルに起きたことが解明できれば、すべての謎が解けるはずだ。

39

翌朝、一同が顔を揃えたヴィスティング宅の地下室に、未解決事件班捜査官アドリアン・スティレルが到着した。入り口に立ったスティレルは室内を見まわした。

「ここで作業を？」驚いた顔で言い、リーネに目を留めてから、ヴィスティングに向きなおった。

「極秘裏に捜査を行うためだ」ヴィスティングはうなずいた。「そのために特別捜査チームを組織した。リーネもその一員だ」

アマリエを膝にのせたリーネが小さく手を振る。

スティレルとモルテンセンには面識があった。アウドゥン・トゥーレがローメリーケ警察の警部だと自己紹介する。

「ローメリーケ警察の?」スティレルは訊き返したが、それ以上の説明はなされなかった。

スティレルはヴィスティングの勧めた椅子にすわり、間に合わせの会議机の上に手帳を置いた。

「バーナール・クラウセンについて、なにを調べているのか伺いたい」

「われわれは検事総長の指示で動いている」ヴィスティングはそう告げて向かいに腰を下ろした。「ここで聞いたことは、クリポスには内密に頼む」

「了解」スティレルがうなずく。

ヴィスティングが合図すると、モルテンセンが壁際に近づいて米ドル紙幣の箱を持ちあげ、ナイフで封を切った。

「クラウセンの死後、八千万クローネ相当の外国紙幣が発見された」ヴィスティングは言った。

スティレルが立ちあがってモルテンセンの開いた箱の中身をあらためる。

「別荘に保管されていたものです」モルテンセンが言い、金が発見された経緯を説明した。

スティレルは壁際に並んだ箱に目をやった。「ここに現金を？　検事総長は了解ずみですか」

ヴィスティングは首肯した。「最初は諸外国との交渉用かと疑ったんだが、捜査するうち、別の方向が見えてきた」そこまで言って、アウドゥン・トゥーレに合図した。

「二〇〇三年五月二十九日木曜日、スイスから輸送中の現金がガーデモエン空港で強奪された。総額は当時のレートで約七千万、現在の約八千万クローネ」トゥーレが告げる。

「五月二十九日?」スティレルが訊き返す。「シモン・マイエルが消えた日と同じだ」

「クラウセンの別荘で発見された現金の箱から、イェルショ湖畔の廃ポンプ小屋の鍵が見つかった」ヴィスティングは続きを引きとった。「空港で強奪された現金がそこに隠され、そのことがシモンの失踪に関係しているとわれわれは考えている」

スティレルは椅子にすわった。「強奪された現金とともに見つかった鍵が、ポンプ小屋のものだったというわけですか」

ヴィスティングは昨日の未明にコルボトゥンへ行き、鍵が合うことを確認したと説明した。

スティレルがリーネに目をやる。「そこが犯罪現場の可能性がある、と」

ヴィスティングも娘に目で合図した。

「捜索隊はポンプ小屋のドアをこじあけて内部も調べた。でも鑑識は入ってない。犯罪を疑わせるものは見つからないまま、シモンは溺死で片づけられたから」リーネが言った。

スティレルがうなずく。

「ポンプ小屋周辺と釣り場への道も捜索されたけど、争ったような形跡は見つかっていない。シモン・マイエルの身になにがあったにせよ、ポンプ小屋内で起きた可能性が高いと思う」

ヴィスティングは続いてモルテンセンに向きなおった。「いまでもあそこからなにか検出できると思うか」

「うまくいけば、血痕くらいは出るかと」

スティレルがペン先で手帳をこつこつと叩きはじめる。「鑑識用機材は？」

「ヴァンに一式積んであります」モルテンセンが答える。「これからすぐ現場へ向かえます」

スティレルがなにかを書き留め、ペンを口にくわえた。「それにしても、現金がバーナール・クラウセンの手にどうして渡ったのかという謎は残る」

「検事総長からの指示はそれを突きとめることなんだ。ただし、そのためには現金強奪事件とイェルショ湖事件を解決する必要がある」

「強奪事件に関して、当時つかめたことは？」

「はっきり言って、これといった手がかりはなにも」トゥーレが答え、過去の捜査についてざっと説明した。

「犯行グループはトランシーバーを携帯していたと思われる」ヴィスティングが補足した。

「付属のケーブルが現金の箱から発見され、そこから検出されたDNA型がオスカル・トヴェットのものと一致した。オスロで名の知れた犯罪者集団の中心メンバーだ」

スティレルが両眉を吊りあげた。トゥーレが壁からトヴェットの写真を剥がして手渡す。

「空港の事件の二週間後、襲われて重傷を負っている」トゥーレがトヴェットの容体を説明した。「聴き取りができる状態じゃない」

「もう一点、札束のあいだから電話番号を書いた紙も出てきましたが、事件前後の使用者は特定できていません」モルテンセンが言った。

ヴィスティングは続いてバーナール・クラウセンの別荘の火事と息子の事故死についても伝えた。チームに新たなメンバーを加える際は、全員でひととおりの捜査状況を共有すると話が早い。最後に、密告状の封筒から採取されたDNA型がポンプ小屋近くに捨てられた使用ずみコンドームのものと一致したことを伝えて説明を終えた。

スティレルは卓上の手帳の両脇に手を置いたまま、メモも取らずに集中して聞いていた。

「今後の捜査方針は決まっていますか」

「なによりも、ふたつの事件の関連を念頭に置いて進める必要がある」ヴィスティングは答えた。

スティレルがうなずく。「密告状については確認が不十分なままです。クラウセンの聴き取りを担当したのは地元の政治家でもあるアーント・アイカンゲル。現在は次の総選挙でアーケシュフース県の比例名簿の第四位に掲載されています。おそらくは当選するでしょう。昨日会ってきました。クラウセンの人柄は保証するとのことです」

モルテンセンが席を立って別荘から持ち帰ったゲストブックを取りだした。「その名前なら見覚えが」と言ってページを繰る。「別荘を頻繁に訪れていますね。最新の記録はつい二週間前です。親しい間柄だったわけだ」

「密告状の差出人を特定する方法はないんだろうか」とトゥーレが言う。「重要な証人になる。なにを目撃したかがわかれば決定的だ」

「付近に住む同性愛者の男性となると」とモルテンセンが答える。「匿名の密告状を出したのは、現場での自分の行動を明かしづらかったせいでしょう」

お絵描きに飽きて暴れだしたアマリエをリーネが床に下ろした。娘が頭をフル回転させているのがヴィスティングにはわかった。

「だとしても、地元警察に送ればよかったはず。でも宛先は検事総長だった」

ヴィスティングは続きを待った。

「地元警察にはバーナール・クラウセンと親しい人間がいるから、信用できないと思ったのかも。確実に捜査されるように、検事総長宛てにしたのかもしれない」

「一理ある」スティレルが言った。「差出人の名前はすでに捜査資料にあるかもしれない」

ヴィスティングはその言葉の意味するところを察した。「アーント・アイカンゲルに聴取を受けたものの、バーナール・クラウセンの名を出すのをためらったというわけだな」

「あるいはもっと悪いことに」スティレルが続ける。「名前を出したにもかかわらず調書には記録されず、捜査もされる気配がないと気づいたのかもしれない」

「その線で進めてみよう」ヴィスティングは言った。「アーント・アイカンゲルに聴取を受けたか、なんらかの形で関わりのあった証言者をリストアップする」

それから、スティレルに向かって続けた。「捜査資料はここに？」

「このなかです」スティレルは答え、シャツのポケットからUSBメモリを取りだした。

「光学文字認識《OCR》でスキャンずみなので、文字検索が可能です」

「それはわたしが」リーネが言って手を差しだした。

スティレルは少し躊躇してからUSBメモリを放ってわたした。

「0文書もここに？」

「すべてだ」スティレルはうなずき、モルテンセンに向かって言った。「行こうか」

40

正午直前に労働党本部から小包が届き、ヴィスティングは受けとりのサインをしてそれを開いた。中身はバーナール・クラウセンのノートパソコンと書類の束だ。

コンピューターはモルテンセンが戻ってから任せるつもりで席に置き、自分は原稿を持って肘掛椅子に腰を据えた。

家のなかはひっそりしている。リーネはイェルショ湖事件の資料を読みにアマリエを連れて自宅に戻り、アウドゥン・トゥーレのほうは強奪事件の被疑者たちの情報収集にいそしんでいる。

原稿は未完らしく、行間のあいた書式で二百五十枚ほどの分量だった。

タイトルはないが、〝人間は自由の刑に処せられている〟というフランス人哲学者ジャン＝ポール・サルトルの言葉が題辞に引用されている。

さらに次のページの冒頭には、ノルウェー人作家イェンス・ビョルネボの言葉が引かれていた。〝わたしは自由を求める。自由の真髄はそこにある。自由はみずから求めるものである。人に与えられるものではなく、みずからの手でつかむものなのだ〟

原稿ではバーナール・クラウセンの私生活は一切触れられていなかった。現代における政治的諸問題と、労働党の理念に幻滅するに至った理由が記されている。クラウセンが新自由主義的思想に傾倒し、社会民主主義に対する不信を募らせていたことは明らかだった。

クラウセンの右傾化の理由は明らかにされていないが、驚くような内容が多数盛りこまれ、出版されれば物議を醸すことになるのはたしかに思われた。

ヴィスティングは立ちあがり、こわばった脚を少し伸ばしてから、トゥーレに本の内容を伝えた。「たとえば、富裕層をもっと増やし、富裕税を撤廃すべきだと書かれている。民間資本を増加させることで仕事や雇用が生まれるという考えらしい」

「自分の別荘に八千万クローネが転がっていれば、そう考えるようになっても不思議じゃない」トゥーレが答えた。

ヴィスティングは笑ってみせ、また原稿を読みはじめた。ヴァルテル・クロムの言うとおり、捜査の参考になる記述はなさそうに思われた。しかし、トゥーレの言葉が引っかかってもいた。なにかがバーナール・クラウセンの政治的信条を根本的に変えた。そしておそらくそれは、金を手にしたあとの話だ。

41

スティレルはモルテンセンの鑑識用ヴァンの隣に車をとめ、外に出た。シモン・マイエルが消息を絶った場所にはこれまで来たことがなく、廃ポンプ小屋も写真で目にしただけだった。

車のドアを閉じると、頭上の緑が風にそよぎ、梢《こずえ》で鳥のさえずりが聞こえた。

白い鑑識服を着たモルテンセンが靴カバーを渡してよこした。スティレルはそれを履き、モルテンセンに続いて入り口へ近づいた。鍵は封筒に収められている。モルテンセンはそれを取りだし、ヴィスティングがエンジンオイルを使ったりしなければとこぼした。DNAの痕跡が残っていたとしても、跡形もなく消えてしまっただろう。

鍵はすんなり挿しこめたが、ドアをあけると蝶番が騒々しくきしんだ。スティレルはモルテンセンが照明灯を三脚に設置し、ヴァンのバッテリーにつなぎ終えるのを待った。

埃だらけの床に残った足跡はおそらくヴィスティングのものだろう。奥の部屋の開いたドアの向こうへ続き、さらにコンクリートの床にある鉄製のハッチの前までのびている。

モルテンセンは照明灯のそばに立ったまま、室内をくまなく見わたしている。

「なにか探し物でも？」スティレルは訊いた。

モルテンセンは答えずに奥へ進んだ。「厄介だな」それ以上の説明はない。

そのままヴァンへ戻り、防水シートとガムテープを持ちだした。「窓を覆う必要がありま す」そう言ってシートの端を差しだした。

スティレルがそれを受けとって窓に押しあてると、モルテンセンは遮光のためにテープでしっかりと目張りをした。

古い未解決事件を扱うスティレルには、現場検証に立ち会う機会が乏しい。通常は鑑識の報告書を読み、写真のファイルや古い防犯カメラの映像に目を通すだけだ。それでもある程度の鑑識知識はある。血痕は乾いた状態であろうと、拭いとられ、上からペンキを塗られた状態であろうと、検出が可能なはずだ。方法そのものはいたってシンプルで、血痕に反応して暗中で発光する試薬を用いる。首尾よく検出されれば、ＤＮＡ鑑定によりシモン・マイエルのものであるかを確認できる。

モルテンセンがヴァンからスプレー容器を持ちだした。「とりあえず、試してみます」

ふたりは室内へ戻った。モルテンセンは保護眼鏡をかけ、しゃがみこんで容器を振った。細かな霧がノズルから噴きだし、床一帯とパイプの一部に降りかかる。「ＯＫ」そう言って立ちあがった。「明かりを消してください」

スティレルが照明灯のスイッチを切ると室内は暗がりに包まれた。試薬を噴霧した範囲が数カ所青い蛍光を発している。

シンプルかつ効果的だ、とスティレルは感心した。

「思ったとおりだ」モルテンセンが言う。

「なにか問題が？」スティレルは訊いて照明灯を点けた。

「ルミノール液は赤血球中の鉄分に反応します。つまり、鉄錆にも反応するということです」

スティレルはあたりを見まわした。「では、どうすれば？」

「手当たりしだいに試料を採取して、片っ端から分析するしかないですね。採取にも分析にも時間がかかります」

「なるほど。作業は任せても？　こちらは別に調べたいことがあるので」

モルテンセンがうなずくのを見て、スティレルは手振りで感謝を伝えて車に戻った。両脇から迫る枝葉にボディをこすられながら砂利道を引き返し、舗装路へ出て左へ折れた。

リーネ・ヴィスティングが連絡をよこしたとき、スティレルはイェルショ湖事件を再捜査の必要なしと判定するつもりでいた。捜査資料を精査したものの、気になる点は見つからなかった。未解決事件の再捜査は科学的証拠の発見がきっかけになることがしばしばだが、イェルショ湖事件に関してはそれも得られていなかった。これまでのところは。

スティレルは時計に目をやり、アクセルを踏みこんだ。

もうひとつのきっかけは、情報を持った人間が口を開くことである。古い事件の解決には鍵を握る人物が名乗りでることが不可欠だというのがスティレルの持論でもある。しかし、名乗りでたにもかかわらず、聞いた相手が耳を貸さなかった場合は？

イェルショ湖からシーの町までは十五分の道のりだった。スティレルは〝駐車厳禁〟の看板の下に車をとめ、窓から首を出してショッピングモールの入り口を見やった。各政党がブースを設置し、通行人に選挙ビラを配っている。そのなかにアーント・アイカンゲルの姿が見つかった。赤いTシャツ姿で、老婦人に話しかけている。

相手がひとりになるのを待ち、スティレルは車を降りて近づいた。気づいたアイカンゲルが顔をこわばらせた。同年配の男性に赤いバラを手渡して話に引きこもうとするが、相手は通りすぎた。

スティレルは別の労働党員からバラを受けとり、アイカンゲルに話しかけた。

「またあんたか」アイカンゲルが小さくうなずく。

「もう一点お尋ねしたいことが」

「いま？　ちょっと忙しいんだが」

「一点だけです」スティレルは食い下がった。「時間はとらせません」

そして、返答を待たずに切りだした。「イェルショ湖事件に際して、あなたは男性十九名に聴き取りを行った。そのなかの誰かがバーナール・クラウセンの名前を出しませんでしたか」

「資料を読んでみては？」

「すでに確認ずみです。伺いたいのは、ひとりでもバーナール・クラウセンについて触れた人間がいたかです」

アーント・アイカンゲルが口を開きかける。

「よく考えたほうがいい」スティレルは先まわりして続けた。「十九名全員に同じ質問をするつもりなので」

アイカンゲルは口を閉じ、通りかかった女性に笑いかけた。「昔の話だ、もう忘れたよ」

都合のいいごまかしだ。

「あなたとバーナール・クラウセンは親しい間柄だった。友人と言ってもいい。事情聴取で名前が挙がれば覚えているはずでは？」

「質問は一点だと言ったはずだ。もう答えた」

「ヴェーガル・スコッテミール。まずはそちらへ話を聞きに行きます」

アイカンゲルは背を向けて選挙ビラ配りを再開した。スティレルは車に戻った。アイカンゲルが聴き取りを行った十九名の男性のリストはすでに作成してある。密告状の差出人がそこに含まれているとはかぎらないが、アイカンゲルの反応で推測は確信に近づいた。

当初アルファベット順に並んでいた十九名全員を、スティレルは住民登録簿で確認した。そのうえで、子供のいる既婚男性はリストの下位へ、未婚男性は上位へ移動させた。ただしこの順位づけには欠点もある。性的指向を隠していることも予想されるため、リストの下位にまわされていることも考えられる。

検討の結果、リストの一位に選んだのがヴェーガル・スコッテミールだった。想定しているる人物像に完璧に該当する。年齢は四十三歳、DNB銀行の顧客相談係を務め、未婚で子供はなく、転居記録によれば同棲相手がいた形跡もない。姉が三人いて、父親は自由教会の牧師を務めている。

スティレルはアクセルを踏み、車の流れに乗った。ヴェーガル・スコッテミールの自宅へは三十分で着く。

42

リーネは地下の仕事部屋でコンピューターに向かっていた。近所の公園へアマリエと散歩に行くはずだったが、いまのところ娘は床の上でiPadを覗きこんでご機嫌にしている。アドリアン・スティレルから受けとったイェルショ湖事件の捜査資料ファイルは容量が大きく、コンピューターの動作がひどく重いが、それでも分厚い書類を扱うより電子データのほうがはるかに楽だ。

検索ボックスに〝クラウセン〟と入力すると、意外にも二件がヒットした。一件目はレナルト・クラウセンとシモン・マイエルの母校の古いクラス名簿。二件目が目下捜査中の検事総長宛ての密告状だった。

アイカンゲルで検索すると八十七件がヒットした。大半は担当した事情聴取に関するものだ。合計で男性十九名、女性十一名に聴き取りを行い、犬の散歩中だった男性もそこに含まれている。

密告状の差出人を探すなら男性が対象ということになる。各人の調書にくまなく目を通すことともできるが、検索すればいいと思いついた。現金の箱で見つかった紙片に書かれた電話番号を入力してみる。検索結果はゼロ。次にダニエルと打ちこむ。五件がヒットした。ひとりは赤十字の地元支部の責任者だ。その人物も、ほかのダニエルたちも条件に合いそうにない。

聴き取り調書を読みはじめるまえに、前回捜査資料を閲覧した際に省かれていた0文書を確認することにした。

その文書は別個のサブフォルダーに保存されている。シモン・マイエルの兄の家で見た文書も多数含まれている。被害者弁護人とマイエル家とのやりとりに、失踪宣告審判書のコピー。壊されたポンプ小屋のドアに関する報告書にアーント・アイカンゲルの名前がある。捜索の際にドアをこじあけたのはアイカンゲルだったのだ。壊されたのは錠ではなくドアと枠のほうだった。破損箇所は修繕され、自治体へ通知されている。三カ月後、ポンプ小屋のドアが開いたままだとする苦情申立書が保護者会から警察へ送られている。アーント・アイカンゲルは、警察が撤収する際に水道局の責任者がドアを施錠したと報告している。そのため、かなり高圧的な文面で苦情は却下されている。

アマリエが近づき、机の端に立った。「お外に遊びに行く？」リーネは声をかけた。

アマリエがうなずく。

「ママがこれを読んじゃったらね」リーネは言い、次ページを表示させた。

それはオッペゴールの自治体からオストリ校へ送られた通知書のコピーで、ポンプ小屋の危険の指摘に対する感謝と、対応完了の報告が記されていた。

アマリエが卓上のホッチキスで遊びはじめる。リーネはそれを取りあげて娘の頭を撫《な》でた。「はいはい、お待たせ」そう言って残りの書類にざっと目を通した。「それじゃ、着替えてお外に行きましょ」

立ちあがりかけて、画面のある箇所に目が留まり、椅子にすわりなおした。たやすく見逃してしまいそうな短い語句――人名だ。自治体からの通知書を作成した水道局の責任者名が記されている。ローゲル・グディム。

グディムはよくある姓ではない。リーネの脳裏に、実家の地下室の壁に並んだ現金強奪事件の容疑者たちの写真が浮かんだ。そこにヤン・グディムも含まれている。彼らはなんらかの方法でポンプ小屋の鍵を入手したはずだ。

グディム。身内の可能性はある。

アマリエがリーネの袖を引っぱった。「ママ」

「はいはい、いい子ね」リーネは答え、画面に背を向けた。「さあ、行きましょ」

それから、アマリエに靴を履かせて自転車のヘルメットを取りだした。

外へ出ると、車の前に寝そべっていた黒猫が跳ね起き、通りへ逃げだした。アマリエがあとを追いかける。

「だめ！」

リーネは慌てて飛んでいき、娘が車道へ飛びだす直前につかまえた。

「車が来たら危ないでしょ！」

「ニャンニャン！」アマリエが通りの先を指差して言う。

「さあ、公園へ行こうね」リーネは言ってヘルメットをかぶった。

近所の家にはアマリエと同じ年頃の子供はいないが、ヴァルデ通りの公園に行けば顔見知りの子供たちと会えることがある。

自転車を漕《こ》ぎだすと、後ろにすわったアマリエが小さな身体を左右に揺すりながら歌を口ずさみはじめた。

父なら住民登録簿を確認できるはず、とリーネはぐらつく自転車を走らせながら考えた。少し調べれば、オッペゴール市の水道局の責任者が容疑者のひとりと親戚かどうか確認できる。そうなれば、全体像がよりはっきりするはずだ。

公園は無人だったが、アマリエはすべり台に駆け寄ってよじのぼり、すべり下りた。二度目はリーネも付きあわされた。さらに二回すべったあと、アマリエはブランコに乗りたがり、リーネに力いっぱい背中を押されて、きゃっきゃと声をあげた。

携帯電話が鳴り、確認すると発信者はヘンリエッテ・コッパンだった。リーネは応答し、ピクニックベンチのひとつに近寄って腰を下ろした。

「いまお仕事中？」ヘンリエッテが訊いた。

「アマリエと公園にいるの。なにかわかった？」

「いくつか面白い話が聞けた。明日は家にいる？」

「ええ」

「詳しい話をしたいから、このあいだのカフェで会えない？」

リーネはブランコに目をやった。「アマリエも連れていくことになるけど」

「なら、わたしもヨセフィーネを連れていく。楽しそうじゃない」

「なにがわかったの？」

「強奪犯がお金を横取りされたって噂なの。盗まれたんだって」

「強奪犯の名前を知ってる人はいそう？」リーネは候補を挙げたくなるのをこらえて訊いた。

「明日にしましょ。今日の夕方、またネタ元と会うから」

アマリエがもう一度ブランコを揺らしてとねだっている。

「わかった。十二時でいい？」

「それじゃ、十二時に」

リーネは電話をしまい、ブランコのそばへ行ってアマリエを力いっぱい押した。

父親に連れられた幼い兄弟が砂場で遊びはじめ、アマリエは仲間に加わろうとブランコを降りた。リーネはまたベンチに戻り、兄弟の様子を眺めていた娘がおずおずとスコップを借りるところを見守った。

父親には以前も会ったことがある。リーネよりも三、四歳若く、この近所に住んでいるそうだ。父親がピクニックテーブルの向かいにすわった。

「ちょっと息抜きにね」と笑いかけられた。

リーネも笑みを返した。

「娘さんはいくつ?」相手が砂場を目で示して訊く。

「二歳になったところ。お宅は?」

「三歳と四歳」

アマリエがぱたぱたと近寄ってきた。「のど、かわいた」

「飲み物は持ってきてないの」リーネは言って立ちあがった。「でも、これからおじいちゃんの家へ行くから。そしたらジュースをもらえるからね」

アマリエはがっかりした顔をしたが、大人しくヘルメットをかぶせられた。

実家の私道に自転車を乗り入れると、モルテンセンとトゥーレの車は見あたらなかった。リーネはヘルメットを脱いで家の裏のテラスへまわった。ガーデンテーブルと椅子が地下室へ運びこまれたせいでがらんとして見える。残っているのは長椅子だけだ。

テラスのドアが閉じられているので、リーネはアマリエにガラス戸をノックしてと頼んだ。父が現れてふたりを招き入れる。「お客が来てたのか」

「お客?」

「さっきおまえの家から男が出てきた。キッチンの窓から見えたんだ」

「わたしたち、いま帰ってきたの。自転車で出かけてて。アマリエ、喉が渇いたって」

「ジュースがあるよ」父は言ってにっこりした。

アマリエが父に連れられてキッチンへ入った。リーネもあとに続き、窓辺に立って自宅の様子をたしかめた。訪ねてきそうな相手には心当たりがない。

「まあ、見間違いかもしれんな」父がグラスを三つ取りだした。「通りへ出て帰っていったようだが」

父が濃縮果汁を水で薄め、リーネとアマリエにコップを渡した。アマリエはその場で少し飲んでから、そろそろとそれをテラスへ運んだ。

リーネはテラスの出入り口に腰を下ろした。父は外の長椅子にかけ、アマリエが隣によじのぼるあいだコップを持って待っていた。

「強奪犯たちがポンプ小屋の鍵をどうやって手に入れたかわかったと思う」リーネは切りだした。「水道局の責任者がローゲル・グディムという人らしいの」

「ヤン・グディムか」

「親戚かどうか調べられる?」

父がｉＰａｄを取ってきた。システムへのログインに手間取ったものの、それがすむと答えはたやすく見つかった。

「親子だ」父が言って立ちあがる。「トゥーレがファイルをこしらえたはずだ」

そして、室内に引っこんでクリアファイルを手に戻った。黒いサインペンで〝ヤン・グディム〟と表書きされている。一枚目の書類を引きだして目を走らせる。「何度も有罪判決を受けている。いまは服役中らしい」

「罪状は？」

「麻薬取引と銃規制法違反だ。刑期は八年、服役して二年になる。アレクサンデル・クヴァンメも同様の疑いで起訴されているが、有罪判決は免れている」

書類が手渡された。詳細は書かれていないが、アンフェタミン二十キロを密輸入した罪に問われている。ほかに二名が同事件でやや短い懲役刑を科されている。

お腹を空《す》かせてぐずりはじめたアマリエを父が膝に抱えた。

「有望な手がかりだ。一歩前進だな」

リーネは娘のおしゃぶりを取ってきた。「ヘンリエッテ・コッパンから電話があったの。夕方にネタ元と会うって。強奪されたお金が盗まれたという噂が流れているそうよ。明日、会いに来ることになってる」

「この件は話すなよ」父がぼそりと言い、ヤン・グディムのファイルを目で示した。

リーネは腰を上げ、書類を父に返してアマリエを抱きあげた。

「もちろん」

アマリエが首もとに顔をうずめてきたので、リーネはその髪を撫でた。「そろそろ帰るね」父にそれぞれハグを受けてから、リーネはアマリエを抱えなおし、自転車を押して通りを歩きだした。半分まで来たところで娘を下ろして家まで歩かせた。

リーネが自転車を脇にとめるあいだにアマリエはポーチの階段をのぼった。「待って」と鍵を探しながら声をかけたが、アマリエはすでに玄関へ入っていた。

鍵があいていたのだ。リーネはぎょっとし、「待って！」と鋭く制止した。

アマリエがホールで足を止める。

「ここで待ってて」リーネは言い、アマリエの脇を通って奥へ入った。

以前にもあったように鍵をかけ忘れただけかもしれないが、男が家から出てきたという父の話が頭のなかで警告を発していた。

キッチンを抜けて居間へ入った。アマリエもあとからついてくる。

「ここで待ってて」もう一度言い聞かせた。

寝室と地下室も調べたが、侵入者はいなかった。それから玄関ホールへ戻って戸口を施錠し、アマリエを抱えあげてから、あらためて異常がないか確認した。とくに気になる点は見つからない。キッチンのテーブルに置いておいたノートパソコンが動かされた形跡もない。バッグは椅子の背にかかったままで、財布も無事だ。それでも、何者かが侵入したような気がしてならなかった。

寝室の窓は換気のために細くあけてあった。古い型なので、隙間から棒かなにかを挿しこんで窓枠のチャイルドロックを押しあげれば、外からでも開くことができる。

リーネは寝室の奥へ入った。窓は裏庭に面している。窓台には額に入れた母の写真とガラス細工のユニコーンが飾ってある。どちらも動かされた形跡はなく、そこから侵入したことを示す指紋や足跡も見あたらないが、痕跡を消してから戸口を出たとも考えられる。

アマリエが抱っこを嫌がってもがいた。床に下ろしてから、リーネは窓をしっかりと閉じ、不安を追い払った。

43

ヴェーガル・スコッテミールは二〇〇四年にコルボトゥンを離れ、三度住所を変えていた。現在の住まいは、ローレンスコグの奥まった通りにあるモダンなテラスハウスだ。アドリアン・スティレルはゆっくりとその前を通りすぎ、通りの突き当たりに車をとめた。降りるまえに、二〇〇三年当時のスコッテミールの供述調書にざっと目を通した。失踪事件発生時、地元スポーツクラブの青と白のユニフォームを着たジョガーの姿が数名に目撃されていた。地元紙にその件が報じられると、スコッテミールが地元警察署に名乗りでた。二〇〇三年五月二十九日木曜日の夕刻、用を足そうといつものジョギングルートを外れ、廃ポンプ小屋に続く脇道を十五メートルほど奥へ入ったという。人影もなにも見なかったが、おそらくは表の道路を通過した車から自分の姿が目撃されたのだろうと調書には供述が記録されている。

スティレルは調書をまとめてファイルに収め、それを手にアパートメントへ向かった。郵便受けとインターホンに記された居住者名は本人のものだけだ。

ボタンを押すと室内でブザーが鳴り、トレーニングウェア姿の男が戸口に現れた。上半身は汗で濡れている。

スティレルは身分証を示した。「古い未解決事件を捜査しています。シモン・マイエルのことでお話を伺いたいのですが。二〇〇三年にイェルショ湖で行方不明になった人物です」

「いまですか」

「ええ、できれば。長くはかかりません」

戸口の男は一歩下がってスティレルをなかへ通した。「新たな進展でも?」

「いや、型どおりの手続きです。当時聴き取りをした方全員に話を伺っています。おもに供述内容の確認のために」

ヴェーガル・スコッテミールはキッチンテーブルの椅子を示し、ボトルに水を汲んでから自分も腰を下ろした。

「ひとり暮らしですか」スティレルは調書を取りだしながら訊いた。

相手はうなずく。

「当時の供述内容を覚えていますか」

「おおよそは。ジョギングの途中に、ポンプ小屋への脇道がありましてね。そこを少し入って、用を足したんです」

スティレルはうなずき、供述調書をテーブルごしに押しやった。「確認してください」

スコッテミールは調書を引き寄せ、ざっと目を通した。タイプ打ちされたもので、一ページ半ほどの長さしかない。ジョギングの途中で脇道に入ったことに加え、服装、家を出た時刻、走ったルートと帰宅時刻も記されている。当時は実家の地下室に住んでいたから、帰宅時刻は両親の確認がとれているはずだ。

「聴き取りをした警察官とは知り合いでしたか。アーント・アイカンゲルですが」

「ええ、知ってましたよ。地元の警察官のことなら、誰でも顔くらいは知っていますから。いまは政治家ですが」

「ええ、たしかに」スティレルは口もとを緩めた。「彼に投票は？」

笑みが返される。「支持政党じゃないんでね」

「ここに書かれていないことで、話したことはありませんか」

スコッテミールはボトルの水を飲んでから、首を振った。「ないと思いますよ」

「あとで思いだしたことは？」

「いや、とくには」スコッテミールはそう言って調書を返した。

スティレルは苛立った。目の前の男が密告状の差出人なのは間違いないはずだ。認めさせるのはわけもないと思っていたが、単刀直入に訊く必要がありそうだ。

「バーナール・クラウセンのことは知っていますか」

「もちろん」

「あの日、彼を見ていませんか」

スコッテミールは調書に目をやった。「全部そこに書いてあるはずです、なにを見たか、なにを見ていないかも」

スティレルは相手の性的指向を尋ねようとしたが、思いなおした。「古い事件を再検証する際には、関係者全員にDNA試料の提供をお願いしているんですが」

「わたしは関係者というほどでも」

スティレルは笑みとともに検査キットを取りだした。「しかし、シモン・マイエルが消息を絶った日に現場付近にいた。だから試料をいただきたい。技術の進歩で、DNA鑑定の有効性は向上しています。ご協力いただけますか」

「本当に必要なんですか」

「あなたを捜査対象から除外するためです」スティレルは綿棒を取りだした。「一瞬ですみます。これを口に入れてもらうだけでいい」

ヴェーガル・スコッテミールは綿棒を手に取り、スティレルの指示に従った。試料を袋に入れて封をしてからスティレルは腰を上げた。「最後になにか伺っておくことは？」

スコッテミールもゆっくりと椅子から立ちあがった。なにかあるのは明らかだが、無言のまま首を振った。

44

午前六時少しまえ、アマリエが寝室に入ってきてベッドにもぐりこんだ。そのせいでリーネは目が覚めてしまった。ベッド脇にはノートパソコンが置いてある。それを引き寄せて開き、横になったまま、アーント・アイカンゲルが作成した供述調書の続きに目を通した。調書の形式と内容はどれも似通っていた。目撃内容と、証言者自身の行動がまとめられている。犯罪現場に最も近づいたのはヴェーガル・スコッテミールというジョガーで、ポンプ小屋に続く脇道を十五メートルから二十メートル入ったあたりで用を足したと供述している。時刻は午後七時近く。実家の地下室に住んでいるため、両親の証言が帰宅時刻の裏付けになるはずだと供述は締めくくられている。独身だったらしい。

冒頭の個人情報によると、ヴェーガル・スコッテミールは一九七一年生まれ、シモン・マイエル失踪時には三十二歳だった。

八時になるとアマリエが目を覚ましたので、ふたりで起きだして朝食をとった。そのあと二時間ほど仕事をしようとしたが、アマリエにまとわりつかれ、邪魔されどおしだった。自分の部屋へ行くか、ひとりで遊んでいてねと言い聞かせたが、アマリエは癇癪《かんしゃく》を起こして床にひっくり返り、足をばたつかせた。

ヘンリエッテ・コッパンとの待ち合わせ時間が迫り、リーネは苛立ちはじめた。本当なら、ネタ元には自分で取材したかった。話を訊きだすのは得意だし、なにより人任せにしたくない。

十一時になるころ、アマリエに手伝わせてバッグに持ち物を詰めにかかった。スカッシュをこしらえてボトルに入れ、ビスケットをひと箱とバナナ二本も用意した。出るまえに家じゅうの戸締まりをたしかめた。それからアマリエを自転車のチャイルドシートに乗せ、坂の上にある父の家を通りすぎた。そこからスターヴェルンの中心部まではほぼ下り坂だ。

早めに家を出たので港に寄ることにした。ベンチにすわってビスケットを食べ、白鳥たちにもお裾分けした。出したものをバッグにしまい、待ち合わせ場所のカフェに向かおうとしたとき、ヘンリエッテから十五分遅れるというSMSが入った。OKと返信して、町なかの通りをぶらついて時間をつぶした。

カフェのカウンターでアマリエはスムージーを選び、リーネはラテを注文した。前回ヘンリエッテに会ったときと同じテーブル席についた。

二十分後にようやく現れたヘンリエッテは黒髪の女の子を連れていた。「遅れてごめんなさい」

リーネは立ちあがって軽くハグをした。「気にしないで」

「この子がヨセフィーネよ」

ヨセフィーネはお利口に挨拶したが、アマリエはそっぽを向いてリーネの膝によじのぼり、顔を隠してしまった。

ヘンリエッテがカウンターに飲み物を取りに行く。

「ネタ元と会った？」戻るのを待ってリーネは訊いた。

「ええ、でも思ったほどは訊きだせなかった」

リーネはうなずいた。自分も犯罪者集団に接触した経験がある。焦りは禁物だ。

「昨日も言ったけど」ヘンリエッテが声を潜める。「強奪事件のあと、現金は安全な場所に隠されたはずだったんだけど、回収に行ったら消えていたそうよ」

「ネタ元は隠し場所を知ってるって？」

「オスロ郊外とだけ」

「強奪に関わった顔ぶれは？」

「知っていそうだったけど、名前は出さなかった。訊いてもごまかすばかりで」

アマリエが膝の上で身をくねらせてぐずりだし、リーネのポケットに手を伸ばす。そこにおしゃぶりが入っていることを知っているのだ。

「お金を盗んだのは誰かわかっていそう？」リーネは娘におしゃぶりを渡した。

ヘンリエッテがうなずいて、コーヒーを飲んだ。「名前は聞いてないけど、シモン・マイエルじゃなかったみたい。強奪事件の数カ月後にバイク事故で死んだ人がどうとか言ってた。お金はその人が隠した場所にいまもあるはずだとか」

リーネは絡みついてくるアマリエの手を押しやった。そう、それなら単純明快だ。レナルト・クラウセンが現金を横取りして父親の別荘に隠し、その死後も父親が隠しつづけたのなら。

「だとしたら、シモン・マイエルは？　どう関係してるのか」

「わからない。その話は持ちださなかった。こっちがなにかつかんでいると感づかれそうで」

リーネはうなずいた。「でも、シモン・マイエルが事件に絡んでいるとしたら、犯人たちはシモンが失踪した場所の近くにお金が隠されてる可能性も考えたはずよね。だとしたら相当に気を揉んだはず。隠し場所のすぐそばで、いきなり警察が捜索をはじめたんだから。そのあともお金がどうなったか、さんざん考えたでしょうね」

「そうね」とヘンリエッテも同意したが、それ以上の意見はないようだった。

ネタ元の話からほぼ得るものがなかったことに、リーネは落胆した。「ほかになにか聞けなかった？」

ヘンリエッテは首を振った。「今回はね」

「でも、もっとなにか知ってそう？」

「まあ、少し調べてみるとは言ってくれた。方々で訊いてみてくれるそうだけど、時間はかかると思う。危険な連中が相手だから、用心が必要だし」

アマリエはぐずるのをやめ、おしゃぶりをくわえてリーネの膝から下りた。向こうに遊び場があるからヨセフィーネを連れていってあげたら、とリーネは勧めた。アマリエはしばらく渋っていたが、やがてうなずいた。

「魔の二歳児ね」ふたりが行ってしまうとヘンリエッテは笑って言った。「ヨセフィーネも同じだった」

「ほかに話を聞けそうなつてはない？　なにか知っていそうな相手は。犯人たちの名前をつかまないと」

メールの着信音が鳴り、ヘンリエッテが携帯電話を取りだして確認した。「大スクープにするには、お金の行方を突きとめることよ」と返信しながら言う。「パソコン持ってる？」

「ええ、なぜ？」

「二〇〇三年に起きたバイクの死亡事故なら、そんなに多くないはず。ゆうべネットで検索してみたんだけど、ちゃんと調べられなくて」

リーネはバッグからノートパソコンを出した。答えはすでに知っているが、それをいま説明するのはややこしい。レナルト・クラウセンと父親に関することをヘンリエッテに教えるわけにはいかない。「検索ワードは？」リーネはログインしてから訊いた。

ヘンリエッテは携帯電話を置いた。「死亡事故、バイク、二〇〇三年」

統計データには合計十一件の事故が記録されていた。三件は強奪事件以前に起きたものだ。それ以外の八件の死亡事故の主な内容をコピー＆ペーストしてリストアップする。それから可能性の高そうな順に並べ替えた。ノルウェー北部の事故はリストの下位に、オスロ周辺の事故を上位に移動させる。最終的に、二〇〇三年九月三十日の夜にバールム市で起きたレナルト・クラウセンの死亡事故は、リストの三位に位置づけられた。

「二十五歳か」ヘンリエッテが言った。「これはもっと上じゃない？」

上位二件の犠牲者は、小型バイクに乗った十八歳と、五十代の夫婦だ。

リーネはレナルト・クラウセンに関する部分を選択して切りとり、リストのトップに移動させた。

「それぞれの犠牲者についてもっと調べてみないと」と、リーネは思案顔を作って言った。

「わたしにもリストを送って。警察につてがあるから」

「わたしにもあるけど」とリーネは言ったが、父が警察官だとは告げなかった。ヘンリエッテがリーネのことを検索して《VG》の署名記事に目を通したとき、そのことに気づかなかったのが意外だった。過去に書いた犯罪記事には父の名前がたびたび登場している。

「わたしに任せて」ヘンリエッテが重ねて言った。

「わかった」

遊び場で騒ぎが起きていた。臍《へそ》を曲げたらしいアマリエが、大声でなにやら文句を言っている。「疲れてきたみたい」リーネはそう言って立ちあがった。

アマリエをつかまえて、膝にのせてから訊いた。「この次、ネタ元に会うのはいつ？」

「なにかわかったら電話が入ることになってる」

「強奪事件に関する情報がもっと必要ね。実行犯の名前とか」

ヘンリエッテはうなずき、続いてふたりはシモン・マイエルとのつながりについて検討にかかった。

「考えられるのは、シモンとバイクの男が協力してお金を持ち去ったってことくらいかな」ヘンリエッテが言った。「山分けしたのかも。シモンは分け前を持ってスペインへ逃げ、バイクの男は死んだ。これまではシモンがひとりで盗んだと思ってたけど、バイクの男の話を聞いたから、ふたりでやったんじゃないかって気がしてる」

この数日、リーネはシモン・マイエルとレナルト・クラウセンのつながりを探っていた。これまでにわかったのは、同じ通りで育ったということくらいだ。

「だったら、やっぱりスペインにいると思ってる?」リーネはパソコンをバッグにしまいながら訊いた。

「彼が見つかればすべて明らかになるはず。あるいは、強奪されたお金が見つかればね」そう言ってヘンリエッテはにっこりした。

リーネも笑みを返したが、知っていることをすべて話せないのが心苦しかった。重要な情報を隠していたことを知られたら、ヘンリエッテの協力は得られなくなるだろう。

ヘンリエッテが探るような目でリーネを見た。「なに考えてるの。お金の行方について心当たりでも? それとも、隠してることでもある?」

リーネはアマリエに気を取られたふりをし、「《VG》の報道デスクのこと」とごまかした。

「企画の持ち込みを断られたの。少なくとも、前回はね」

ヘンリエッテはリーネの言葉に笑った。「記事を読んだら、地団太踏むわよ」

45

モルテンセンがノートパソコンの向きを変え、一同に画面を示した。「これはおそらく血痕です」そう言って、鋼鉄のポンプの角を写した写真を見せる。一カ所だけ黒ずんでいる。「ルミノール反応が出ました。分析用の試料を採取してあります」

続いて、広範囲に室内を写した写真が表示される。モルテンセンが血痕と判断した箇所に矢印がつけられている。その下の床にも矢印がある。

「ここからも同様の試料を採取しました。血痕と確認されれば、ここで起きたことをある程度は推測できます」

ヴィスティングは写真から見てとれることを口にした。「頭を金属の角にぶつけて、床に倒れたのかもしれんな」

モルテンセンがうなずく。「事故だったとも、争った結果とも考えられます。突き飛ばされたのかもしれない」

「その結果、死に至ったというわけか」スティレルが口をひらいた。

「十分考えられます」モルテンセンが答える。「とはいえ、血痕ではないかもしれないし、事件とは無関係かもしれない」

「ほかに見つかったものは？」とヴィスティングは訊いた。

モルテンセンが鍵のついた南京錠の写真を表示させる。ハッチの底に落ちていたものだ。

「指紋が付着しているかもしれません。クリポスのラボに預けます」

拾わずにおいてよかったとヴィスティングは安堵した。「リーネがポンプ小屋のことで重要な発見をした」そう言って、ヤン・グディムの父親が鍵を持っていたことを告げた。「父親は水道局の責任者だったんだ」

「以前から麻薬の隠し場所に使っていたのかもしれない」アウドゥン・トゥーレが言う。

スティレルがうなずいた。「ただし、罪に問える可能性は低い」

「強奪事件当日のグディムのアリバイは？」ヴィスティングは訊いた。

「携帯電話の使用履歴を調べただけですが。自宅で使われていました」トゥーレが答える。

「当時の家があったのは？」モルテンセンが訊いた。「どこに住んでいたんです？」

「コルボトゥン」

「尋問すれば口を割りそうですか」

「いや、おそらくは。当時もなにひとつ答えず、警察への協力は一切拒否していた」

ヴィスティングは強奪事件の被疑者たちの写真が並ぶ壁を見やった。「襲撃に使われた車両はグディムの運転だったんだろうな」

「間違いなく」トゥーレが答える。「趣味でラリーに出るほどの腕前なので」

「つまり、ヤン・グディムとアレクサンデル・クヴァンメが実行犯ということか」

「調べたかぎりでは、クヴァンメが主犯で間違いないでしょう」トゥーレが答える。「もう一点、オスカル・トヴェットが仲間のひとりで、盗まれた金の件で制裁を受けたことも」

スティレルが立ちあがって壁際へ行き、ヤン・グディムの写真を剝がした。「通常の捜査方法では埒が明かない。切り口を変えた、特別なアプローチが必要だ。戦術が」

ヴィスティングは椅子の背にもたれた。スティレルには腹案があるらしい。

「グディムに中途半端な証拠を突きつけて脅すのではなく、それを利用して新たな情報を引きだせばいい。共犯者の名前を」

「どうやって？」トゥーレが訊く。

「すでにある手がかりと証拠を利用して」スティレルはグディムの写真を壁に戻すと、現金の箱をひとつ抱えてテーブルにのせた。「この金を使います」

一同が話の続きを待つ。スティレルはトゥーレに向かって言った。「オスカル・トヴェットの母親が今年の夏に亡くなったそうですが」

トゥーレがうなずく。

「刑務所のグディムに面会して現金の箱の写真を見せ、トヴェットの母親の死後に自宅で見つかったと告げます。箱からはポンプ小屋の鍵と、オスカル・トヴェットのDNAも発見されたと」

いい案だとヴィスティングは思った。反応を引きだせる可能性は十分にあり、ヤン・グディムが獄中にいるため、外部とのやりとりを完全に把握できる。刑務所での通話は発信・受信ともにモニタリングされ、面会者も監視下に置かれる。

スティレルの案には続きがあった。「さらに、オスカル・トヴェットの会話能力が回復中だとにおわせます。トヴェットのいる療養院を教え、自白したがっていると告げる。残りの共犯者たちが口封じに行くはずだ」

アウドゥン・トゥーレが卓上に身を乗りだす。「トヴェットのいる病棟全体に警備態勢を?」

「わたしが監視カメラと録音装置を仕掛け、見舞客が来れば患者か看護師を装います」スティレルが答えた。

「上の許可が必要ですね」モルテンセンが口を挟む。

「それはなんとかする」ヴィスティングは請けあった。

詳細を確認しているところへ、リーネがアマリエを連れて現れたので、ヴィスティングはスティレルの案を話して聞かせた。

「ヘンリエッテには強奪犯に近いところにネタ元がいるの」リーネは金を盗んだ人物がバイ

ク事故で死亡したという噂を伝えた。

「レナルト・クラウセンか」ヴィスティングが言った。

「可能性は高い」スティレルも同意する。

「ネタ元が誰かは聞いているかい」トゥーレが訊く。

「いえ、でも《ゴリアト》にいたとき、ヘンリエッテは犯罪者集団にかなり突っこんだ取材をしているんです。そのうちの誰かかもしれない。わたしは明日オスロへ行って、シモン・マイエルの同級生で、ガーデモエン空港で働いていたキム・ヴァーネル・ポーレンに会うつもり。ついでに国立図書館へ寄って、ヘンリエッテのインタビュー記事を確認してきます。そこで働いている知り合いがいるから、探してくれるはず。気になる名前が出てくるかも」

アマリエがむずかりだし、リーネの腕をしきりに引っぱっている。「帰らなきゃ」リーネはため息をついて娘を抱きあげた。

ヴィスティングは戸口の外まで送っていった。

「警報装置っていくらした？」リーネが自転車のチャイルドシートにアマリエをすわらせながら訊いた。

「請求書がまだ来てないんだ」

「うちにもつけようかと思って。古い家だし、窓の鍵は簡単に外せちゃうから」

「オルヴェに電話して、見積もりを頼もうか」

「そうしてくれる？」

ヴィスティングはうなずき、ペダルを漕いで帰っていくリーネを見送った。

46

家のなかは蒸し暑かった。リーネは玄関を施錠したあと、テラスに通じる居間のガラス戸を開き、アマリエの寝室の窓もあけた。それからキッチンへ行き、娘に食べさせようとパン二枚にバターを塗った。

「ママ！」

リーネは振り返った。アマリエが庭にいた黒猫を抱えて近づいてくる。両手でつかんで突きだされても猫は大人しくしている。

「気をつけて！」引っかかれたり、噛まれたりするかもしれない。

娘が猫の薄汚れた毛皮に頬ずりする。猫はしばらくじっとしていたが、急に暴れだした。身をよじってアマリエの腕から逃れると、地面に飛び降り、逃げ去った。

驚いたのか、アマリエが泣きだした。片手の甲に二本の引っかき傷ができている。リーネはアマリエにおしゃぶりを与えてから、バスルームで傷口を洗い、絆創膏《ばんそうこう》を貼った。

食事がすむとアマリエは眠たげな顔をした。いまでも毎日一時間ほどはお昼寝をしている。ベッドに入れたとたん、アマリエは枕に顔を埋《うず》めた。リーネはブラインドを下ろして部屋を暗くした。

「ニャンニャン」アマリエが小さくつぶやき、リーネはかがみこんでその髪を撫でた。アマリエが壁を指差す。「ニャンニャン」おしゃぶりをくわえた口で繰り返した。

リーネはその意味に気づいた。三日前に描いた絵がなくなっている。壁に残っているのは画鋲の跡だけだ。

「ほんとね、猫ちゃんはどこかな」ベッドと壁のあいだに落ちたのだろうかとたしかめた。どこにもない。アマリエはそれ以上なにも言わず、すぐに興味を失ったように顔を横に向け、ふかふかの上掛けに押しつけた。

リーネは洗濯物を家事室に運んだ。アマリエの服のポケットに赤いクレヨンが入っている。カフェの遊び場から持ってきてしまったのだ。

ため息をついて洗濯機のスイッチをオンにしてから、地下の仕事部屋に下りた。腰を下ろすまえに二分割して使っているコルクボードを眺めた。左側にはイェルショ湖事件に関する写真と記事の切り抜き、右側にはレナルト・クラウセンと仲間に関する情報を集めてある。いまのところ、ボードの左右をつなぐたしかな線は見つかっていない。

レナルトの娘の母親、リータ・サルヴェセンとはまだ話せていない。どうやってアプローチすべきか決めかねていた。スペイン在住なので電話するしかなさそうだ。シモン・マイエルの事件について訊くのは不自然だろう。しばらく考えて、案を思いついた。

長い呼び出し音のあと、明るく元気な声で応答があった。リータ・サルヴェセンだ。

リーネは名乗った。「記者をしていますが、取材のお願いではないんです。バーナール・クラウセン氏が亡くなったことはご存じですか」

回線の向こうで一瞬の間があった。「ニュースで見ました。誰からも連絡は来てませんけど」

「あなたが唯一の相続人ですね。正確には、娘さんが」

また間がある。

「それで、ご用件は？」

「クラウセン氏の記事を書いているところなんです。彼の人生について。それであなたとレナルトのことを知りました。相続人はいないので遺産はすべて労働党に委ねられると聞いています。あなたが相続権を放棄したと」

「それは違う」声に動揺が混じる。「レナルトが亡くなって、彼のお父さんと連絡をとりあう理由がなくなっただけです。なにしろ、本人同士がほとんど口をきかない状態だったし」

「やっぱりそうでしたか。だからお電話したんです。公正に解決されるべきだと思って」

「わたしはどうすれば？」リータが訊く。

「クラウセン氏の住まいを管轄する地方裁判所に訴えでることができます。でも、弁護士に相談するのが手っ取り早いかも」

「誰か推薦してもらえません？」

リーネは遺産分配に関する記事を書いた際に協力を得た弁護士の名前を教えた。

「どうしてレナルトとお父さんは口もきかなくなったんです？」

「お父さんが自分勝手で、政治のことで頭がいっぱいだったから。よその人の手助けばかりして、家族のことはほったらかしだったのよ」

レナルトから聞いたことをそのまま口にしているように聞こえる。

「どんなふうに？」

「そう、たとえばレナルトのお母さんのこととか。がんで亡くなったの。治せるかもしれない薬があったのに、それを奥さんに使うことで、連帯への裏切りだと言われるのを恐れたの」

「連帯への裏切り？」

「要するに、自分が大事だったの。自分がどう見られるかが。保健大臣として、妻の延命のためだけに規則を変えたりしたらどう思われるかが」

「会って話したことはあります？」

「レナルトが生きているあいだは一度も。長く付きあうまえに死んでしまったから。レーナが一歳のときに会いに来ただけ」

それ以上は話したくないような口ぶりだ。

「用件は?」リーネは通話を打ち切られまいと質問を続けた。

「わたしも不思議で。直通電話の番号が書かれた名刺を渡されて、困ったときはいつでも連絡してくれと言われたんですけど。数年前に電話して、スペインに移住するのでいくらかお金を借りられないか訊いたら、そういう意味じゃないと断られてしまって」

「では、どういう意味だと?」

「重病にかかったとか、そういう場合は助けるということだと」

「レナルトはあなたになにか遺しました?」話を核心に近づけようとリーネは訊いた。

「いいえ。レーナが生まれるまえに亡くなってしまったし」

「お金は持っていました?」

リータ・サルヴェセンは噴きだした。「定職にも就いてなかったんですよ。まあ、お父さんからお金はもらっていたでしょうけど」

「バイクは自分で買ったんですよね」

「たぶん、ローンでね」

「では、お金がありそうな印象ではなかった?」

「ええ」

　リーネは質問の意図を訊かれるまえに話題を変えた。

「ところで、あなたはコルボトゥン出身でしたね」

「そうですけど」

「昔の失踪事件を記事にしようかと思っているんです。シモン・マイエルの。覚えています？」

「溺れた人？」

「ええ、イェルショ湖の近くで行方不明になった人です。それで、子供時代を知っている人たちに話を聞いているところなんですけど。自分と同年代の若者があんなふうに消えてしまったのをどう感じたか知りたくて」

「わたしの話も聞きたいということ？」

「トミー・プライムとも話しました。ほかにも何人かと」

「トミーね」リータは笑いを含んだ声でその名を口にした。「たいして協力してもらえなかったでしょ」

「ほとんど覚えてないと言われました」

「わたしもよ、正直なところ」

「彼が行方不明になった日のことを覚えています？」

「ええ、ヘリまで出て大々的に捜索してたけど、覚えているのはそれくらい」

「それは行方不明の届けが出た日で、消息を絶ったのは二日前なんです」

「ヘリのことしか覚えてない。でも、レナルトは付き合いがあったみたい」

リーネは姿勢を正し、ペンを取った。「というと?」

「子供のころはよくふたりで遊んで、いっしょに登校もしてたとか。シモンは同じ通りの数軒先に住んでいたそうだけど、ちょっと変わった子だったみたい。卒業後は疎遠だったと思う」

子供時代の話なら、シモン・マイエルの兄からも聞いている。

「シモンが行方不明になったときのレナルトの反応はどうでした?」リーネは突っこんだ。

「反応と言われてもよくわからないけど、知り合いだと言っていたのはたしかよ」

「事件のずっとあとに?」

「新聞で報道されて、その話で持ち切りだったころだと思う」

「どんな様子でした?」

「どういうこと?」

リーネは少し迷ったすえ、単刀直入に訊くのが手っ取り早いと判断した。「シモン・マイエルになにがあったか知っているような口ぶりだったり、態度だったりしませんでしたか」

リータの反応はあっさりしたものだった。「いいえ、でも溺れたんでしょ。みんなそう言ってたけど」

これ以上はなにも出そうにない。リーネは話を切りあげようと軽い調子で続けた。「スペインで目撃されたって噂があるんですけど」

「わたしは見てないわね」

訊くべきことは訊いた。リーネは通話を終え、椅子にもたれた。シモン・マイエルとレナルト・クラウセンの関係について深く掘り下げられたとは言えないが、コルクボードの左右がつながっただけで十分だ。

47

ヤン・グディムはハルデン刑務所に収監されている。正午に到着するため、スターヴェルンを九時に発《た》った。ハンドルはヴィスティングが握り、トゥーレが助手席、スティレルは後部座席についた。まずはホッテンまで行ってフェリーでオスロフィヨルドを横切り、高速道路でスウェーデンとの国境近くにある刑務所を目指した。

刑務所は森に囲まれた丘の上に位置していた。なめらかな円形の外壁沿いに広がるヘザーの茂みは褐色に干からびている。周囲の松の一部も、深刻な疫病に侵されたように葉が落ちて黒ずんでいる。

ここは国内有数の先進的な刑務所であり、教育や職業訓練、文化・社会的娯楽が社会復帰のためのツールとして提供されている。だが現実は、メディアが作りあげた印象どおりとは言いがたい。数年に及ぶ人員と予算の削減により、受刑者が監房で過ごす時間は長くなりつつある。

広い駐車場の端に空きスペースを見つけて車をとめ、入り口へ向かった。ヴィスティングはインターホンを押して名乗り、刑務所長と約束があると告げた。

内部へ入ると、二名の看守がX線検査機と金属探知機の向こうに立っていた。ヴィスティングは重ねられたプラスティック・トレイを一枚取り、ポケットの中身をそこに並べて、X線検査機担当の看守に預けた。もう一名が金属探知機を通るよう手招きする。警報は鳴らなかったが、ボディチェックは行われた。

トゥーレとスティレルも同様の検査を受けたのち、三人は管理棟に案内され、携帯電話を預けるよう指示された。

「わたしは渡せない」とスティレルが言った。「捜査に必要だ」

ガラスの仕切りの奥の看守が特例は認められないと抗議したが、却下された。

三人は四人監視用のモニター室で刑務所長に迎えられた。左胸のポケットに黒い名札がつけられている。E・カルマン。ヴィスティングは事件について大まかに説明し、ヤン・グディムの通話を傍受するための許可証を示した。

「電話をかける場所は?」ヴィスティングは尋ねた。

「グディムのいる収容棟の看守室です」

「どの電話ですか。見せていただいても?」

「グディムはC棟にいますので、外に出て歩くことになりますが」

ヴィスティングはうなずいた。

所長に案内された三人は管理棟を出て小さな木立を抜け、奥にある別の棟に近づいた。刑務所は複数の棟で構成されている。カルマンの説明によれば、居住空間から刑務作業や各種活動のための空間へ受刑者を通わせ、一般社会に近い生活を送らせることが主眼だという。時間と場所の感覚を失わせないためだ。

「グディムからわれわれは見えますか」トゥーレが険しい顔で二階建ての収容棟を見やる。

所長は首を振った。「彼の収容区画は奥です」

いくつもの扉を抜け、リノリウムの床をきしませながら灰色の廊下を進んだ。どこか遠くの監房で受刑者たちが鉄格子やコンクリート壁を叩いている。閉ざされた扉と入り組んだ廊下の向こうでくぐもった叫び声があがった。

所長は足を止め、充電中のコードレス電話が置かれたブースを示した。「ここでかけることも、監房に持ちこむこともできます」

「通話内容の確認はどのような方法で？」スティレルが訊いた。

「看守室の親機を使います」

所長はそばにある部屋を目で示した。壁はガラス張りで、外部から丸見えだ。看守がひとりコンピューターの前にすわり、すぐ脇に電話が置かれている。

三人の刑事は顔を見あわせた。「これじゃだめだ」とトゥーレが言う。

「どこか気づかれずに話を聞ける場所は？」ヴィスティングは訊いた。

所長は首を振る。「どのみち、グディムは明日の夕方まで電話を使えません」

「緊急の用がある場合は使用を許されますか」

所長は苦笑した。「ここは刑務所なのでね。ただし、弁護士や公的機関にならかけられます。その場合、内容の確認は禁止されています」

「そこの電話の番号をいただけますか」スティレルがブースを指して言った。

所長はうなずいた。看守室に入って椅子にすわった看守に話しかけ、電話番号のメモを手にして戻った。

スティレルが携帯電話を取りだした。所長は眉をひそめたが、なにも言わずにメモを渡した。スティレルが番号にかけると、まもなくブースの電話が鳴りだした。

「ＯＫ。グディムにはかならずこの電話を使用させる必要がある。別の看守室のものを貸さないよう、徹底していただきたい」

「所内に周知します」

三人は所長に促されて戸外へ出た。管理棟へ戻る途中、スティレルがクリポスの同僚に電話して通信傍受開始の手続きを依頼した。「三十分で可能になります」電話を切るとそう言った。

聴取はスティレルとトゥーレに任せ、ヴィスティングは隣のモニター室でマジックミラーごしに見守ることにした。面会終了を告げる方法を教わり、録画装置をオンにしてから、グディムを連れてくるよう看守に依頼した。

ヴィスティングは隣の部屋で待った。ふたりの話は明瞭に聞きとれるが、こちらの声が面会室に聞こえることはない。

スティレルが手帳の新しいページを開いた。トゥーレは書類のファイルを手にしている。詳細に打ち合わせはしてあるが、臨機応変な対応も必要となる。

十分近くたってからドアが開いた。看守がふたりの刑事に目で合図し、一メートルほど奥へ入って異常がないことを確認した。それから脇に寄ってグディムを通した。

グディムは長身で肩幅が広く、引きしまった顔つきの男だった。

スティレルとトゥーレは立ちあがって名乗っただけで、握手は求めない。

グディムが空いた椅子に近づき、看守が退室するのを待ってから腰を下ろした。

「話すことはない」そう言ってテーブルに肘をつく。

第一声は予想どおりだ。同じ言葉をこれまでもヴィスティングは幾度となく聞いてきた。

「それでかまわない」スティレルが言う。「話をするのはこちらだ。よく聞いてもらいたい」

答えはない。

「わたしはクリポスの未解決事件班の人間だ」スティレルが続け、隣を示した。「こちらはローメリーケ警察のアウドゥン・トゥーレ警部。二〇〇三年、ガーデモエン空港で起きた現金強奪事件の捜査責任者だった」

モニターでは確認しづらいが、グディムが顔を引きつらせたように見えた。

「奪われた現金の一部が発見され、事件の再捜査が決まった」トゥーレが続きを説明する。そして、ファイルから写真を取りだしてテーブルごしに押しやった。昨夜、空き部屋となったトヴェットの母親のアパートメントに入り、現金の箱のひとつをクロゼットの奥に置いて撮影したものだ。

「全部で六十五万ポンドある」スティレルが告げた。

「金といっしょにこれも見つかった」トゥーレが続け、プラグ付きの短いケーブルの写真をテーブルに置いた。「トランシーバーのイヤホンコードが千切れたものだ。オスカル・トヴェットのDNAが付着していた」

さらに、DNAデータベースの照合結果が示される。

「この男を知っているはずだ」スティレルが言った。「二〇〇二年、あんたと同時に逮捕されている」

事前の打ち合わせでは、グディムの反応はふたつにひとつだと予想していた。話をさえぎって弁護士に相談すると言いだすか、なんらかの説明をするか。

グディムが咳払《せきばら》いをする。

「オスカルはテレマルク大隊で通信士をやっていた。商売もその手のものを扱っていた。壊れた通信装置を買って、修理して売っていたんだ。触っていたとしても不思議じゃないが、だからといって輸送機を襲ったことにはならない」

「この写真はエルセ・トヴェットの家で撮られたものだ」トゥーレが現金の写真を指差す。

「オスカルの母親だ。最近亡くなった」

打ち合わせどおりの台詞だとヴィスティングはうなずいた。写真をそこで撮ったことは事実なので、今後この聴取の録画映像を再生する必要に迫られたとしても問題はない。

モニターに映るグディムがふたりの刑事から顔をそむけた。口を開いたことを後悔している様子だ。

「現金といっしょに面白いものも見つかった」

スティレルが言って鍵の写真を取りだした。それ以上の説明はしないことにしてある。その写真一枚で、ことの深刻さは理解できるはずだ。

「最近、オスカル・トヴェットと話したことは？」今度はトゥーレが訊いた。

オスカル・トヴェットが会話可能なまでに回復したと印象づけるための質問だ。

「いまはアービルソ療養院にいる。オステンショ湖の近くの」スティレルが補足する。「車椅子は欠かせないが、よくなっているようだ」

「水曜日にまたトヴェットの弁護士に会うことになっている」とトゥーレが書類をまとめはじめる。これも偽りではない。オスカル・トヴェットの後見人を務めるフリーダ・ストランにトゥーレが話をすることになっている。

スティレルが立ちあがって壁のインターコムに近づいた。「まだ話す気はないか」

グディムは答えない。

スティレルは呼び出しボタンを押して面会終了を告げた。それから席に戻り、名刺を置いた。

「わかっていると思うが、先に白状したほうが身のためだ」

ドアがあいて看守が入室する。スティレルとトゥーレは少し待ってから看守とともに退室し、ヤン・グディムが部屋に残された。

ヴィスティングがドアのほうを向くと、ふたりが入ってきてマジックミラーの前に立った。

「さあ、ここが思案のしどころだぞ」トゥーレが言った。

グディムは頭をのけぞらせて天井を見上げた。それから身を起こし、手を伸ばしてスティレルの名刺をつかみ、ためつすがめつしてからポケットに突っこんだ。

グディムが監房に戻されるのをモニター室で待ってから、三人は出口へ案内された。

ヴィスティングは受けとった携帯電話を確認した。不在着信が二件、だが急ぎではない。

ふたたびいくつもの扉を抜け、最後の扉があいたとき、看守のトランシーバーからノイズが漏れた。

看守が応答する。

《警察の三人はまだそこに?》

「ああ」

《所長から伝言だ――〝たったいま、弁護士に電話したいと言いだした〟。誰のことかはわかるはずだと》

看守がヴィスティングを見た。

ヴィスティングはうなずいた。目論見《もくろみ》通りだ。

48

リーネはガソリンスタンドの駐車スペースに車をとめ、キム・ヴァーネル・ポーレンに関する情報をあらためて確認した。小学校から高校までシモン・マイエルと同じクラスに所属。卒業後は職を転々とし、一時期はガーデモエン空港で荷物係をしていた。現在はガソリンスタンドを経営している。

二台の給油機に使用禁止のテープが張られ、作業員が撤去にあたっている。ゴミ箱から出火したらしい。

リーネは客が少なくなるのを待ってから、レコーダーのスイッチを入れてバッグにしまい、車を降りた。キム・ヴァーネル・ポーレンの電話番号は見つからなかったが、ガソリンスタンドの番号には先ほどかけてみた。電話に出た従業員からポーレンが事務所にいると確認がとれた。

長い髪の娘が、カウンターの奥でホットドッグ用のソーセージをひっくり返している。

「キム・ヴァーネル・ポーレンさんはいらっしゃいます？」リーネは声をかけた。

「あっちよ」娘はトングの先でカウンターの端の開いたドアを示した。「左側の奥のドア」

指示通りに奥へ入ると、Tシャツ姿のずんぐりした男が机に向かっていた。

「こんにちは」リーネはドア枠をノックして声をかけた。「キム・ヴァーネル・ポーレンさん?」

相手が顔を上げた。頬に生々しいかさぶたがついている。「そうだが」

リーネは身元を告げた。「あなたのクラスメートだった人について調べています。シモン・マイエルについて」

「なら、講習を受けるといい」

リーネはとまどった。

「ダイビングの講習を。シモン・マイエルはイェルショ湖の底だ。潜れば見つかるさ」

リーネは空いている椅子にかけようと事務室に入り、「失踪事件として記事にするつもりなんです」と続けた。

「無駄だ」キム・ヴァーネル・ポーレンがさえぎった。「そんなことをしても、いたずらに期待させて、古傷をこじあけるだけだ。新聞は売れるかもしれんし、あんたも多少は注目されて、上司のお褒めにあずかるかもしれんが、あいつの家族や友達のためにはならない」

嫌味たっぷりなその言葉は、わざとらしく聞こえた。リーネが来るのを知っていて、追い払うための言葉を用意してあったような感じだ。

「あなたも友達でした?」

「まあ、同じクラスだったからな」

リーネは食い下がった。「当時の捜査資料はすべて読みました。シモンに友人は少なかったようですけど」

ポーレンが顎を上げて訊き返す。「そんなことまで書くのか」

「いろいろな角度から調べてみようと。とくに、行方不明になった日の記憶を聞かせてもらえる人を探しています」

相手が腕組みをする。

「その日のことを覚えています?」

ポーレンがうすら笑いで首を振った。話を聞いた相手の誰もが、シモン・マイエルの失踪当日の記憶がないと言う。

「ガーデモエン空港で現金強奪事件があったのと同じ日です。そういえば、当時あそこで働いていませんでした?」

用意してあったその質問をリーネはぶつけた。なにげなく訊いたふりを装い、〝現金強奪事件〟のひとことに対する相手の反応を窺った。ポーレンは虚を突かれたように口をあけた。せわしない瞬きに続いて、顔から血の気が引いていく。

「あの日は仕事じゃなかった」と腰を上げる。「じつは、いまちょっと忙しいんだ……」

「そうですね、すみません」リーネはドアのほうへ向かいかけて足を止めた。「外のゴミ箱が燃えたみたいですね」

「たいしたことじゃない」ポーレンが机の奥から出てくる。「誰かが吸殻でも捨てたんだ」

「防犯カメラは確認しましたか」

「なにを?」

「防犯カメラです。なにがあったか確認しました?」

「故障中なんだ」ポーレンは頬の傷に触れ、リーネを部屋から追いだした。

「もっと大変なことになっていたかもしれませんね」

ポーレンは売り場までリーネについてきた。「ああ、そうだな」頬のかさぶたが一部剝がれ、血が滲《にじ》んでいる。「幸い、今回は助かった」

帰るまえに売り場で買い物でもしながらレナルト・クラウセンの名前を出そうかと考えたが、ポーレンの口調には不機嫌と皮肉だけでなく、敵意まで混じりはじめている。リーネは礼を言って店を出てから、そばにある防犯カメラを見上げ、車内に戻ってレコーダーのスイッチを切った。

ポーレンが現金強奪事件の話を避けようとしたのは明らかだ。二〇〇三年には空港の荷物係を務めていて、犯行に必要な内部情報を入手できる立場にあった。

リーネはエンジンをかけ、オスロに向けて走りはじめた。運転しながらガソリンスタンドでのやりとりの録音データを再生した。立てつづけに二度聴くと、事務室で感じたことが確信に近づいた。キム・ヴァーネル・ポーレンの返答は用意されたものだった。リーネの訪問をまえもって警告されていたのかもしれない。頬の傷と燃えたゴミ箱のことを考えると、おそらくは手荒なやり方で。

父に電話すべきか迷うところだが、自分の考えすぎかもしれない。数日のあいだ方々をまわって話を聞いたが、ポーレンに脅しをかけそうな人間は思いつかない。たんに今日一日、ポーレンが不運だっただけかもしれない。不注意で怪我をしてしまい、おまけにあわや大火事になりかけ、それで不機嫌だったとしてもおかしくはない。それにどのみち、父はいま別件で手いっぱいのはず。

49

グロンマ川を渡ったところでヴィスティングは高速6号線を降り、ガソリンスタンドに入った。給油するあいだにスティレルがクリポスの同僚に電話し、ヤン・グディムと弁護士とのやりとりの録音データを再生するよう依頼した。全員が聴けるよう、電話がハンズフリーキットに接続される。

「ハーネスです」

「グディムだ」

「しばらくですね」

「来てくれ」

「なにかありましたか」

「話がある」

「木曜なら行けますが」

「いますぐ車に乗って来るんだ。いますぐに」

沈黙が流れる。

「それは難しい」しばらくして弁護士が答えた。

グディムの息遣いだけが聞こえる。

弁護士が咳払いをした。「なにがあったんです」

「今日刑事がふたり来た。ひとりはクリポスの未解決事件班の人間らしい」

「なるほど」弁護士の声に警戒が混じる。

「もうひとりは二〇〇三年にガーデモエン空港で起きた現金強奪事件の捜査責任者だ」

さらなる沈黙。

「なにか書類は見せられましたか」

「写真とDNAの鑑定書は持ってたが、令状のことを言ってるならノーだ。だが、時間の問題だろう」

弁護士がふかぶかと嘆息する。「行くしかないようだ。三十分で発ちます」

「頼む」

そこで通話が切れた。

「やはり」ヴィスティングは口を開いた。「電話ではなにも漏らさないな。弁護士にさえ」

「ハーネスの名は知っています」スティレルが言う。「グディムは弁護士を連絡係に使うつもりだ」

「仲間に警告する気だろう」トゥーレがうなずいた。「オスカル・トヴェットの口をふさげと」

ヴィスティングは車のドアをあけた。「少し休んでホットドッグでも腹に入れよう」

50

国立図書館周辺の通りには駐車スペースが見つからず、リーネはヴィカ地区まで行ってようやく車をとめた。歩いて戻りながらソフィーに電話してアマリエの様子を尋ねた。

「いま食事がすんだところよ」とソフィーが言った。

それを聞いて自分も空腹を覚えた。「面倒かけてばかりでごめんね。思ってたより、やることが多くて」

「あら、それっていいことじゃない？　働いた時間の分だけ報酬を請求できるんでしょ？」

「ええ、たぶん。それに幸い、アマリエは来週から保育園に入れるし」

「しばらくは大変よ。気軽にオスロに行ったりできなくなる。毎日保育園のお迎えがあるから」

「そうね」リーネは答えながら、古めかしい図書館の正面階段をのぼった。「今週中には終わるといいけど」

堂々たるエントランスが目の前に迫る。ソフィーの協力にもう一度感謝してから、リーネは館内へ入った。

《VG》にいたころ、ここへは幾度も通った。資料の大半は書庫に保管され、閲覧には予約が必要だ。午前九時までに電話しておけば、正午には希望の資料を受けとることができる。閲覧室には年代順に並んだ雑誌の束がすでに用意されていた。

廃刊となった《ゴリアト》の一冊にざっと目を通すと、すぐにヘンリエッテの署名記事が見つかった。オスロ警察犯罪捜査部に関するものだ。別の号では警備会社について取りあげ、さらにスペインにおけるノルウェー人の犯罪についても報じている。それ以降の号では、名の知れた犯罪者を対象とした詳細なインタビュー記事が連載されている。ひとり目はノルウェー版ヘルズ・エンジェルスと呼ばれるバイカーギャングのリーダー。次の号では、悪名高いアルコール密売人が商売について語っている。殺人罪で服役中のギャングの顔役もいる。

さらに先の号にもインタビュー記事が見つかった。写真のなかの男はカメラに背を向け、〝ノルウェー犯罪界の大物〟と紹介されている。パキスタン系ギャングのリーダーを殺害した罪で起訴されたが無罪放免となり、犯罪者集団の中枢にはいるものの、自身が凶悪犯罪に関わったことはないと記事には語られている。この男がヘンリエッテのネタ元かもしれない。

ギャングのリーダーの殺害については詳しく述べられ、写真も添えられている。読み進めるうち、リーネは胸騒ぎを覚えた。バッグからノートパソコンを出し、アウドゥン・トゥーレが空港の事件の容疑者をまとめたフォルダーを開く。インタビュー記事に記された殺人事件の発生日は、アレクサンデル・クヴァンメが無罪判決を受けた殺人事件のものと一致している。偶然のはずはない。ここでインタビューされているのはクヴァンメだ。

胸騒ぎがパニックに変わり、身体の奥に居すわる。

空港の事件の主犯とみなされる男がヘンリエッテのネタ元である可能性は高い。なにも知らずにアレクサンデル・クヴァンメを選んだのだろう。その意味に気づき、リーネは戦慄《せんりつ》した。ヘンリエッテが危険にさらされるかもしれない。

クラウセンとのつながりや、捜査チームが現金を発見したことを伝えずにおいたのが、せめてもの救いだ。

リーネは携帯電話で記事の写真を撮り、図書館を飛びだした。車に急ぎながらヘンリエッテに電話したが、呼び出し音が鳴るだけで応答がない。

バッグを肩にかけ、ヘンリエッテに電話を求めるSMSを送ろうとした。そのとき、背中を突き飛ばされ、つんのめった拍子に携帯電話を落とした。振り返ると同時にバッグをひったくられそうになる。リーネは大声で叫び、バッグをつかんで抱えこんだ。黒っぽい服の男が頭を殴りつける。バイクのヘルメットをかぶっていて顔は見えない。よろめきながらもリーネはバッグを離さなかった。男がまた拳《こぶし》を放つ。今度の一発は強烈で、身体が吹っ飛び、地面に叩きつけられた。男がバッグのストラップを引っぱり、腹を蹴りつける。リーネは手を離して両腕で頭を庇った。男がバッグを奪って逃走する。目で追うと、脇道へ入っていき、パソコンを取りだしてバッグを投げ捨ててから、とめてあったバイクに飛び乗った。リーネはよろよろと立ちあがった。プレートは折り曲げられ、ナンバーは読みとれない。バイクは爆音をあげて走り去った。

あたりを見まわしたが、誰もいま起きたことに気づいた様子はない。あるいは、素知らぬふりをしているのかもしれない。

リーネは電話を拾いあげた。画面にはひびが入っているが、まだ使えそうだ。通りを渡ってバッグに近づき、散らばった持ち物を拾い集めた。車の運転席に戻ったときようやく身体が反応した。ぶるぶると震えながら、しゃくりあげる。しばらくしてどうにか落ち着きを取りもどした。無差別なひったくりの可能性もあるが、奪っていったのはパソコンだけだ。相手はバッグに入っていた財布やほかの持ち物には目もくれなかった。

パソコンにはこれまでに集めたシモン・マイエルとクラウセン親子に関する情報のほか、写真やメモや父に宛てた報告書がすべて保存されている。運よくiCloudにも保存してあるので、家のコンピューターからデータにアクセスはできる。ただ、考えれば考えるほど、ひったくり犯の目的がリーネの持っている情報だったとしか思えなかった。そして同じ人物がキム・ヴァーネル・ポーレンのガソリンスタンドに現れて脅しをかけたにちがいない。幸い、パソコンはパスワードで守られている。簡単には開けないはずだ。

リーネはもう一度電話が壊れていないかたしかめた。そして、警察に通報する代わりに父の番号にかけた。

51

午後五時半、ヴィスティングはオスロのアービルソ療養院の外に車をとめた。高速6号線のどこかで、ハルデン刑務所に向かうグディムの弁護士とすれ違ったはずだ。

オスカル・トヴェットが収容された療養院は周囲の集合住宅と似通った造りだが、内部は簡素で、車椅子用の休憩スペースがしつらえられていた。

三人は院長室へ向かった。看護師長と地方自治体の顧問弁護士が同席していた。女性弁護士は身をこわばらせ、厳しい表情を浮かべている。

スティレルが口火を切った。「急なお願いにもかかわらず、お集まりいただき感謝します。電話でお伝えしたように、患者のひとりに危険が迫っています」

「どういうことでしょう」と女性院長が訊き返す。

「捜査中の重大事件に絡み、脅迫があったとの情報を入手しました」スティレルが続ける。

「われわれがここにいることはくれぐれも内密に願います」

三人の女性はうなずいた。

「患者とは、オスカル・トヴェットです」

看護師長が驚きの声をあげた。「でも、あの人は植物状態も同然ですよ。もう十年以上も」

「そうですが……」スティレルが答える。「だからといって危険を免れるわけではない。詳細は明かせませんが、対策が必要です」

「どんな？」

「刑事を二名、事態が解決するまで密かに配置します」

弁護士が身を乗りだし、眼鏡を押しあげて言った。「その患者を安全な場所に移したほうがいいのでは？」

「オスカル・トヴェットにとって、それが最善とは思いません。せっかくここに落ち着き、日常的に必要な看護を受けているので」

「職員やほかの患者さんはどうなります？」院長が訊いた。「ここの患者さんの多くは高齢で認知症を患っています。日課を変えると、動揺させてしまう可能性があります」

「その点も考慮しています。二日ほどで終了するはずです」

ヴィスティングのポケットで携帯電話が振動した。取りだして確認する。リーネからだが、待ってもらうしかない。

「具体的には、どのような警備を？」看護師長が訊く。「ここには毎日面会者が来ますが」

「刑事は通常の面会者を装います。トヴェットの病室にカメラも設置し、怪しい動きを記録します」

「部屋を出入りする職員も録画するんでしょうか」

スティレルが看護師長に目を据える。「問題でも?」

答えはなかった。

「警備には交代であたります」スティレルが続ける。「わたしは明日の朝また来ます」

弁護士が制止するように片手を上げた。「待ってください。それでは患者をおとりに利用することになるのでは? 誰も危険な目に遭わない保証はあるんでしょうか」

ヴィスティングは弁護士に目をやった。有能そうだ。能力を生かす場所なら、地方自治体以外にもありそうなものだが。

「十分な対策をほどこさなければ、保証のしようがない」スティレルが切り返す。「いまも言ったように、ごく短期間で解決するはずです」

リーネからまた電話がかかった。ヴィスティングは断りを入れて廊下で応答した。

「わたしよ」

声がうわずっている。

「なにかあったのか」

「パソコンを奪われた」

「どこで？」

「国立図書館を出たところの通りで。ヘルメットとグローブの男がバッグをひったくって、パソコンだけ取ってバイクで逃げたの」

「怪我は？」

「擦り傷だけ」リーネは少し間を置いて続けた。「たまたま狙われたわけじゃないと思う。たぶん捜査に関係してる」

「警察には通報したか」

「するべき？」

「強盗事件だぞ、リーネ。通報するんだ」

「わかった」

「いまどこだ」

「車のなか。国立図書館の近くの通りよ」

「こっちもいまオスロだ。すぐに行く」

通話を終え、ヴィスティングは院長室へ戻った。「行こう」トゥーレとスティレルが立ちあがる。「ちょうど終わったところです」スティレルがうなずき、時計に目をやってから院長に告げた。「一時間後には刑事が来ます」

誰からも異論は出なかった。

「なにか問題でも？」ドアが閉まるとトゥーレが訊いた。

「リーネが襲われた。パソコンを奪われたらしい。国立図書館のそばだ」

ヴィスティングは真っ先に車に飛び乗り、スティレルの案内で最短ルートを走りながら事情を説明した。現場に到着すると、リーネの車の後ろにパトカーがとまり、手帳とレコーダーを持った男性警官が事情聴取を行っていた。女性警官が周囲の地面を調べている。

ヴィスティングは身分証を首に下げて車を降りた。トゥーレとスティレルもそれに倣う。聴取を終えた警官が顔を上げた。レコーダーをポケットにしまって振りむき、三人の身分証に目を向けた。

「とくに応援は必要ないですが」と怪訝そうに訊く。

「ならいいが」スティレルが胸の身分証を掲げる。「アドリアン・スティレルだ。クリポスの。彼女はチームの一員だ」そう言って、リーネを目で示した。

「警察官だったんですか」警官がリーネを振り返って訊いた。

リーネが首を振る。ヴィスティングは娘に近づいて抱きしめた。

「アドバイザーとして協力を得ている」スティレルが説明する。「その職務中に襲撃を受けた」

現場周辺の地面を調べていた女性警官がそこに加わった。

「犯罪捜査部に連絡してもらいたい」スティレルが告げた。「付近一帯の防犯カメラの映像を入手する必要がある。バイクが映っているかもしれない」

「捜査中の事件に関係が？」男性警官が訊く。

「その可能性は排除できない」

「ひったくりはよくありますが」女性警官が口を開いた。

「この件にかぎっては、事情が違う」

スティレルはそう言ってポケットを探り、「わたしの名刺だ」と差しだした。「バイクが見つかったら知らせてもらいたい」

男性警官が名刺を受けとった。「聴取はいますんだところです」

スティレルがリーネに向きなおる。「車はこちらで運転する」自分とトゥーレを示してそう言った。「きみはお父さんの車に乗るといい」

リーネがほっとしたようにキーを渡した。ヴィスティングはスティレルの気遣いに感謝しつつ、口には出さなかった。

「事件とは無関係かもしれない」とトゥーレが言った。「だが、油断は禁物です。これまでとは状況が違う。リスクが大きい」

スティレルも同意した。「ただし、ルールはわれわれが決める」

52

ヴィスティング宅の地下室に戻った一同は、めいめいの椅子を寄せて会議机を囲んだ。リーネは奥の席についた。頭が鈍く痛み、殴られた左のこめかみが腫《は》れているのがわかる。

エスペン・モルテンセンも駆けつけ、リーネの居場所が知れたことをしきりに訝しんだ。

「どうやって突きとめたんだ」

「ガソリンスタンドからつけてきたんだと思う」とリーネは言い、キム・ヴァーネル・ポーレンとのやりとりを伝えた。「空港の内通者はポーレンのような気がする」

「だが、きみが空港の事件を調べていることはどうやって知った？」

オスロから戻る車中で、リーネもさまざまな可能性を検討ずみだった。「わたしが取材したうちの誰かが事件に直接関与していたか、ヘンリエッテがわたしのことをネタ元に話したか」

アレクサンデル・クヴァンメのインタビュー記事の写真は父に送ってある。父のｉＰａｄでそれを全員に見せた。

「それならヘンリエッテも危険だ」トゥーレが指摘する。「今日は話をしたかい」

リーネは首を振った。「連絡をとろうとしていたときに襲われて」

「もう一度かけてみてくれ」スティレルが言った。

リーネは電話を取りだした。呼び出し音は鳴るが、やはり応答はない。

「着信履歴を見てかけなおしてきてもいいころだ。もう二時間以上たつ」

リーネは連絡を求めるSMSを送った。「忙しいのかも」そう言いつつ、不安だった。「かかってきたら、どこまで話していい？」

「危険を伝えるんだ」父が答える。「警察からの情報で、アレクサンデル・クヴァンメが空港の事件の被疑者だと知ったと言えばいい」

「それがいい」トゥーレも言う。「ほかに強奪事件のことを話した相手は？」

「誰も。話を聞いたのはシモン・マイエルのことだけです」

モルテンセンが背もたれに身を預け、状況をまとめにかかる。「つまり、襲撃が事件に関係しているとして、その〝事件〟が空港の件なのか失踪の件なのか不明だということか」

「ふたつはつながっている」トゥーレが指摘する。

「失踪の件を話した相手は？」スティレルが訊く。

リストにはまとめてあるが、数は多くない。ヘンリエッテのほか、シモンの兄のシェル・マイエルと当時の捜査責任者ウールフ・ランネ。

「関係者以外は、トミー・プライムとキム・ヴァーネル・ポーレンだけ」

「そのふたりをさらに探ってみる」トゥーレが言った。

そのとき電話が鳴り、スティレルが席を外した。

「バーナール・クラウセンのことで会った相手は？」モルテンセンが訊いた。

「労働党の関係者だけ。エーデル・ホルトとグットルム・ヘッレヴィク。あとは、水曜日にトリグヴェ・ヨンスルと会う予定だけど」

トゥーレが腰を上げた。「いったんホテルに戻ります。結果的に、これが進展につながるかもしれない。ここまで捕まらずに来て、どちらの事件もとっくに忘れられたはずだと連中は高を括《くく》っていたにちがいない。あれこれ嗅ぎまわられて、戦々恐々のはずだ。それでいい。ああいう連中は、動きだしたときが捕らえるチャンスだ」

スティレルが電話を終えて戻った。「ハルデン刑務所からでした。弁護士のハーネスが四時十五分前に到着し、いま帰ったそうです」

トゥーレが時計を見た。「三時間近くか。かなり話しこんだな」

スティレルの電話がまた鳴った。今回は部屋を出ずに応答する。「はい」「了解」とだけ言って切った。「見張りの刑事が配置につきました」アービルソ療養院からだ。「カメラも設置ずみです。ワイヤレスの。必要であれば、ここからでも確認できる」

「アマリエを迎えに行かなきゃ」リーネは椅子を引いて立った。代わりに行こうかと父が訊いた。「平気よ」

そう言ってスティレルから車のキーを受けとり、帰り際にバスルームに寄って鏡を覗いた。左のこめかみは青黒い痣《あざ》になっていた。

リーネが迎えに行くと、ソフィーと子供たちは庭に出ていた。駆け寄ってきたアマリエが首に抱きつく。リーネは娘を抱えあげた。

「ちょっと、どうしたの？」ソフィーが訊いた。

「転んだの。携帯も落として、画面が割れちゃった」

アマリエが身を反らして顔を見上げる。

「大丈夫よ」と言って、リーネはその頬にキスをした。

「お医者には診《み》てもらった？　脳震盪《のうしんとう》を起こしてない？」

「ほんとに、見た目ほど大事《おおごと》じゃないの」リーネはにっこりしてみせた。「帰って休むことにする」

ソフィーが車までついてきた。「明日も預かろうか」

「いえ、平気」リーネはアマリエをチャイルドシートにすわらせた。「明日は家にいるから」

自宅に車を乗り入れると、黒猫が階段の前で毛繕《けづくろ》いをしていた。アマリエが駆け寄ったが、猫はびっくりして飛びあがり、逃げだした。

家に入りながら、リーネは警備会社の件を父に念押ししなければと考えた。襲撃を受けたとなると、侵入者のことも気のせいでは片づけられなくなる。

夕食にはヨーグルトとフルーツでスムージーをこしらえた。食事がすむとアマリエを風呂に入れ、寝入るまで本を読み聞かせた。

地下の仕事場でコンピューターの前にすわったとき、ノートパソコンの盗難が旅行保険でカバーされるのではと思いついた。保険会社のサイトにログインしたが、警察の盗難証明書と該当機種の詳しい仕様書が必要だとわかった。

奪われたパソコンには位置情報を特定できる機能もついているが、ネットに接続されている場合に限定される。念のため試してみたが、無駄だった。

しかたなくニュースサイトに目を通した。バーナール・クラウセンの葬儀は大きく扱われ、参列した大物政治家や元大臣の写真が掲載されている。《ダーグブラーデ》のヨーナス・ヒルドゥルも出席したようだ。ほかの記事へのリンクも載せられ、別荘の放火と遺稿に関するものも含まれている。

アーント・アイカンゲルのインタビュー記事もあった。バーナール・クラウセンを政治の師と仰ぎ、ふたりの交友について語っている。格子縞のシャツ姿のアイカンゲルが薪割りをする写真が掲載され、アイカンゲルがクラウセンの正統な後継者だと称《たた》える労働党員たちのコメントも添えられている。四週間後の総選挙で労働党が勝利すれば、次期法務大臣に選ばれる見込みもあると記事は締めくくられていた。

53

アマリエの泣き声でリーネは目を覚ました。ベッドサイドテーブルの時計は午前五時過ぎを示している。上掛けをはねのけ、様子を見に行った。

アマリエはベッドに身を起こしていた。「だれか来た」そう言って両腕を差しだす。

リーネは娘を抱きあげ、「よしよし、悪い夢を見たのね」とあやしながらおしゃぶりを渡した。

それから、首もとに顔をうずめさせたまま自分のベッドに運んだ。娘の華奢《きやしや》な胸の奥で心臓が激しく脈打っている。

リーネはベッドサイドテーブルのライトを点け、娘の横にもぐりこんだ。アマリエはおしゃぶりをくわえたまま、なにやらつぶやいている。髪を撫でてやると、やがて大人しくなり、呼吸も穏やかになった。

リーネのほうは目が冴《さ》えてしまった。冷蔵庫のコンプレッサーが作動し、ブーンとうなりだす。車のエンジンがかかり、走り去る音がした。頭がずきずきする。もう一度起きだし、痛み止めを飲んでベッドに戻った。ブラインドの端から曙光《しょこう》が差しこむころ、ようやく眠りに落ちた。

次に目覚めたときは八時半に近く、頭痛は消えていた。先に起きたアマリエは、自分の部屋から取ってきた人形で楽しそうに遊んでいる。

「急がなきゃ」父の家で九時からミーティングだ。

朝食中にアマリエが人形で遊ぶのは大目に見た。それからバスルームに行って、娘の支度をした。

「おじいちゃんの家へ行こうね」

「おじいちゃん！」アマリエが歓声をあげる。

玄関のドアをあけたとき、階段の上に紙が落ちた。ドアと枠の隙間に押しこまれていたようだ。

嫌な予感がした。紙を拾って広げた。アマリエが描いた猫の絵だ。部屋の壁に張ってあったはずなのに。絵の下には文字が書きなぐられている。〝好奇心は猫を殺す〟

アマリエが袖を引っぱる。「ママ」

リーネがあたりを見まわすあいだに、背後でドアが閉まりはじめた。「待ってて」

絵を鑑識で分析してもらうため、ビニール袋を取りに戻ろうとした。ところが振り返ったとき、それが目に入った。尻尾に紐《ひも》をくくりつけられた猫が、ドアノブにぶら下がっている。唇はめくれ、歯がむきだしになり、ぞっとするような笑みが浮かんでいる。開いた口からなにかが階段の上に滴り落ちている。

嫌悪と恐怖で胃が締めつけられた。とっさにアマリエを振り返った。

「ねえ、ママ」猫の死骸に気づいた様子はない。

「行こう」リーネは娘を急《せ》きたてて通りに出た。ドアは施錠せず、あけたままにした。パニックに襲われながらも、現場に手を触れてはいけないことは忘れなかった。

54

「なにかあったのか」戸口に出たヴィスティングは訊いた。

リーネが息を切らして自宅を振り返った。「うちの玄関に猫の死骸がぶら下がってる」

ヴィスティングは脇に寄ってふたりをなかに通し、ドアを閉めて訊き返した。「なんだって」

リーネが〝好奇心は猫を殺す〟と書かれた紙を差しだした。

「アマリエが追いかけまわしてた猫よ。誰かが殺したの」と小声で告げる。

モルテンセンとトゥーレが地下室から現れ、ヴィスティングは紙を見せた。

「やはり、昨日の襲撃は偶然じゃなかった」トゥーレが言った。「連中はきみがどこまでつかんでいるかたしかめようとした。これ以上嗅ぎまわられるのを恐れている」

「とっさに飛びだしてきたんです。ドアはあけっぱなしで、猫がぶら下がったまま」

「モルテンセンに任せよう」ヴィスティングの言葉にモルテンセンがうなずき、戸口を出た。

「警備会社に連絡してくれた？」リーネが訊いた。「警報装置をつけなきゃ。その絵はアマリエの部屋の壁に張ってあったの。誰かが侵入したのよ。アマリエの部屋に」

表でモルテンセンの鑑識用ヴァンのエンジンがかかる。ヴィスティングは慎重に紙を脇に置いた。「警備会社には電話する。だが当分はアマリエとここに泊まったほうがいい」

リーネは抗わなかった。

ヴィスティングは孫娘を抱きあげた。「上に行こうか」そう言って地下室のドアに施錠した。

「その絵はいつ盗まれたんだろう」キッチンのテーブルにつくと、トゥーレがリーネに尋ねた。

「たぶん土曜日に。アマリエと公園に行って、帰ったときドアの鍵があいていたんです」

リーネがヴィスティングに向きなおる。「うちの私道から男が出てくるのを見たのよね」

ヴィスティングはうなずいた。リーネの車の陰から男が現れ、通りに出て右へ歩み去ったのだ。黒っぽい服装だったことしかわからない。

「つまり、キム・ヴァーネル・ポーレンに会うまえのことだね」トゥーレが訊いた。

「ええ」

「トミー・プライムのほうも調べてみたんだが、やつも侵入者ではなさそうだ。日曜から入院している」

「なぜ？」

「まだわからない。緊急通報記録で知ったんだ。内容は暴行事件、被害者はプライムとなっているが、捜査責任者とは連絡がついていない」

「ヘンリエッテに知らせなきゃ。わたしより彼女のほうが危険なはず」リーネが携帯電話を手にした。「やっぱり出ない」と電話を耳から離して続ける。「なにかに巻きこまれたりしてないか、警察の記録で調べられない？」

三人はテーブルごしに額を寄せ、ヴィスティングがｉＰａｄの検索ツールにログインした。

「ヘンリエッテ・コッパン」とリーネがあらためて氏名を告げる。

ヴィスティングはそのとおり入力し、検索範囲を過去七日間とした。該当なし。

「ほかに連絡先は知らないか。知り合いとか」

リーネは首を振った。

「実家を見つけられるかもしれん」ヴィスティングは住民登録簿を表示させた。

同名の者が三人載っている。

「ヨセフィーネという娘がいるの。五歳よ」

ヴィスティングは該当するヘンリエッテ・コッパンを見つけた。母親はすでに亡くなり、父親は海外在住となっている。

「ヨセフィーネの父親を調べてみて。同居してると思う」

ヴィスティングが検索にかかったとき、リーネの携帯電話が鳴った。「彼女よ」リーネは応答し、通話をスピーカーに切り替えた。

「もしもし」とヘンリエッテの声がする。「何度も電話をくれてたでしょ、ごめんなさい。家でいろいろあったものだから」

「どうかした？」

「いいえ、新車を買ったはいいけど、わたしも銀行口座も準備ができてなかっただけ」

ヴィスティングはアマリエを膝に抱え、iPadを持たせた。

「そうだ、警察の知り合いと話したんだけど」ヘンリエッテが続ける。

「それで？」

「お金を盗んだ人間がわかったと思う。バイク事故で亡くなったのはレナルト・クラウセン。政治家のバーナール・クラウセンの息子よ」

ヴィスティングは身を乗りだした。リーネが返答に迷うように視線を送ってくる。「最近亡くなったあの政治家？」

「そう」

ヴィスティングは〝アレクサンデル・クヴァンメ〟と紙に書いて押しやった。

「わたしも警察の人と話してみた。アレクサンデル・クヴァンメという男が空港の事件の首謀者らしいそうよ」

ヘンリエッテがその名前をオウム返しする。

「知ってる？」

「話したことがある」ヘンリエッテが答えた。「《ゴリアト》で一度インタビューしたことがあるけど、主犯とは思えない。大口を叩くタイプというか。警察はそれを鵜呑《うの》みにしたけど、罪には問えなかった。パキスタン人殺害の罪で起訴されたこともあったけど、結局無罪になったし」

「シモン・マイエルのことで、クヴァンメと最近話した？」

「いいえ。でも、警察が関与を疑ってるなら、話してみたほうがよさそうね」

「待って」リーネは止めた。「もっとはっきりしたことがわかるまではやめたほうがいい。いまはレナルト・クラウセンに集中すべきよ」

「たしかに。レナルトについてももっと調べないとね。お金を横取りしたなら、安全な場所に隠したはず。その場所を知っていそうな人間を見つけないと」

「交友関係は任せて。あなたは引き続き犯罪者集団にあたってくれる？」

「了解」ヘンリエッテが答えた。「ほかにはなにか？」

リーネの顔に逡巡《しゅんじゅん》が浮かぶ。

「いえ、問題なしよ」

「よかった。それじゃ、またね」

リーネは通話を終えた。

「まずはトミー・プライムと話すべきだな」ヴィスティングは言った。「誰に襲われたのかをたしかめる必要がある」

「キム・ヴァーネル・ポーレンのほうは、警察にも警備会社にも火事を通報していません」

トゥーレが言った。

「怪しいな」

「それにもう一件。車両登録簿によると、二〇〇二年にヤン・グディムからバイクを買っています。ふたりは知り合いだった。空港で働いていた内通者はポーレンに決まりだ」

55

病室のブラインドから日差しが斜めに差しこみ、オスカル・トヴェットの頬と目に影を落としている。

スティレルは窓辺へ行ってブラインドの角度を調節した。トヴェットが瞬きをし、歪んだ口からくぐもった声を漏らした。看護師長によると、発することができるのはせいぜいこの程度らしい。身体・意識ともに障害が残り、理学療法などさまざまなリハビリを施されているにもかかわらず、徐々に植物状態に近づきつつあるという。自発的な開眼や呼吸は可能なものの、発声はおぼつかず、周囲の動きに反応することもめったにない。人形同然だ。生気のない顔、うつろに開かれた目。

ここに来た理由をどう説明すべきかとスティレルは思案した。「わたしは刑事だ」老人に対するときのように声を張りあげて話しかけた。

ベッドの男の顔に反応はないが、言葉を聞いて理解している可能性はある。

「ガーデモエン空港の事件で奪われた現金を発見した。全額を。現在の為替で八千万クローネあまりになる」

　またくぐもった声が漏れ、スティレルはベッドに近づいた。トヴェットは両腕をまっすぐに伸ばして横たわっている。てのひらは乾燥し、爪が長く伸びている。

「完璧な犯行だった。金が消えるまでは」スティレルはトヴェットのほうへ身を乗りだした。「あんたが疑われた。仲間はあんたが金を持ち逃げしたと口を揃えている。連中はスケープゴートが必要だった。怒りをぶちまける相手が。それがあんただった」

　トヴェットの顔にはなんの反応もない。眠っているように微動だにしない。

「ものを考える力は残っていないと聞いている。脳の損傷のせいで、学習や、記憶や、理解をする能力がかぎられていると。だが、あんたはここでひたすら考えているはずだ。金のことを。金はどうなったのかと」

　スティレルはベッドの反対側にまわり、少し椅子を寄せた。腰を下ろしたときトヴェットの目は閉じられていた。

「いいだろう。金が消えた理由はこちらも知らない。たいして興味もないが、そのせいでシモン・マイエルの命が奪われた。だからここへ来た。真相を明らかにするために」

　イヤホンがノイズを発した。療養院の正面玄関を監視中の刑事が小声で告げる。「青い作業服の男が二名入っていきました。いかついやつらです。服には〈フレックス空調設備〉のロゴ。ひとりは大型の道具袋を所持。あとを追います」

「了解」スティレルは答え、椅子を元に戻して病室を出た。

廊下のなかほどに、コーヒーの魔法瓶とカップが置かれたテーブルがある。そのそばに腰を下ろし、携帯電話を出してトヴェットの病室のストリーミング映像を表示させた。

作業服の二人組が廊下の端に現われ、すぐそばのドアをノックすると返事も待たずになかへ入った。誰もいなかったのか、二分ほどで出てきた。ひとりはiPadを携え、もう片方は道具袋を手にしている。どちらも見覚えはない。

ふたりは向かいのドアをノックし、なかへ入った。二分ほどするとまた出てきた。同じことを繰り返しながら廊下を進んでくる。やがて、ヘルパーを装ったスティレルに会釈して通りすぎた。

次はトヴェットの病室だ。ふたりがノックして入るのを待ち、スティレルは立ちあがって「来てくれ」とマイクに向けて言った。

刑事が廊下の端に姿を見せた。スティレルはドアへ向かい、上着の下に隠した拳銃の位置を調節してから、室内の映像を確認した。

「人がいたのか」道具袋を持った男が言った。

「眠ってる」もうひとりが答える。「さっさとすませよう」

一人目の男が道具袋から漏斗《じょうご》に似た形の測定器らしきものを取りだした。それを天井に掲げ、開口部を送風口に近づける。

「八、七、二」測定器に表示された数字が読みあげられた。

もうひとりはそれを記録しているようだ。さらにいくつか測定値が読みあげられた。

スティレルは左手首のマイクを口もとへ近づけ、「室温の点検らしい」と告げた。

廊下の端の刑事は親指を突き立て、療養院の正面玄関の監視に戻った。

男たちが出てきて次の病室へ向かうあいだ、スティレルはカップにコーヒーを注いだ。ひと口含んだとき電話が鳴った。急いで飲みこんで小声で電話に出た。

「弁護士のアイナル・ハーネスといいます」相手は名乗った。「ヤン・グディムはわたしの依頼人です。昨日、ハルデン刑務所であなたと同僚の方に尋問を受けたと聞いていますが」

「話をしただけです」スティレルは訂正した。

「グディムは話に乗ると言っています」

「つまり?」

「空港の事件について供述したいと。お会いできますか。できれば今日。自供する気です」

56

ヴィスティングは携帯電話を卓上に置き、トゥーレに言った。「ヤン・グディムが供述すると言いだした」

トゥーレは頭の後ろで手を組んで椅子にもたれた。「予期せぬ展開だ」

「どうなるの？」リーネが尋ねた。

「スティレルの計画が無駄になるな」ヴィスティングは答えた。「弁護士は共犯者じゃなく、われわれに連絡してきた」

そして、トゥーレに向きなおった。「ふたりの尋問が効きすぎたんだろう」

「それは認めますよ」トゥーレが笑う。

「グディムは罪を認める気かな」リーネが訊いた。

トゥーレは肩をすくめた。「行ってみないとわからないが、もう一度われわれと話したい理由はほかにないだろうしね」

「スティレルが五時に面会を設定した」ヴィスティングは言った。「こっちの事件は今夜中に片がつくかもしれん」

「では、行きますか」トゥーレが言った。「オスロ警察の人間が二時にウレヴォール病院でトミー・プライムに事情聴取するそうです。同席の許可をもらいました。そのあとスティレルを拾ってハルデンに向かえばいい」

ヴィスティングは娘を見た。「ひとりになるが、大丈夫か」

「ええ、連絡してくれるなら」

ヴィスティングは地下室を見まわした。「ここにいるか、それとも居間に上がるか？」

「居間にいる。ここは鍵をかけてくれていいけど、パソコンは使いたいな。デスクトップは家だから」

「取りに行くなら付きあうぞ」

ふたりはアマリエも連れて坂を下りた。モルテンセンはすでに猫の死骸を箱に収め、ドアの汚れを洗い流していた。

「クリポスから結果が来ました」モルテンセンが腰を上げて言った。「ポンプ小屋からばっちり血痕が出ました」

「DNAは？」ヴィスティングは訊いた。

「それはこれからです」

数日家を空ける場合に備えて、リーネとアマリエは必要な洗面用具や服などをまとめに家に入った。モルテンセンが鑑識用ヴァンへ行き、助手席にあったものを手に戻った。

「リーネの車でこれを見つけました」そう言って掲げた証拠品袋には、マッチ箱サイズの黒いプラスティックの箱が入っていた。「マグネットで取りつけられるGPS発信機です。ホイールアーチの下に仕掛けられていました」

「発信機か」ヴィスティングは考えこんだ。

「これで動きを把握されていた。プロが使う代物です」

リーネが大荷物を持って現れた。モルテンセンの発見について聞かされると、証拠品袋を受けとって小さな塊をしげしげと見た。

「これをどうするべきか」モルテンセンが言った。「解除すれば、仕掛けた人間にこちらが気づいたことを悟られてしまう」

「ここに置いておきましょ」リーネはそう言うと発信機を玄関ホールに残し、施錠した。荷物を家へ運んだあと、ヴィスティングは訊いた。「本当にひとりになって大丈夫か」

「平気よ」

「一時間ごとにパトカーを巡回させることもできる」

「そこまでしなくても大丈夫よ、父さん。本当に平気だから」

リーネとアマリエにハグしたあと、ヴィスティングはトゥーレと車に乗りこんだ。

オスロ方面へ向かう高速道路の流れはスムーズだった。テンスベルグを過ぎたあたりで、ヴィスティングの携帯電話が鳴った。

「クリスティーネ・ティーイスだ」ヴィスティングはダッシュボードの画面に表示された名前を読みあげた。

「顔を見られないと、さびしくて」

「スピーカーにしてるから、聞かれてるぞ」ヴィスティングは笑って言った。「ローメリーケ警察のアウドゥン・トゥーレといっしょなんだ」

「どうも」トゥーレが言った。

ティーイスも笑った。「みんながさびしがってるってことです。そちらは目途がつきそうですか」

「いや、でも核心に近づきつつある」

「よかった。電話したのは、バーナール・クラウセンの別荘の放火の件です。そちらの捜査にも関連しそうなので」

ヴィスティングは返事をせず、話の続きを待った。

「アクセル・スカーヴハウグが消えたことをお知らせしておこうと思って」

「消えたとは？」

「放火の件で自供が取れているので、あなたの報告書をもとに、今日正式に取り調べを行うことにしていたんです。でも出頭しなかった」

「電話はしてみたかい」

「出ないんです」

「同居のパートナーと息子がふたりいたが」

「その人とは話しました。昨日仕事に出るとき、帰りは遅くなると言っていたそうですが、そのまま朝まで帰らなかったとか」

「仕事とはどんな？」

「エストフォル県にコテージの屋根を葺《ふ》き替えに行ったそうです。所有者は確認中」

「了解」ヴィスティングは、オスロへ向かったあと、午後遅くにハルデン刑務所へ行く途中にエストフォルに寄ると伝えた。「なにか進展があったら連絡を頼むよ」

ヴィスティングは通話を終え、トゥーレに向かって言った。「リーネがパソコンを奪われ、トミー・プライムは暴行を受け、アクセル・スカーヴハウグは行方不明だ。一気にことが動きだした。いったいどうなってる」

ふたりは黙ったまま車を走らせた。オスロに近づくにつれ沿道の森や野原は姿を消し、背の高いビルが現れる。ヴィスティングは環状道路に入り、ウレヴォール病院を目指した。

プライムのいる病棟の外でオスロ警察の刑事が待っていた。ヴィーベという暴力犯罪課の警部だ。

「相当な暴行を受けています。とくに、頭蓋骨の骨折二カ所と、肺の損傷がひどい」

「事件発生時の状況は？」ヴィスティングは訊いた。

「発見者はタクシー運転手です。市街地にある改修中の古い工業ビルから這いだしてきたらしい。現場は血だらけですよ」

「目撃者か証拠は？」

ヴィーベは首を振り、病棟のドアをあけてふたりをなかへ通した。

「救急車を待つあいだ巡査がプライムに事情聴取したが、訊きだせたのは目出し帽の二人組にやられたということだけです」

「覆面をしていた？」トゥーレが訊き返した。「なら、たまたま襲われたとは考えにくい」

ヴィーベは部屋番号のついたドアの前で立ちどまった。「たまたまならば、そちらもここへは来ないのでは？　なんの捜査中かは知らないが、これはまるで抗争だ。たちの悪い連中を相手にしているようですね。いずれにせよ、プライムからなにか訊きだせるとは思えないが」

「まあ、やってみましょう」ヴィスティングは答えた。

ヴィーベがドアをあけた。

トミー・プライムは個室に収容されていた。頭に包帯が巻かれ、左腕にはギプスが嵌められている。鼻にも手当が施されている。かさぶたに覆われた目がヴィスティングたちを見上げた。

ヴィーベが身元を告げた。「なにがあったか伺えますか」

「捕まったんです」ベッドの男はかすれた声で答える。

「誰に？」

鎮痛剤で朦朧《もうろう》としているらしく、切れ切れに答えが返される。「わからない……知らないやつらだった……」

プライムはギプスの腕を持ちあげたが、また下ろした。「……目出し帽の。車に押しこまれたんです」

プライムは唾を飲みこみ、横を見ようとわずかに首をまわした。トゥーレがコップを持ち、ストローを口にくわえさせる。

「レナルトのことだと言われた」プライムは続けた。

ヴィスティングは一歩近づいて訊いた。「レナルト・クラウセン？」

ヴィーベがちらりと見たのがわかった。

プライムはうなずいた。「レナルトは何年もまえに死にました」

「知っています。バイク事故ですね。あなたとスカーヴハウグもその場にいたそうですが」

傷と痣に覆われたプライムの顔に、なぜ知っているのかと訝しむような表情が現れた。

「レナルトのことでなんと言われました？」とトゥーレが訊く。

「あいつが連中の金を盗んだと……おれもぐるだったと」プライムは顔をしかめた。「金のことなんて知らない……バックヤードに連れこまれ……ビルのなかに引きずりこまれた。白状しろと言われたが、おれはなにも知らないんです」

経緯は想像がついた。リーネの知り合いの記者が犯罪者集団の周辺を嗅ぎまわった。金を盗んだ者がバイク事故で死に、金はどこかに隠されたままらしいとの噂が流れる。トミー・プライムはレナルト・クラウセンの親友のひとりだ。目をつけられるのはもっともだろう。

「宝くじ……」プライムが言った。

「宝くじに当たった?」ヴィスティングは訊き返した。

プライムがうなずく。「おれの金だったのに……連中は思いこんだ……自分たちのものだと」

ヴィスティングはうなずき返した。

「記者が」プライムの声が大きくなる。「先週記者が会いに来た……そのときもレナルトのことを訊かれました。シモン・マイエルのことも」

リーネだ。

「レナルトの話なんて何年も出なかった……それが週に二度も……」

「シモン・マイエルとは?」ヴィーベが訊いたが、続きは看護師にさえぎられた。

「すみません、まだかかります?　MRI検査の準備があるんですが」

ヴィーベの目顔の問いかけに、ヴィスティングは首を振った。

「またあらためます」ヴィーベが看護師に告げた。

プライムが車椅子で連れだされ、三人は室内に残された。

「なにかつかめましたか」ヴィーベが訊いた。

「いくらかは」

「どういうことか聞かせてもらうわけには?」

「誤解があったということです」ヴィスティングは答えた。「それを解かねばならない。そちらの捜査は、一旦止めておいていただきたい」

57

ヴィスティングが療養院の玄関に車をつけると、スティレルが待っていた。

「時間の無駄でした」スティレルは背後を見やって言い、車に乗りこんだ。

「監視は続けますか」トゥーレが訊いた。

スティレルはうなずいた。「不明なことはまだ多い。ヤン・グディムの話の内容も、これまで誰と連絡をとっていたかも」

ヴィスティングもうなずき、病院でのトミー・プライムとのやりとりを伝えた。

高速6号線へ入ったとき、ヴィスティングの携帯電話が鳴った。今度もクリスティーネ・ティーイスからだ。

「スカーヴハウグは見つかったかい」

「いいえ、でも携帯電話の位置情報がわかりました。ソンの町のコテージ群です。パートナーの話とも一致しますね」

ヴィンテルブロの出口を示す標識を通りすぎた。「ちょうどいい」ヴィスティングは言った。「そこまで二十分のところにいる」

「パトカーを向かわせましょうか」

ヴィスティングは腕時計を見た。ハルデン刑務所での面会までまだ時間はある。「こちらで対応するよ。正確な位置情報を送ってもらえるかい」そう言って電話を切った。

「なんです」スティレルが訊いた。

「アクセル・スカーヴハウグの件だ、放火犯の。今日の取り調べに出頭しなかったらしい。連絡がつかないんだ」

スカーヴハウグの携帯電話の位置情報が着信した。「入力をよろしく」ヴィスティングは携帯電話をトゥーレに渡した。

GPS座標の入力がすむと、ナビの指示に従ってオスロフィヨルド方面へ進んだ。

「あと三百メートル」車が細い砂利道に入ったとき、トゥーレが言った。

角を曲がると、オスロフィヨルドを見下ろす高台に建つ四軒のコテージが現れた。一軒の前に、資材を屋根に積んだグレーのヴァンがとまっている。見覚えがある、とヴィスティングはひと目で気づいた。

「あの車だ」とヴァンを指差した。

ヴァンの隣に車をとめ、三人が降りてドアを閉じると、その音が周囲に響いた。ほんの一週間前まではこのあたりも夏場の滞在客で賑《にぎ》わっていたはずだ。いまはひっそりとしている。耳に聞こえるのは、海から響くカモメの鳴き声だけだ。

三人はコテージの正面にまわった。大きな見晴らし窓に日差しが反射し、室内はよく見えない。

「スカーヴハウグ！」ヴィスティングは大声で呼んだ。答えはない。

スティレルがテラスのドアを押しあけ、ヴィスティングとトゥーレも続いた。

スカーヴハウグはキッチンで見つかった。大きなオークのテーブルに両腕を広げて突っ伏している。

「どうした！」トゥーレが叫んだ。

人の気配に気づいたのか、スカーヴハウグが洟《はな》と涎《よだれ》にまみれた顔を上げた。

「助けてくれ」

ヴィスティングは即座に状況を把握した。スカーヴハウグはテーブルに釘づけにされているのだ。太い角釘が手を貫き、天板に食いこんでいる。傷から流れた血はどす黒く凝固している。携帯電話と使い捨ての注射器が手の届かない場所に置かれている。

「医者を呼びます」スティレルが携帯電話を取りだした。

ヴィスティングはキッチンの食器棚から出したグラスに水を汲み、スカーヴハウグに飲ませた。スティレルが居間に入って応援を要請する。

「なにがあったんだ」ヴィスティングは訊いた。

「それで釘づけにされたんだ」スカーヴハウグは答え、床に転がった自分の釘打ち機を目で示した。「知ってることを話せと言われた。注射を打つと脅されて。でも、なにも知らない。なにも答えられなかった。訊かれることにはなにも」

ヴィスティングは布巾を二枚見つけた。一枚でスカーヴハウグの鼻と口をきれいにし、もう一枚を水に濡らして顔全体を拭いた。「相手は？」

「わからない。目出し帽をかぶった二人組だった。昨日、ここに着いてすぐ押し入ってきたんです。あとをつけてきたんだ」

「同じ連中だ」トゥーレがつぶやいた。

スティレルがキッチンに戻った。「救急車が向かっています」

スカーヴハウグはうめき声をあげ、ふたたびテーブルに突っ伏した。ヴィスティングはその首に冷たい布巾をあてがった。

「連中の目当ては？」ヴィスティングは訊いた。

「聞いてない」

スカーヴハウグは身を起こそうとしたが、痛みに顔を歪め、また俯《うつぶ》せになった。

「なんのために来たかわかるはずだと言うんです。レナルト・クラウセンが死ぬまえに、おれがなにか手伝ったはずだと。レナルトが盗んだものを取り返したがっているようだった。ありかを知っているだろうと問いつめられた。レナルトが隠した場所を。でも、なんのことかさっぱりだ」

スカーヴハウグがそばにある注射器に目をやった。ヴィスティングはそれに気づいて訊いた。「薬を打たれた？」

「空気を……空気を注射すると脅された」

トゥーレが寝室へ枕を取りに行き、スカーヴハウグが頭を休められるようにテーブルに置いた。

「どうやってここを？」スカーヴハウグがヴィスティングを見上げて訊いた。

「今日は取り調べに出頭するはずだったろう？　携帯電話の位置情報を調べたんだ」

「アネッテから電話がかかってきてる」スカーヴハウグはテーブルの上の電話を目で示した。

「何度も何度も」

「いまわたしがかけようか」

スカーヴハウグは首を振った。「いや、あとにする」

遠くでサイレンの音が聞こえはじめた。数分後、コテージに救急救命士と地元の警官が詰めかけ、スカーヴハウグの救出法を検討しはじめた。最終的に、スカーヴハウグの手に麻酔をかけてから、テーブルの下に仰向けにもぐりこんだ警官が釘を数センチ打ちもどし、釘の頭と手のあいだに隙間をこしらえた。最後に頭をペンチで挟んで釘を引き抜くと、ようやく両手が自由になった。

「連中は血も涙もない悪人どもだ」スカーヴハウグを乗せた救急車を見送りながらトゥーレが言った。

ヴィスティングは腕時計に目をやった。刑務所での面会に遅れることになりそうだが、どのみちヤン・グディムはどこへも行かない。

58

画面の文字がひとつひとつ消去され、ついには段落全体が消えた。いつもならばリーネは記事の執筆に苦労しないが、今回は別だった。削除しては書きなおし、推敲《すいこう》し、さらに書き足しては消すの繰り返しだ。この数時間でわずか六百語しかひねりだせていない。記事にするにはまだ早いのかもしれない。たしかに必要な材料は揃っていないが、それでも草稿くらいは準備して、あとは決定的な情報を書きこむだけにしておきたかった。

普段なら記事は《VG》に持ちこむところだ。サンデシェンは特ダネがあればまた来てくれと言っていたが、あの日以来、別の媒体に発表したい気持ちが強くなっていた。

記事の柱には、二〇〇三年五月二十九日木曜日の午後を起点とする三つの物語を据えるつもりでいる。冒頭に登場するのは、釣り具を持ってイェルショ湖に向かうシモン・マイエルだ。ほぼ同時刻、スイス航空LX4710便がガーデモエン空港に着陸するのを確認した二人組の強奪犯が車内で目出し帽をかぶる。一方保健省では、バーナール・クラウセンが生物工学諮問委員会との会合を終える。もう一名、そこに絡んでくる人物がいる。レナルト・クラウセンだ。その日の所在は不明だが、自宅のガレージでバイクを修理していたと仮定してある。

どこかの時点で、彼らの運命が交差した。いつ、どのようにという点については、これから答えを埋めていく必要があるが、その日の出来事が全員の人生を決定づけたのはたしかだ。

アマリエはテレビの前にすわって子供番組を見ている。いい子にしてくれているあいだに、なるべく書き進めておかないと。

検事総長宛ての密告状に関する記述は数段落ほどにまとまった。差出人は聴き取り調書に名前のある証言者の誰かだと思われるが、まだ判明していない。

アマリエがソファからすべりおり、リーネの気を引こうと近づいてきた。本当は気分転換に連れだしてあげたいが、家から出るわけにはいかない。

「ママはお仕事なの」リーネは言い聞かせた。

アマリエは背を向けてキッチンに歩いていくと、父のｉＰａｄを手に戻ってきた。「これ」と言って差しだす。パスワードの入力が必要なのだ。

「わかった」リーネは微笑んで、２４１２と四桁の数字を入力した。ｉＰａｄは父へのクリスマスプレゼントだったが、ほとんど仕事にしか使われていない。

画面には住民登録簿が表示されていた。数時間前、ヘンリエッテの両親とパートナーについて調べたときのものだ。電話があって忘れていたが、いま見ると検索結果がそのままになっていた。ダニエル・リンバール。最初はぴんと来なかったが、やがて全身がざわつきはじめた。

ダニエル。

現金の箱から見つかった紙に書かれた電話番号。

ダニエル。おそらくは犯行グループの一員。

アマリエが横からｉＰａｄを引っぱる。リーネはもう一度名前を確認してスクリーンショットを撮ってから、娘の好きなゲームを起動した。

それから椅子の背に身を預けて考えを巡らせた。ゆっくりと事態が呑みこめてくる。ざわつきがみぞおちのあたりに集まりはじめる。ヘンリエッテ・コッパンの子供の父親が強奪犯のひとりなら、あれこれ辻褄《つじつま》が合う。ヘンリエッテがイェルショ湖事件の捜査責任者を訪ねて資料を閲覧したのは、取材のためではなく、現金の行方を探るためだったのだ。

じっとしていられず、立ちあがった。自分が空港の事件についても調べていることを、犯人たちはヘンリエッテから聞いたにちがいない。そして、どこまでつかんでいるか探ろうと、あとをつけて家に侵入したのだ。ヘンリエッテにはネタ元がいるわけではない。仕入れたと言っていた情報は、犯人の誰かがリーネの家に侵入した際に見つけたものだ。コルクボードに書かれたレナルト・クラウセンを中心とする人物相関図を目にしたにちがいない。ヘンリエッテはカフェでリーネのノートパソコンを開かせた。パスワードを入力するとき横にいた。強奪犯たちはすべてを知っている。バーナール・クラウセンの別荘で現金が見つかったこと以外は。

リーネは携帯電話をつかんだ。父に伝えなくては。

59

看守に預けた携帯電話がトレーの上で振動した。「あとで出るよ」ヴィスティングは手を振ってそう言った。

すでに約束の時刻に遅れていた。ヤン・グディムと弁護士を三十分待たせている。看守に案内され、三人は面会室へ向かった。ヴィスティングは隣室のマジックミラーの前に立った。鏡の向こうではグディムと弁護士のハーネスがテーブルの片側に並んですわり、めいめい紙コップを前にしている。弁護士はスーツの上着を椅子の背にかけ、グディムはTシャツ姿でスニーカーを履いている。トゥーレとスティレルが入室すると、ふたりは立ちあがった。

ヴィスティングは録画を開始した。面会室の壁に設置された赤い電球が点灯する。スティレルが遅刻を詫び、事情聴取に入った。規則にのっとり、開始時刻と場所、立会人の氏名、対象事件、さらにグディムの黙秘権が告げられる。

弁護士がマイクに身を乗りだした。「依頼人は、空港における現金強奪事件に意図せず関与し、犯罪を幇助《ほうじょ》する結果となったこと、およびその他いくつかの軽微な違反行為を犯したことを認める用意があります。一連の犯行にみずからが果たした役割について自供することを望んでいます」

ヴィスティングはいま聞いた言葉に満足して椅子にかけた。まずは大きな一歩だ。

「では話してください」スティレルがうなずいた。

グディムはわずかに身じろぎし、どこからはじめるべきか、そもそも話すべきなのかと迷うような様子を見せた。相手が翻意するのではないか、なんの供述も得られずに終わるのではないかと、少しのあいだヴィスティングは不安を覚えた。

「仕事を引き受けたんだ」グディムがようやく口を開いた。「車を運転していって、火を点ければいいって話だった。ただの保険金詐欺だろうと思ったんだ」

話はそこで途切れた。スティレルが続きを促す。「どんな車で、どこで火を?」

「グランドボイジャーを、クロフタから東のコンスヴィンゲルに向かう高速の途中で。飛行機が定刻に到着するのを確認してから車を出し、火を点けることになってた。着陸の三十分後に」

スティレルがさらに先を促す。「事前の準備はどのように?」

「車は数週間前に盗んで、ガレージにとめた。後部に小型のオフロードバイクを積んでおいた。ヤマハYZ125を。決行日、先に車を運んでおいてから、バイクで空港まで行って、到着ロビーで飛行機の着陸を確認した。それからバイクで戻って、車を燃やしたんだ」

弁護士がふたたびマイクに身を乗りだす。「その時点では、依頼の理由を知らなかったことを強調しておきたい。強奪計画については聞かされていなかった。仕事を請け負っただけです」

「仕事の依頼は誰から？」スティレルが尋ねた。

グディムがハーネスに目をやる。

「依頼人は事件における本人の役割についてのみ供述します」弁護士が代わりに答えた。

スティレルはグラスに水を注いだ。「飛行機はどこからの便だった？」

「スイスからの。二時半ごろ到着予定だった」

「仕事はそこで終わりだったのか」トゥーレが訊いた。「車を燃やしたところで」

「いや、もう一カ所向から先があった」グディムは続けた。「空港の南にある古い工場だ。そこから三人でオスロ市街へ移動した」

「バイクで？」

「車がそこに用意されてた。大型のヴァンが。バイクは乗り捨てた。そのとき初めて事情を知ったんだ。連中は現金入りの黒いゴミ袋を山ほど持ってた」

ヴィスティングは手早くメモを取った。これまでのところ、供述内容は既知の情報と一致している。車の放火による陽動作戦、犯行に用いられた車とバイクが隠された工場。

「そのあとは」スティレルが訊いた。

「だから、オスロまで乗せていった」

「金の袋の話だ」

「知らない。街なかに着いたらおれは降りて、ヴァンは連中が乗っていった」

スティレルは書類を繰った。「だが、金がイェルショ湖近くの廃ポンプ小屋の地下に保管されていたことは確認ずみだ。そこを使えたのはあんただ。水道局の責任者だった父親から鍵を手に入れたんだろう」

グディムは首を振った。「あそこは麻薬の隠し場所に使ってただけだ」

「鍵はいつから?」

「何年もまえだ。親父のつてで、夏に水道局でバイトをした。スタンオースンの浄水場が完成した年だ。ポンプ小屋は閉鎖された。なにかに使えるかと思って、合鍵をこしらえたんだ」

あらためて供述内容の確認が行われた。今度はトゥーレが質問役にまわった。盗んだ車を燃やした件とバイクについて、さらに二、三訊きだすことができたが、供述の本筋は変わらなかった。

「行方不明になった若者のことは知っているか」スティレルが訊いた。

弁護士が警戒の色を見せる。「若者とは」

「シモン・マイエル。空港の事件と同じ日に行方不明になった。失踪直前の痕跡はすべてイェルショ湖畔のポンプ小屋付近で発見されている」

「その件については、依頼人はなんの関わりもない」

「おれはなにも知らない」グディムが答えた。「本当だ」

「だが、事件のことは気がかりだったはずだ」スティレルが追及する。「警察がポンプ小屋に捜索拠点を設置し、現金の袋はそこに隠されている。そう知っていたんだから」

グディムが椅子の上で身じろぎする。

「金がなくなったことにはいつ気づいた？」トゥーレが訊いた。

「さあ。鍵束が置き場所からなくなり、金も消えたとしか知らない」

「嘘だ。鍵束についていたのは？」

「ひとつはポンプ小屋の入り口の、もうひとつはハッチの南京錠の鍵だ。ものを隠すのはいつもハッチのなかだった」

「鍵の置き場所は？」

「石の下だ」

「金を回収に行ったとき、あんたもいたのか」

グディムは諦めたようにうなずいた。「金が消えたのは、たぶん行方不明になったやつの捜索がはじまるまえだ。金を奪った日から捜索開始までは二日あった。警察がポンプ小屋に入ったとき、金はもうなかった。なにせ、ゴミ袋は七つか八つはあったから、そこにあったなら、見つかったはずだ」

「金はどうなったと思う」

弁護士が割って入る。「悪いが、仮定の話は避けていただきたい」

トゥーレが書類をめくった。「今回、オスカル・トヴェットに対しても尋問を行っているところだ。それについてなにか言いたいことは？」

グディムへの問いだったが、答えたのは弁護士だった。

「最初に申しあげたとおり、依頼人の意向は、この事件における自身の役割について明らかにすることであり、内容は先ほどの供述のとおりです。依頼人もわたしも捜査資料に目を通していないこと、この供述は自発的に行われたものであること、この二点が記録されることを求めます。今後の取り調べの際には、関係者の供述調書を含め、すべての捜査資料のコピーをいただきたい」

スティレルはうなずいた。オスカル・トヴェットの尋問の件ははったりだとばれるだろうが、そのときはそのときだ。

トゥーレが簡潔に事実確認をすませ、取り調べは正式に終了した。ヴィスティングは録画を止めたが、隣室のやりとりは引きつづき聞こえている。

「ところで、依頼人からさらに情報を提供することは可能ですが」

弁護士がそう言い、消灯中の赤い電球を目で示した。オフレコでという念押しだ。つまりグディムが仲間を売る気だということだ。

ヴィスティングは録画装置のモニターを覗きこんだ。

「言うまでもありませんが、求刑に際し、依頼人の自供の事実が考慮されることを求めます。事件への関与が意図的でなかったとみなされることも」

「つまり？」

「依頼人は強奪計画を事前に知らず、保険金詐欺だと信じていた」

「検察の判断までは保証できない」トゥーレが口を挟んだ。

「強奪犯全員の名前を教えられますが」

「名前ならわかっている。法廷で証言できないなら、どんな情報だろうと役には立たない」

「全貌がつかめるとしても？」弁護士が思わせぶりに笑う。「完成図があったほうが、パズルは楽に仕上がる」

ヴィスティングはマジックミラーに近づき、軽く叩いた。四つの顔がいっせいに振りむけられる。

「すぐ戻ります」スティレルが看守に退室の合図をした。

「携帯電話を使いたい」看守がふたりを連れて現れると、ヴィスティングは言った。

「この区画では使用禁止です」

「検事総長に用があるんだ」

看守はしばらく考えたあと、うなずいた。

「どうするんです？」トゥーレが訊いた。

「取引に応じよう。空港の事件はもう最優先事項じゃない。重要なのは、シモン・マイエルになにがあったかを突きとめることだ」

ふたりはうなずいた。ヴィスティングの携帯電話が部屋に届けられた。リーネからの着信記録が二件残されている。

「リーネがかけてきたようだ」そう言って画面をふたりに見せた。

呼び出し音が鳴るごとに不安が募った。ようやく電話に出た娘は息をはずませていた。

「大丈夫か」

「ええ、アマリエの相手をしてたとこ」

「電話をくれたろ」

「ダニエルを見つけたの。現金の箱のなかのメモに電話番号が書いてあった人よ」

「待ってくれ。スピーカーに切り替える」

ヴィスティングは電話を卓上に置いた。

「ダニエル・リンバール」リーネが言った。

三人は顔を見あわせた。

「聞き覚えはないな」トゥーレが答えた。

「ヘンリエッテ・コッパンの同棲相手だったの。娘の父親」

しばらく考えたあと、ヴィスティングは訊いた。「ヘンリエッテにはどこまで話した？」

「捜査の妨げになるようなことはなにも。ただ、わたしがパソコンにログインしたときに彼女が横にいたの。パスワードを盗み見されたかも。もしそうなら、パソコンの中身をまるごと見られたかもしれない」

「致命的なミスでもない」スティレルが口を開いた。「こちらがふたりの関係に気づいたことは知られていない。それを利用できる」

「ヘンリエッテからの電話には出るな。数時間で帰るから、そのときに話そう」

リーネは安心したようだった。ヴィスティングは通話を切り、検事総長の番号にかけた。

「ハルデン刑務所にいます。麻薬取引で服役中のヤン・グディムの取り調べを終えたところです。空港の事件における本人の役割について自供しました」

「役割とは？」

「陽動作戦で車を燃やしたことは認めましたが、それが強奪計画の一部だったとは知らなかったと主張しています。また、犯行後の強奪犯たちと落ちあい、車でオスロ市内へ送ったことも認めています」

「現金についてはなんと？」

「ポンプ小屋の鍵を入手したのはグディムですが、別の目的のためだったと言っています。金を隠す際にはその場にいなかったと」

「自供の内容は自分の果たした役割だけで、ほかの者の名前は出していないということか」

ヴィスティングはマジックミラーの前へ行き、隣室に無言ですわっているグディムと弁護士に目をやった。

「ええ。ですがオフレコでなら話す用意はあると言っています。取引に応じれば、捜査全体に進展が見込めます」

「向こうの要求は？」

「求刑の軽減と本人の供述に沿った起訴内容、つまり意図せぬ関与と事後従犯です」

「保証はできない」

「それが取引の条件です」

「不可欠だというなら、やってみよう。弁護人は？」

「アイナル・ハーネスです」

「よし。彼と代わってくれ」

スティレルがヴィスティングの電話を受けとり、面会室へ移動した。検事総長みずからが取引に関わるという話は聞いたことがない、とヴィスティングは思った。おそらくハーネスも同じだろう。

「あなたにです」スティレルがハーネスに電話を渡した。

ハーネスは訝しげな顔で電話を受けとった。

「アイナル・ハーネスですが」

相手が検事総長だと知り、ハーネスは表情を一変させた。隣室に本人がいるかのように、動揺も露わにマジックミラーを見つめる。何度も短く返事をしながらうなずいている。わずか三十秒で通話は終了した。

スティレルが電話を受けとり、椅子にかけた。「はじめようか」

60

全員の視線がグディムに注がれている。ヴィスティングは隣室からその様子を観察した。グディムはためらうような素振りを見せている。身じろぎするたび、モニターの左右のスピーカーにノイズが入る。やがてふかぶかと息を吸い、ゆっくりと吐いた。

「ダニエル・リンバールとアレクサンデル・クヴァンメ」グディムが口を開いた。「計画を立てたのはダニエルだ。すべてやつがお膳立《ぜんだ》てした」

そこで間を置き、また続ける。「これは仲間を売るのとはわけがちがう。やつらにはなんの借りもないんだから。いや、むしろ逆だ。こっちのほうがでかい貸しがある。連中の代わりに二年もここにいるんだからな。アレクサンデルは無罪放免で、ダニエルは起訴さえされてない」

現在服役中の麻薬取引事件の話だ。刑期はまだ数年ある。グディムの声は恨みに満ちている。

「それで？」スティレルが言った。

グディムは大きく息を吸い、話をはじめた。「襲撃に使ったのは黒のグランドボイジャーだ。まずダニエルがハウケトの中古車センターでキーをくすね、数日後に戻って車を盗みだした。それを計画実行までの数カ月間、イェッサイムにあるガレージにとめておいた。ナンバープレートはビャルケバーネンで別のグランドボイジャーから盗んだものだ」

すでに確認ずみの情報だが、トゥーレはメモを取りながら聞いている。

「金を奪ったあと、連中はダニエルが目をつけていた古い工場に隠れた。持ち主のじいさんはとっくの昔に死に、ばあさんも老人ホームだった。おれはクロフタで車を燃やしたあと、その工場でダニエルとアレクサンデルと落ちあった。連中は現金輸送ケースをこじあけている最中だった。アレクサンデルはガスバーナーを使ってた。塗料が噴きだすような仕掛けはなくて、錠と封印具だけだった。金はゴミ袋に移してオスロに乗っていく車に積んだ。空のケースは襲撃に使った車に戻し、着ていた服はガソリンの入ったドラム缶に突っこんだ。一週間後にダニエルが戻って、工場に火を点けたんだ」

トゥーレがうなずいた。グディムの話は現場検証を行った鑑識員の報告と一致している。

「ダニエルとアレクサンデルが着替えたあと、おれがオスロまで送った。アレクサンデルは街なかの〈アイアン・インク・タトゥー〉の店主に話をつけてあった。裏口から入って、数日前に入れたタトゥーに絆創膏を貼らせ、レシートを受けとって、待合室の客に目撃されるようにしたんだ。つまり、アリバイ作りさ。ダニエルは地下鉄で不正乗車の検査にわざと引っかかった。知り合いの検査員から、いつどこで検査が行われるか聞いておいたんだ。かっとなったふりで怒鳴り合いをやって、人目を引くってわけだ。襲撃から一時間以上たっていたが、問題ないとダニエルは踏んでいた。おれは車でイェルショ湖に戻って金を隠した。知っているのはこれで全部だ」

「では、ポンプ小屋に金を隠したのはあんただったわけだ」スティレルが言った。「先ほどの話と違うようだが」

「事後従犯です」ハーネスが主張した。「供述内容との大きな食い違いはない」

「溶接工場を出るとき使った車は？　強奪に使用した車は、バイクやその他のものとともに放置されたはずだが」

「そのときは盗んだやつじゃないのを使った。アレクサンデルが修理を引き受けた叔父の車だ。フォードのモンデオ・エステート」

「色は？」

「赤。ダニエルはあえてそれを選んだと言っていた。逃走車はたいてい目立たない黒かグレーだ。警察が探すのもそういう車だろ。赤のおんぼろ車じゃなく」

スティレルがうなずき、メモを取る。

「オスカル・トヴェットはどう関与を？」トゥーレが訊いた。「ＤＮＡが検出されている」

「最初に話したとおりだ。やつは軍で通信士をしてたから、無線装置やなんかに詳しかった。トランシーバーはやつが用意したんだ。もともとは襲撃にも加わるはずだったが、前日になってやめると言いだした。食中毒かなにかで具合が悪いと理由をつけて。計画を延期するわけにはいかなかった。チャンスを逃す手はないってことで、やつ抜きで決行したんだ」

「だが、現金が消えたときに、疑われたのはトヴェットだった」スティレルが言った。

グディムはうなずいた。「シモン・マイエルの件が落ち着いたころ、金が無事かたしかめるためにダニエルとポンプ小屋へ行った。そこにあるはずだと思ってたんだ。見つかったという報道はなかったから」

廊下で足音が響いた。グディムは足音が遠ざかるのを待って先を続けた。「鍵が置き場所にないとわかって慌てたよ。ダニエルがドアをこじあけたが、もちろん金は消えていた」

ヴィスティングはうなずいた。イェルショ湖事件の捜査資料の内容と一致する。ポンプ小屋のドアは二度こじあけられている。一度目は警察の捜索時、アーント・アイカンゲルの手によって。二度目は強奪犯によって。付近で遊ぶ子供たちが危険にさらされていると保護者会が自治体へ苦情を申し立てている。

「誰かに見られた可能性は？」スティレルが訊いた。「鍵を隠すところを目撃した人間がいるのでは？」

「かもな」グディムが答えた。「少なくとも、行方不明になったやつはあそこにいたはずだ。そいつの自転車を見たから。ポンプ小屋の雨樋につながれていた。そいつが金を持ち逃げしたか、あるいは警察の誰かだろうかとも考えた。だが、結局はオスカルだったんだな」

ヴィスティングは頭を掻《か》いた。前回グディムと話したとき、奪われた金の一部がオスカル・トヴェットの母親の家で見つかったとにおわせた。そのせいでややこしいことになりそうだ。

「ダニエルは当時からやつだと決めつけていた。それで、アレクサンデルとふたりでオスカルを締めあげたんだ。おれは関わってない。そのあと、ふたりはほかの可能性も疑いだした。オスカルはやってないの一点張りだったそうだ」

グディムは重大なことを思いだしたように背筋を伸ばした。「ダニエルの女があれこれ調べたんだ。《ゴリアト》で記事を書いていたから、行方不明事件の取材のふりをして。捜査資料は全部たしかめたが、なにもつかめなかった。失踪したやつがスペインへ持ち逃げしたんじゃないかと言ってたが」

そこには反応せず、スティレルは話を変えた。「現金輸送機の情報はどこから？」

グディムは椅子の背に身を預けた。想定外の問いだったようだ。「ダニエルが空港の職員から訊きだしたんだ」

「誰から？」トゥーレが突っこむ。

「計画を練ったのはダニエルだから、詳しいことは聞かされてない」

「キム・ヴァーネル・ポーレン」スティレルが言った。

その名前にグディムが顔色を変えたのが、ミラーの奥のヴィスティングにも見てとれた。

「ポーレンを知っていたのはあんただ」スティレルが続ける。「隠しごとはためにならない」

グディムは見るからにうろたえている。弁護士も落ち着かなげだ。「襲撃のずっとまえ、一年ほどもまえの話だ。強奪計画とは関係ない」グディムがようやく答える。「ガーデモエン空港で働いている人間を知らないかとダニエルに訊かれたんだ。キム・ヴァーネルなら知っていると答えた。麻薬の密輸絡みだと思ったんだ。税関を通さずにブツを持ちだせる手荷物係を探しているんだろうと。それっきり忘れていたんだ、嘘じゃない」

弁護士が咳払いをした。「取引の前提は変わりません。グディム氏が犯行後まで計画の詳細を知らずにいたのは事実です」

トゥーレがうなずいた。いまの説明でよしとするようだ。「銃の入手経路は？」と質問を変えた。

「さあ」グディムが答えた。「たぶんオスカルからだろう。なにせ、特殊部隊にいたから。大尉と呼ばれてた。武器係というか、その手のものが必要なら、やつのところへ行っていた」

スティレルはやりとりのあいだずっとメモを取っていたが、そこでノートを閉じた。「わたしは未解決事件班の人間だ」

グディムがうなずく。

「現在はイェルショ湖事件を再捜査している」

「空港の事件じゃなく？」

「それはトゥーレの担当だ」スティレルは隣へ顎をしゃくった。「わたしはシモン・マイエルになにが起きたかを調べている」

少し間を置いて続ける。「検事総長がじきじきに取引を認めている。行方不明事件についても知っていることがあれば、われわれは助かり、あんたも得をする」

グディムは首を振った。「ダニエルの女から聞いた話くらいしか知らない。いなくなった男がスペインへ逃げたんじゃないかという説だ。ほかには、砕石場に埋められてるんじゃないかって話があった」

「その話はどこから？」

「ダニエルから聞いたか、やつの女が警察の資料で読んだんだったか。砕石場にいるのが見えると言いだした霊能者がいた。そっちのほうが当たりだったようだな」

「つまり？」

「オスカルが手を下したってことだ。金を持っているところを見られて、始末するしかなかったんだ。金が出てきたんだから、この説で決まりみたいだな。なんにしろ死体は見つかってないから、溺死じゃないだろう。襲撃と同じ日に起きたのは偶然とは思えない。霊能者が言うように、オスカルはそいつをどこかの砕石場にでも埋めたんだ」

ヴィスティングは面会室のカメラをグディムにズームインし、画面いっぱいに顔を拡大した。グディムの言うことには一理ある。シモン・マイエルはなにかまずいものを目撃し、口封じに殺されたのかもしれない。だが、シモンを始末したのも、金を盗んだのもオスカル・トヴェットではない。最終的に金はバーナール・クラウセンの手に渡ったのだ。

61

地下室の隅にあるプリンターが印刷を続けている。リーネはゆっくりと吐きだされる紙に目を据えた。ダニエル・リンバールの顔がそこに現れている。黒髪に日焼けした肌、白い歯。整った顔立ちだ。娘のヨセフィーネと似たところもある。顎、鼻に散った淡いそばかす、間隔の狭い黒い目。

印刷がすんだものを、アウドゥン・トゥーレが壁のアレクサンデル・クヴァンメの写真に並べた。

「ダニエル・リンバールについての情報はほとんどない」トゥーレが言った。「警察の記録にある写真は、三年前にオープンカフェでの治安紊乱《びんらん》行為で逮捕された際のものだ。兄とフィットネスセンターを共同経営していて、そこでクヴァンメと知りあったものと思われる」

スティレルがリーネに向かって言った。「向こうはきみが金のありかについてなにか知っていると考えた。ノートパソコンと仕事部屋のボードの内容から、レナルト・クラウセンが金を横取りしたと判断したはずだ」

「たしかにそう考えるだろう」トゥーレがうなずいた。「レナルトの家は現場に近い。事件後まもなく死んでいるから、金が発見されていないことにも説明がつく」

「実際、レナルトだったのかもしれません」モルテンセンが横から言った。

スティレルがリーネに向かって続ける。「さらに連中は、トミー・プライムとアクセル・スカーヴハウグがレナルトの仲間だったことに注目した。金の隠し場所を知っている人間がいるなら、ふたりのうちのどちらかだと考えたはずだ」

「どこまでも探す気だろうな」トゥーレが言った。

「いっそ、こちらが手助けすればいい」スティレルが答えた。

「どうやって？」リーネは尋ねた。

「ヘンリエッテの裏の顔に気づいていることは悟られていない。そのぶん有利だ。この次に彼女と話すとき、レナルト・クラウセンが金を隠した場所がわかったかもしれないと伝えてほしい。そこに誘いだして逮捕する」

「オスカル・トヴェットに試そうとしたのと同じ方法というわけか」トゥーレが言った。

「捜査員とカメラを配置します」とスティレルがうなずく。

「でも、どこに？」リーネは訊いた。「どこならレナルトがお金を隠しそうか、それに、どうやってわたしがそこを見つけたことにする？」

「ガレージだ」父が口を開いた。

「どこの？」

「父親の家の。バイクの部品や工具が山ほど残されている。レナルトが死んだときのままらしい」

「うってつけですね」モルテンセンが言った。

「でも、もう少しレナルトについて知っておかないと」

「スペインにいる恋人と話すといい。ガレージについて訊いて、その情報を利用するんだ」

父が言った。

「善は急げだ」スティレルが卓上の携帯電話を示す。「そのあと、ヘンリエッテと明日会う約束をしてほしい」

リーネは電話を手に取った。「明日はトリグヴェ・ヨンスルとのアポが入ってる」

「キャンセルだな」モルテンセンが言った。

「元財務大臣よ。せっかくアポがとれたのに。いまさら取り消せない」

「何時の約束だ？」父が訊いた。

「午前十時にシェリングヴィクの別荘で」

「それなら、両方こなせるんじゃないか」父が言った。

リーネはうなずいて地下室を出た。キッチンの窓のそばで電話をかけながら、坂の下の自宅を見やった。明かりをつけてくればよかった。日が暮れるのがずいぶん早くなり、すでに夕闇が迫っている。

かすかな呼び出し音に続いて、はっきりした声でリータ・サルヴェセンが応答した。

「その後、いかがです？」リーネは尋ねた。「遺産手続きの件で弁護士と話してみました？」

「ええ、なにもかも任せられることになったの。遺言書の類いはないみたいで、レーナがすべて相続することになりそう。電話をいただけてほんとによかった。ノルウェーに一時帰国したときにでもお会いできない？」

「ええ、ぜひ。相続した家はどうします?」

「売るつもり」

「ノルウェーに戻る予定はないんですか」

「ええ、いまは」

「そういえば、コルボトゥンに用があって、家の前を通ったんです」作り話だが、なんとか家とガレージの話題に持ちこまないといけない。「きれいなところで、子育てにはぴったりに見えましたけど」

「そうね」

「レナルトとお付き合いしていたころはよく行きました?」

「わたしの家で過ごすことがほとんどだった」

「レナルトはガレージにこもりきりだったんじゃないですか」

リータは笑った。「ええ、そのとおりよ。四六時中バイクをいじってて、彼以外は立ち入り禁止も同然だった」

完璧だ。いま聞いたことをヘンリエッテに伝えればいい。「なぜです?」

「さあ。ただ、わたしは絵を描くんだけど、描きかけの絵は人に見せたくない。完成するまではね。レナルトもそうだったのかも。バイクの部品を替えて、きれいにして、塗装も全部やりなおしていた。完璧に仕上がるまでは誰にも見せたくなかったんだと思う。記者のあなたも同じじゃない？　草稿は人に見せたくないでしょ」

「ええ、たしかに」

「亡くなった年の夏は、輪をかけてこもりきりだった。たぶんわたしにバイクをプレゼントしてくれるつもりだったんだと思う。いっしょにツーリングに行けるように、免許を取れってしきりに勧めてたから」

「取りました？」

「テストに受からなかったの」

必要な情報は手に入ったが、リーネはしばらく話を続け、「帰国の折にはぜひ連絡をくださいね」と締めくくった。

「そんなに先にはならないと思う。もうじき書類にサインが必要になるだろうし」

「では、そのときに！」

電話を切ったあと、リーネはその場に立ったまま、ヘンリエッテにどう話をすべきかと考えた。

父が背後からキッチンに入ってきた。リーネは窓に背を向けてテーブルに近づいた。「ヘンリエッテは電話に出るかな」

「まずはかけてみよう。かけなおしてくるかもしれん」

リーネは通話をスピーカーに切り替えた。ヘンリエッテが応答した。背後で音楽が流れている。

「なにかあった?」ヘンリエッテが訊いた。

「じつはそうなの。事情があって、事件を追うのをやめようかと思ってる」

音楽のボリュームが下げられた。「どういうこと」

「襲われたの。ノートパソコンを盗まれた。取材と関係していると思う」

「詳しく聞かせて」

リーネは襲撃について話して聞かせたが、ヘンリエッテの記事を閲覧するために国立図書館へ行ったことには触れずにおいた。

「空港の事件と関係があると思うのはなぜ?」

「ほかにもいろいろあって」リーネは続けた。「ややこしい話なんだけど、とにかく、わたしが事件を調べていることに誰かが気づいたんだと思う」

父がうなずいた。脅しに怯《おび》えていると思わせるのはうまい手だと目顔で言っている。

「誰かって?」

「電話じゃ話せない」

「それじゃ、全面的に手を引くつもり?」

「はっきり決めたわけじゃなくて。お金の隠し場所にはひとつ心当たりがあるんだけど」

「どこ?」

「隠すのにぴったりの場所があるの」

「ここで諦めるなんてだめよ。明日にでも会わない？」

「午前中に一件約束があって。ベビーシッターは二時までしかいてくれないし」

「こっちが行く。このまえと同じ場所で会いましょ」

「どうかな。危ない橋を渡ることになるかも」

「はじめたことは、やりとげなきゃ」ヘンリエッテは譲らない。「お金の隠し場所のことだけでも教えてよ。こっちも時間をかけてネタ元にあたったんだし。あなたがやめるんなら、わたしがやる。お金が見つかれば大スクープよ」

「わかった」リーネは言った。「それじゃ、一時に会いましょ」

62

気温は一夜のうちに急降下した。灰色の雲が垂れこめ、木々が風に揺れている。リーネは自宅に戻ってセーターを着こみ、アマリエの上着を持ちだした。尾行者に動きを知らせるため、モルテンセンが発見した発信機を車内に置いてから走りだした。

アマリエを預けたあとラルヴィク方面に向かい、さらに東へ走った。曲がりくねった細い道に入り数キロ行くと古い港に出た。そこに元財務大臣の別荘があるはずだ。標識に従って進むと、海に面した岩がちな急斜面の下に建つ白い邸宅が現れた。少し引っこんだ場所にあるが、それでも身を切るような潮風が吹きつけ、リーネは背中を丸めて身震いした。

「なかで話そう」戸口に現れたトリグヴェ・ヨンスルが言った。

案内されたのは、海を一望する見晴らし窓のある居間だった。ヨンスルはダイニングテーブルの新聞と雑誌を片づけ、椅子を勧めた。

「さて、バーナール・クラウセンの件だったね」ヨンスルが口を開いた。「まったくもって、大きな損失だ」

「会うお約束をしてから、クラウセン氏について、いくつか判明した事実があります」

「本のことかね」

リーネはうなずいた。「内容はご存じですか」

ヨンスルは微笑んだ。「いや、読んではいない」

「先週、グットルム・ヘッレヴィク氏にお話を伺いました。クラウセン氏は社会民主主義の理念とは距離を置くようになっていたとか」

元財務大臣は首肯した。「変節しない者こそが優れた政治家だとされがちだが、幅広い議論や個人の経験を通して立場を修正できることも、政治家としての資質だとわたしは思う」

「どういった点に立場の変化を感じられましたか」

「彼とは財政政策について話すことが多かった。バーナールは労働党の税制案に反対だった。税率を下げて個人消費を促すべきだと言っていた。自分の金の使い道は自分で決める、その権利を積極的に認めることがわれわれ政治家の務めだと。努力と自主性がもっと報われるべきだと。本人が労を惜しまず働いてきたからこそ、そう考えるに至ったんだろう」

ヨンスルは立ちあがり、カップ二客とコーヒーポットを運んできた。

「政治的信条が変わったのはいつごろでしょう」リーネは訊いた。

ヨンスルはカップにコーヒーを注いだ。

「〝政治的信条が変わった〟という表現はふさわしくないかもしれない。あまりに劇的な変化に聞こえるからね。要するに、個人の自由と責任に重きを置くようになったということだ。閣僚の座にあったころはそう顕著ではなかった。ただし側近たちは、保健大臣時代にしばらく休みをとったあと、変化らしきものに気づいたそうだが」

「聞きたいのはまさにその時期のクラウセンについてだ。」リーネはチャンスに飛びついた。

「息子さんが亡くなったあとですか」

ヨンスルは少し考えた。「いや、夫人が亡くなったあとだろう。それが己を省みるきっかけになったようだ」

「どのように？」

ヨンスルはカップを持ちあげ、ゆっくりとコーヒーを味わってからカップを戻した。「医療は重要な社会福祉のひとつだが、サービスの質を維持するためには、あらゆる要求に無制限に応《こた》えるわけにはいかない。リーサに必要とされた薬は非常に高価で、延命できたとしても一、二年がせいぜいだった。審査委員会はすでにその治療法の承認を却下していたが、それは価格の問題だけでなく、効果が実証されていないためでもあったんだ。イスラエルでの手術を勧める者もいたようだが、主治医は反対した。いろいろな意味で、バーナールは政治にがんじがらめにされていた。スターヴェルンの別荘を売って未承認の治療法を試そうとしたが、そのためには保健大臣を辞任せねばならない」

ヨンスルはしゃべりすぎたという顔で言葉を切った。

「最終的にはリーサの説得でバーナールは断念した。自分と家族にとって最善の道を自由に選べなかったことが彼を苦しめた。結果的にそれが自由主義的な思想へ傾倒するきっかけになったのではと思う」

「レナルトは母親を亡くしたことで、父親を責めていたそうですね」

「ああ、だがバーナール本人のほうがずっと自分を責めていた。それで親子の絆《きずな》が断たれたりはしない」

リーネが納得できずにいると、ヨンスルが立ちあがった。「父と息子というのは難しいんだ」そう言って居間の奥へ向かった。「いいものを見せよう」

ヨンスルはサイドボードの抽斗をあけ、写真で膨らんだ封筒を取りだした。「昨日、昔の写真に目を通していたときにこれを見つけてね」レナルトと父親の写真が目の前に置かれた。ふたりは肩を組んで立っている。バーナール・クラウセンは空いた手にハンマーを持ち、ふたりとも撮影者に向かってにこやかに笑っている。

「いい写真だろう」

リーネはそれを手に取った。ふたりの笑みには、どことなくわざとらしさが感じられた。

「スターヴェルンの別荘で撮られたものですか」

「リーサが亡くなった翌年の夏にね」ヨンスルが言い、さらに写真を並べた。「バーナールが休憩スペースを新設したいと言うので、党の仲間が別荘に集まったんだ。レナルトは父親が忘れた書類をバイクで届けに来たところだった」

その集まりについては、別荘のゲストブックを見て知っていた。シモン・マイエルの失踪直後の週末に行われたものだ。写真には見知った政治家の顔がいくつかある。

「これは?」リーネは刷毛《はけ》を持った男を指して尋ねた。

ヨンスルがテーブルに身を乗りだし、「次の法務大臣候補だ」と笑みを浮かべた。

「アーント・アイカンゲルですか。当時は警察官だったのでは?」

「ここぞというときにはいつも顔を出していた。政治的手腕に長《た》けた男でね。バーナールが師匠役のような形で面倒を見ていた」

リーネはしばらくその一枚を眺めたあと、ほかの写真に目を移した。オスロ市議会のグットルム・ヘッレヴィクが見つかった。労働党の赤い帽子をかぶった男とふたりで、旧式のセメントミキサーに砂を流しこむ姿が写っている。

「この写真、お借りしてもかまいませんか」リーネはレナルトと父親の写真を手に取って尋ねた。

「全部持っていくといい。アイカンゲルが写っているものを使ってもらえるとありがたいが」秋の選挙に向けてのいい宣伝になるということだろう。

「あの日は一日がかりの作業になってね」ヨンスルが続けた。「夜は夜で政策談義さ」

リーネはレナルトと父親が写ったものを上にして写真を束ねた。

「おそらくそれがふたりで写った最後の一枚だろう」ヨンスルが微笑んだ。「家族はバーナールにとってかけがえのない存在で、息子のことも愛していた。リーサの命を奪ったがんは遺伝性のものだった。息子も発病するのではと心配していたが、それを撮った日からわずか数カ月後に、バイク事故で失ってしまうとはね」

リーネはうなずき、写真をバッグにしまいながら訊いた。「その週末はみなさん別荘に滞在されたんですか」

「ああ、そうだ」

「別荘が焼けてしまったことは、どう思われます？」

「正直なところ、バーナールを失った痛手で、それどころではないね」

それから二時間、伝統的な社会民主主義の理念が福祉国家の再生に果たす役割についてみっちり教わった。記事にするには十分な知識が得られたものの、二〇〇三年の夏に関してはなにもつかめずじまいだった。

63

ヴィスティングがガレージの扉を押しあげると蝶番がきしんだ。苦痛の叫びに似た音が耳を刺す。

雑然とした庫内には高窓がふたつあり、天井の中央に大型の作業灯がぶら下がっている。その真下には、タイヤや燃料タンクが取りはずされたバイクがスタンドに立てられている。エンジンも分解され、工具やボロ布とともにコンクリートの床に広げられている。作業服がかけられた折りたたみ椅子、その脇には蓋があいたままの工具箱。周囲にはさらに組みたて中のパーツや、エンジン部品やネジの箱、使いかけのオイル缶などがごたごたと並んでいる。

一同は奥へ入り、スティレルが隠しカメラの設置場所を指示した。

クリポスの技師が即座に作業にかかる。小型カメラの映像はクラウセンの書斎に設置したモニターへリアルタイムで送信され、そこで監視することができる。

「侵入の現場が撮れても、強盗罪でぶちこむのには使えないな」トゥーレが言った。

「敵の急所をつくのには使える。ヘンリエッテ・コッパン。手引き役の彼女に、まずは自白してもらう」スティレルが答えた。

ヴィスティングは作業台に開いて置かれた取扱説明書をめくった。バイクのパーツが詳細に図解されている。こちらの事件の解決にはそう苦労しないはずだ。実刑判決が娘に及ぼす影響を考えれば、ヘンリエッテ・コッパンは口を割らざるを得ない。だが、イェルショ湖事件のほうは事情が違う。なにか知っていそうな者は二名とも死んでいる。バーナール・クラウセンも、その息子も。

「ここにはなにが？」そう言いながら、スティレルが奥の小部屋のドアノブに手をかけた。

トゥーレがドアの下部を指す。「ご丁寧に南京錠まで取りつけてある」

そこは掛金と南京錠で厳重に固定されている。

「この部屋も利用できる。なにか隠すなら、ここを使うはずだ」

スティレルはそう言うと周囲を見まわし、大型のワイヤーカッターを手にした。「内部にもカメラを仕掛けたほうがいい」だが、南京錠には歯が立たない。

「どこかで大きいのを見た」

トゥーレが言ってあたりを探し、棚にあったボルトカッターで南京錠を切断した。ドア本体の錠は通常のシリンダータイプだ。スティレルが母屋に入り、ラックから鍵を持ちだした。

「実際、ここに金を隠していたかもしれんな」スティレルが戻るとヴィスティングは言った。

「ええ、ここまで厳重だと、あるいは」

スティレルが鍵を挿入してまわし、ドアをあけた。湿っぽくよどんだにおいが溢《あふ》れ、ガレージ内のオイルやエンジンの臭気と混じりあう。

スティレルが明かりを点けた。

内部は数平米の広さで窓はなく、片方の壁に薄汚れた事務机と椅子が置かれ、棚が設置されている。もう一方の壁には南京錠のかかった大型の木箱があり、その上にピーター・フォンダとデニス・ホッパーがバイクにまたがった《イージー・ライダー》の映画ポスターが張られている。ポスターの右側には、乾燥しきった消臭剤がいくつも吊り下げられている。

スティレルに続いてヴィスティングも室内に入った。机の上にはビール瓶が横倒しになり、こぼれて乾いた液体が天板や紙の束に茶色いしみを作っている。

抽斗のひとつが半開きになっている。ヴィスティングがそれを引きだすと、バイク雑誌数冊と消臭剤のスプレー缶が一本、未開封の吊り下げ型の消臭剤がいくつか現れた。

スティレルが木箱を爪先で蹴った。「また南京錠だ」

トゥーレがボルトカッターを取ってきたが、切断にかかるまえにスティレルに電話が入った。「DNA鑑定担当のイッテからです」

スティレルは応答し、スピーカーに切り替えた。トゥーレはボルトカッターを手にしたまま待っている。

「ヴェーガル・スコッテミールの生体試料の鑑定結果が出ましたので、取り急ぎお知らせします」女性担当官が言い、登録番号を告げた。

ヴィスティングは耳をそばだてた。ヴェーガル・スコッテミールは検事総長宛ての密告状の差出人と目されている。

「ご依頼の件は、二〇〇三年、当時のフォッロ警察管轄区内で発生した事件番号15692における試料B-8との照合ですね」と堅苦しい声で番号が読みあげられる。

「ポンプ小屋のそばに落ちていたコンドームのことです」スティレルが説明する。

「DNA型は一致しませんでした」結果が重々しく告げられる。

ヴィスティングはため息をついた。イェルショ湖事件の目撃者はいよいよ見つかりそうにない。

「ですが、他の試料とも照合したところ、同事件のB-14と一致しました」

「B-14？」トゥーレが訊き返した。

「陰毛と記録されています」割りこんできた声に驚いたような口調だ。

スティレルが満面の笑みを浮かべた。「タンゴはふたりで踊るものだ。ようやく尻尾《しっぽ》をつかんだ。ヴェーガル・スコッテミールはポンプ小屋へ行き、陰毛を落としたということだ」

鑑定および照合の結果はのちほど送ると担当官が告げた。

「新たにポンプ小屋内で採取した試料の鑑定結果は出ていますか。同事件で行方不明になった人物のDNA型との照合を、エスペン・モルテンセンが依頼したはずですが」ヴィスティングは訊いた。

「そちらの結果もちょうど出たところです。このあとモルテンセンに連絡するつもりでした」

「結果は?」

「当たりです」口調がくだけてくる。「試料のF－1とF－2は、どちらもシモン・マイエルのものです」

「ポンプの角の鋼鉄部分と床から採取したものだ」ヴィスティングは声に出して確認した。

通話の相手には聞こえなかったようだ。スティレルがスピーカーをオフにし、電話を耳に当てた。「助かりました、連絡をどうも」

「つまり、シモン・マイエルはポンプ小屋で死んだということだ」トゥーレがまとめた。

「そして目撃者がいるかもしれない。わたしはコルボトゥンへ行って、ヴェーガル・スコッテミールにもう一度話を聞きます。ここは頼みます」

スティレルはそう言ってふたりのあいだをすり抜け、狭苦しい部屋を出ていった。トゥーレがボルトカッターで南京錠のツルを挟み、音を立てて切断した。ヴィスティングは木箱の蓋をあけた。

中身はわずかだった。部品がいくつかと、ナンバープレート、車両登録証。トゥーレが袋を拾いあげた。干からびたマリファナと吸引用パイプが入っている。

「とくに面白いものじゃない」そう言って袋を箱に戻した。

ヴィスティングは蓋を閉じた。

64

店に着くと、ヘンリエッテがデビットカードを手にしてカウンターで待っていた。「なに飲む？」

「カフェラテを」リーネは答えた。

注文を受けたバリスタが手を動かしはじめる。「それでどう、大丈夫？」ヘンリエッテがリーネの肩に手を置いた。

「正直言って、弱ってる。いろいろあったから」

「聞かせて」

コーヒーがふたつカウンターに並べられた。「わたしの奢《おご》りよ」ヘンリエッテがカードを端末機に挿入した。

リーネはコーヒーのカップを手に、ヘンリエッテが暗証番号を入力するのを見ていた。支払いは拒否された。カードを挿しなおし、同じ四桁の番号を入れたが、やはりエラーが出る。

「調子が悪いみたい」ヘンリエッテがため息をついた。

「わたしが払う」リーネは言って、百クローネ紙幣をカウンターに置いた。

「ごちそうさま」ヘンリエッテは財布にカードをしまい、自分のコーヒーを持ってテーブルへ向かった。

そして、小声で訊いた。「で、なにがあったの」

「このことは誰にも言ってないし、言うつもりもない。だから、あなたも黙ってると約束してくれる？」

「もちろん」

「話すことにしたのは、あなたも危険な目に遭う可能性があるからよ」

ヘンリエッテが無言でうなずく。

「最初にふたりで会ったあと、しばらくして誰かが家にしのびこんだような形跡に気づいたの」

「嫌だ、怖いじゃない」

ヘンリエッテと目を合わせたまま、リーネはカップに口をつけた。あなたの恋人かその仲間のしわざだと知ってるのよと伝えてやりたかった。うちの地下室のボードを見て、シモン・マイエルとレナルト・クラウセンのつながりを知ったんでしょ、と。

「なにか盗まれた？」

リーネは首を振った。「娘の絵だけ」

「絵？」

「少しまえから、家のそばに猫が来るようになったの。アマリエが絵に描きたいって言うから、いっしょに描いて、あの子のベッドのそばに張ってあげたんだけどね」話すうちに涙がこみあげたが、どうにかこらえて猫の死骸と脅迫状のことを伝えた。

「なんてこと。近所の悪ガキのしわざとか、そういう可能性は？」

リーネはまた首を振った。

「警察には通報した？」

「いいえ。アマリエが目にするまえに死骸は処分した。それと、警備会社に侵入警報を設置してもらうことにした」

リーネは膝の上で握りしめていたコーヒーカップを卓上に置いて続けた。「決めた。わたしはやめる。無理してまでやる価値はないから」

「本当に？」

リーネはうなずいた。

「わかった。ただ、昨日の電話で、お金の隠し場所に心当たりがあるって言ってなかった？」

「まあね」

「どこ？」

「昔の恋人に話を聞いたの」

「レナルト・クラウセンの？」

リーネはうなずいた。リータの名前を出したくはなかった。とはいえ、盗まれたノートパソコンにはリータと娘の情報も保存されている。「レナルトのことを聞かせてもらった」

「それで？」

「実家に自分専用のガレージを持っていたそうよ、バイクいじり用の。そこにこもりきりで、誰も入れようとしなかったって」

ヘンリエッテがリーネの目を見たままコーヒーに口をつける。

「そのガレージはまだ残ってる。バイクの部品やなんかも、レナルトが亡くなったときのままにしてあるそうよ。父親が片づける気になれなかったのね。もしそこにお金を隠したなら、いまもあると思う」

「いっしょにたしかめに行かなきゃ」ヘンリエッテが餌に食いついたのがわかった。

リーネは首を振った。「いっしょには行けない。わたしはやめるから。恋人だった人はもうすぐ帰国して家を相続するって言ってた。売るつもりだそうよ。お金がそこにあるなら、家を片づけたときに見つかるはずね」

ヘンリエッテは動揺を見せた。そしたら事件にもお金にも手が届かなくなる――そこまで言って、急に言葉を切った。「いいえ、あとから発見されるんじゃなく、わたしたちが自分の手でお金を見つけたら、断然面白い記事になるはずだと思って。でしょ？」

「ええ、でも、わたしはもうたくさん。これ以上、危険は冒したくない。新聞社の後ろ盾があれば別だけど、いまは自分ひとりだし、娘のことも考えなきゃ」

「わかった。決めたことなら尊重する」

そのあとは世間話に移り、リーネは平静を装いながらおしゃべりに興じているふりをした。ほっとしたことに、三十分もするとヘンリエッテは席を立った。

「もう帰らなきゃ。それじゃ、またね」

リーネも腰を上げ、軽くハグをした。そこに立ったまま、店を出たヘンリエッテを目で追った。角を曲がるやいなやダニエルに電話するはずだ。

自分も帰ろうとテーブルに向きなおったとき、ヘンリエッテの携帯電話が椅子の隙間に挟まっているのが見えた。

いつもなら手に持ってあとを追うところだが、その場を動かずに考えた。画面を開くには指紋か暗証番号が必要だ。カウンターの端末機に目が行く。0208。ヘンリエッテが支払いに悪戦苦闘していたとき、つい見てしまったのだ。娘か恋人の誕生日だろうか。

携帯電話を手に取って番号を入力した。0208。画面はあっけなく開いた。

リーネは出入り口を見やった。ヘンリエッテはじきに電話を忘れたことに気づくはずだ。メールを表示させた。ダニエルの名前が履歴の三番目にある。スクロールすると、日曜の午後にヘンリエッテが送信した動画が見つかった。最初はなにを映したものかわからなかった。画面がぐらつき、やがてキーボードに焦点が合わせられた。ぞっとした。リーネのノートパソコンだ。前回会ったとき、ヘンリエッテはリーネが暗証番号を入力するところを録画したのだ。

リーネは悪態をつき、もう一度出入り口をたしかめてから、画面をスクロールした。その前日にはダニエルから画像が送信されている。開くとリーネの地下室のボードが写っていた。

〝この三人について調べろ〟という文面が添付されている。

写真を拡大して書かれた名前を確認するまでもなかった。レナルト・クラウセンの写真の周囲に自分がピンで留めたものだ。トミー・プライムとアクセル・スカーヴハウグ。どちらも現金を探す二人組から暴力を受けている。

出入り口のドアベルが鳴り、ヘンリエッテが入ってきた。リーネは画面を消して電話を掲げた。「これ、忘れたでしょ。椅子の上で見つけた」顔に笑みを張りつけてそう言った。

ヘンリエッテは礼を言って笑顔を返した。「これがないと、なにもできなくなっちゃう」

店を出たところでもう一度別れを告げ、ヘンリエッテは角を曲がって消えた。ややあって、携帯電話を片手にヘンリエッテが運転する青いアウディが通りすぎた。リーネも自分の電話を取りだして父にかけた。ゲーム開始だ。

65

スティレルは若いカップルに続いて銀行へ入った。ふたりは整理券を取り、すわって順番を待ちはじめた。スティレルはまっすぐ受付へ行き、身分証を提示してヴェーガル・スコッテミールとの面会を求めた。

男性係員がモニターを確認した。「もうしわけありません、ただいま接客中です」愛想笑いが返される。

「緊急事態だ」

思わぬ言葉に慌てたように、係員は席を立った。「では、様子を見てまいります」

スティレルもあとに続くと、スコッテミールがガラス張りの会議室にすわっていた。中年の女性が退室するところだ。

「お客様です」係員が声をかける。

振りむいたスコッテミールがスティレルに気づいた。観念したような表情が浮かぶ。スティレルは女性を先に通してから、室内へ入ってドアを閉じた。

「また伺いました」腰を下ろしてそう言った。

スコッテミールが無言でうなずく。

「隠していることがありますね」

相手が顔をこわばらせる。「知っていることはすべて話しました」

「用を足しに行ったというのは真実ではないはずだ。脇道を入ってポンプ小屋まで行ったのはそれが目的じゃない。誰かと会うためだったのでは？」

「誰とです？」

「恋人と」

スコッテミールの顔から血の気が引いた。スティレルは鑑識の現場検証により、男性同士の性行為を示す証拠が発見されたことを告げた。

「ひとりはあなただった。相手を知りたい」

スコッテミールは首を振った。「無意味です。彼はもうこの世にいませんから」

「それでも知る必要があります」

相手はまだ迷っている。「既婚者でした。彼の名誉を汚したくない」

「われわれはシモン・マイエルが殺害されたものとして捜査を行っている。名前を明かしていただきたい。いま聞けないなら、署へ来てもらうことになる」

スコッテミールは手に取ったペンをまわした。「出会ったのはプールでした」と語りはじめる。「それからサウナに行くようになりましたが、人目が気になり、話も思うようにできなかった。それで、別の場所を探したんです」

「それがポンプ小屋だった」

「そのうちのひとつです。彼には家庭があり、わたしも実家暮らしだった。両親には……明かしていませんし」

スコッテミールがペンを取り落とした。

「会うのは週に一度でした」落ちたペンをそのままにして続ける。「彼は犬を飼い、散歩を口実にしました。わたしはジョギングを」

スティレルはスコッテミールを先頭に作成したリストの内容を思い起こした。末尾のあたりに犬連れの男が含まれていたはずだ。名前は思いだせないが、すぐに調べられる。

「シモン・マイエルが消息を絶った日、ほかに誰か見かけていませんか」

「車がとまっていたので、引き返しました」

「車種は?」

「セダンです」

「色は」

「赤」

スティレルの身の内でアドレナリンが駆けめぐりはじめた。現金を運ぶのに使用した車だ。

「なぜ黙っていたんです」

「探していたのは黒い車では？」

たしかにそうだ。ポンプ小屋へ向かう黒い車の目撃情報が寄せられていた。目撃された日付は曖昧だったが、捜査陣はさらなる情報提供を求めて一般に公開していた。

「あとから来たライダルも車を見たそうです」

犬連れの男だ。名前が浮かんだ。「ライダル・ダールですね」

スコッテミールがうなずく。

「なにを見たと言っていましたか」

「黒い車を」

「ほかには？」

「とくになにも。ポンプ小屋の外にとまっていたそうです。それを見て引き返したと言っていました」

「それだけですか。車種や車内にいた人間については？」

スコッテミールは首を振った。「気づいたことがあるようでしたが、わたしは聞かされていません。ポンプ小屋に注目が集まってしまったせいで、その後は行くのをやめました。事件以降、ふたりで会うこともなくなり、たまに顔を合わせてもポンプ小屋の話はしませんでした」

「その日見たことを、ライダルがほかの人間にも話した可能性は？」

「警察には話したはずですが」

「ええ、たしかに。では、ご協力感謝します」スティレルは立ちあがった。

唐突な締めくくりに面食らったように、スコッテミールが見上げる。

「見送りは結構です」そう言い残してスティレルは立ち去った。

車に戻り、イェルショ湖事件の〝証言者〟ファイルを取りだした。ページを繰ってライダル・ダールの供述調書を見つけた。聴取担当者はアーント・アイカンゲル。

聴き取りは電話で行われていた。内容は知っているが、あらためて目を通した。ライダル・ダールは犬を連れた男が自分であると認めている。犬は生後七カ月のチベタン・テリア、名前はイェッペ、毛色はグレーと黒。散歩コースと、在宅していた妻の名前が記録されている。調書の末尾には、供述内容は以上と記されている。だが、実際は違っていたらしい。

66

レナルト・クラウセンのガレージには屋内に三台、屋外にも二台のカメラが設置された。通りの左右には一名ずつ刑事が配置されている。逮捕に備え、地元警察の警官隊も一分ほど離れた脇道で待機している。

ヴィスティングはバーナール・クラウセンの書斎に設置されたモニターの前で待っていた。リーネがヘンリエッテと接触してからすでに四時間、強奪犯たちが動きだすには十分な時間が経過している。

「日没を待っているのかもしれない」トゥーレが言った。

ヴィスティングはノートパソコンの画面に目をやった。

「いまどこです」トゥーレが訊いた。

「動きはない」画面を見せて答えた。

画面に表示された赤い点は、ヘンリエッテ・コッパンの青いアウディの現在位置を示している。スターヴェルンのカフェでリーネと会っているあいだに、モルテンセンが発信機を仕掛けたのだ。リーネと別れたヘンリエッテは幹線道路へ出てラルヴィクへ向かった。そして駐車場に車をとめた。

ヴィスティングは落ち着かなかった。嫌な予感がする。ヘンリエッテがラルヴィクに留まる理由が思いあたらない。駐車場の周囲にショッピングセンターの類いがあるわけでもない。ダニエルに報告するため、まっすぐ家に帰るものと思っていた。

「システムの不調では？　フリーズしたとか」

「そういうわけでもなさそうです。念のためパトカーに確認させることはできますが」トゥーレが言った。

電話が鳴った。スティレルからだ。車内からかけてきたようだ。「なにか動きは？」

「あれば連絡するさ」ヴィスティングはトゥーレにも聞こえるよう、スピーカーに切り替えた。

「車はとまったままですか」

ヴィスティングは画面に目をやって答えた。「ああ」

「スパに寄っているのでは？　近くにスパのついたホテルがある」トゥーレが画面を目で示して言う。

ヴィスティングは電話を反対側の手に持ち替えた。「こちらへ来られるか」

「まだです。密告状の差出人がわかったかもしれない」

「誰だ」

ヴィスティングは捜査資料に記された証言者たちの名前を思いだそうと目を閉じた。スティレルがヴェーガル・スコッテミールの話を伝える。

「既婚者だったな」犬連れの男と聞いてヴィスティングは思いだした。

「それにすでに亡くなっています。念のため、夫人に話を聞くつもりです」

「なにか知っているだろうか」トゥーレが訊いた。

「試してみる価値はある」

車がトンネルにさしかかったのか、電波が途絶えたので、通話を切った。

ヴィスティングは立ちあがって窓の前へ行き、カーテンの陰から外をたしかめた。そしてモニターの前に戻った。長時間、なんの動きもない。トゥーレは見張りの刑事との連絡用のトランシーバーの調子をたしかめた。

「リンバールとクヴァンメにも尾行をつけるべきでしたね」

ヴィスティングはうなずいたが、居場所を突きとめる時間はなかった。

「白のヴァン、男が二名乗っています」外の刑事から通信が入った。

ややあってヴァンが画面に現れた。家の前を通りすぎ、さらに反対側で待機する刑事が通過を確認した。

「完全に暗くなるのは何時だろう。九時か、九時半くらいか」

「そのあたりでしょう」トゥーレが答える。

「まだ三時間もある」

ただ待つのはもどかしかった。腰を上げて室内を歩きまわり、また席に戻った。椅子の向きを変えて机の抽斗をあけ、すぐに閉じた。別の抽斗をあけると、書類がいくつかとイスラエルの私立病院の立派なパンフレットが入っていた。がん患者のための新たな実験的治療法を採用していると謳《うた》われている。

それを抽斗に戻し、携帯電話でニュースサイトの記事を読みはじめた。ときおり通行車両を告げるノイズ交じりの無線が入る。

「グレーのパサート、男が運転しています」

その声にヴィスティングは顔を上げた。「三度目の通過です。偵察かもしれません」

車両が画面に現れ、ゆっくりと通りすぎていく。

トゥーレがトランシーバーをつかんだ。「ナンバーは？」

少し間があってから返事があった。「レンタカーです。使用者を確認します」

「まずいな。こちらが三度見たなら、向こうも同じだ。気づかれたかもしれない」

トゥーレが袋からバゲットを二本取りだし、「近所の家を訪ねてきただけかもしれませんがね」と言って一本を差しだした。

ヴィスティングはそれを受けとって齧りながら、地図上に静止したままの赤い点を見据えた。見れば見るほど、違和感は増すばかりだった。

67

スティレルはビヨンネミール通りにある茶色い家の前に立ち、ルート・ダールを待っていた。ここからイェルショ湖畔のポンプ小屋までは徒歩十五分ほどだろう。

電話をかけたときルート・ダールは外出中だったが、イェルショ湖事件でのダール氏の証言について確認したいと告げると、自宅へどうぞと即答があった。連絡を予期していたかのような反応に、スティレルは手ごたえを感じた。

白いステーションワゴンが私道に乗り入れた。スティレルはそちらへ近づき、降りてきたルート・ダールに会釈した。ルートは車の後部にまわって荷室のドアをあけた。そして毛を短くしたグレーのチベタン・テリアを抱きかかえ、地面に降ろした。

「この子はイェッペ。すっかり年を取ってしまって」スティレルはかがみこみ、手のにおいを嗅がせてから、毛皮を撫でてやった。

キッチンに入ると、犬もよたよたとついてきた。ルート・ダールが皿に水を汲んでやる。

そして椅子を勧めた。「ご連絡があるのではと思っていたんです」

スティレルは腰を下ろすと、テーブルに肘をついて身を乗りだした。

「当時は軽々しく口を開くわけにもいかなくて。でも、彼も亡くなったことですし」ルートも椅子にかける。

「バーナール・クラウセンのことですね」

犬がテーブルの下に寝そべる。

「ライダルはポンプ小屋で彼を見たんです。シモン・マイエルが行方不明になった日に」

「あなたにそう言ったんですね」

「地元の警察にも言いました。でも、警察は動かなかった」

「聴き取りをしたのはアーント・アイカンゲルですね」

ルートはうなずいた。「アイカンゲルは、シモンは溺死だと決めつけていた。遺体は見つからなかったのに」

「ダール氏はあなたになんと？」

「イェッペと散歩に出たんだと。ときどきイェルショ湖まで行くことがあって。何度かシモン・マイエルを見たことがあると言っていました」

スティレルはうなずいた。

「事件の日の夕方、ポンプ小屋のドアがあいていたそうです。ライダルが少し手前で足を止めると、小屋の裏手から車が現れた。降りてきたバーナール・クラウセンがトランクをあけて、小屋から運びだしたゴミ袋を積みこんだんです」

「ゴミ袋？」

「中身は知りません。ライダルも知りませんでした。すぐにそこを立ち去ったそうですけど、シモンが消えた件と関係があるに違いありません」

スティレルは椅子の背に身を預け、考えをまとめた。ルート・ダールの話が正しいならば、強奪された現金を横取りしたのはバーナール・クラウセンだということになる。七千万クローネが心引かれる大金なのはたしかだが、現職の保健大臣が失職の危険を冒してまで手に入れようとするとは思いもよらなかった。しかも、自分の別荘に運びこむとは。

「バーナール・クラウセン本人だったのはたしかですか。車を見ただけではなく」

「ライダルはそう言っていました。でも、当時はちょうど心臓を悪くして、仕事を休んでいたところでした。そのせいか、ぼんやりしていることも多くて、それでアイカンゲルは別の日と勘違いしたんだと思ったようです。でも、ポンプ小屋の外にシモン・マイエルの自転車があるのも見たそうなので、同じ日に間違いありません」

テーブルの下で犬が大きないびきをかく。

「アイカンゲルにはすべて伝えたんですね」

ルート・ダールはテーブルの上で両手を握りあわせた。「調書には書かれていないんですか」

「いま伺ったような詳しい話は」

「ライダルもそうじゃないかと疑っていました」ルート・ダールはため息をついた。「アイカンゲルが動くとは思えないと。なにしろ、自分も政治家ですからね。ライダルは進んで声をあげる人ではなかったですが、もっと偉い人に訴えたほうがいいとわたしが勧めたんです」

「で、そうされたのですか」

「ええ、検事総長に手紙を出しました」

68

胃にものを入れたせいで、ヴィスティングは眠気を覚えていた。うとうとしかけたとき携帯電話が鳴った。《ダーグブラーデ》のヨーナス・ヒルドゥルだ。マナーモードに切り替え、手に持ったまま切れるのを待った。

画面上の赤い点はラルヴィク市街のホテル近くの駐車場で静止したままだ。ヴィスティングは頭のなかで引き算をした。リーネがヘンリエッテと会ってから七時間近くが経過している。

「スパにしてもさすがに長すぎる」トゥーレが言った。「ホテルに一泊する気だろうか」

ヴィスティングには判断がつかなかった。ここ数時間、違和感は増す一方だった。これ以上じっとしているのには耐えられない。リーネに電話して、ヘンリエッテから今日の予定を聞いていないかたしかめるべきだろうか。そうも考えたが、代わりにラルヴィク警察の署長にかけた。

「現在、オスロ郊外で張り込み中です」挨拶のあとに状況を説明した。「ラルヴィク市街に駐車中の車両の確認をお願いしたいのですが。空いているパトカーを向かわせていただけませんか」

「三十分後でよければ可能だ。車種と場所は」

「青のアウディです」ヴィスティングは続けて駐車場の場所と車両のナンバーを伝えた。

「また連絡する」

外は暗くなりはじめた。少年がふたり、家の前の通りで自転車をとめた。サッカーのユニフォームを着てスポーツバッグを持っている。練習の帰りだろう。あたりを見まわした少年のひとりが自転車をもうひとりに預け、庭にしのびこんで様子を窺ってからリンゴの木に駆け寄った。そして実をふたつもぐと、駆け戻って自転車に飛び乗った。

また電話だ。ヨーナス・ヒルドゥル。今度は応答した。「バーナール・クラウセンの件で、お伝えしたほうがよさそうなことがありましてね」

「どういった?」

「先週、スターヴェルンへ焼け跡の写真を撮りに行ったんです。そのとき近所の住民に少々話を聞きましてね。そのなかのひとりが、あなたが持ちだした段ボール箱について話してくれたんですよ」

ヴィスティングはうなずいた。誰のことか察しはつく。

「その彼が数時間前に電話をかけてきましてね。別の人間がその箱のことを訊きに来たそうです。あなたに知らせるべきだとは思ったものの、直接電話するのは気が引けたそうで」

ヴィスティングは背筋を伸ばした。「どういうことだ」

「箱のことを記事で読んだという人間が来て、詳しく話せと言ったそうです。少々怖い思いをしたそうで」

「どんなふうに?」

「相手はステロイドでも打ったようないかつい男だったそうです。家にやってきて、知っていることを話せとすごんだとか」

「それで、なにを伝えたと言っていた?」

「あなたのことを」

「わたしの？」

「ええ。警察官だと伝えたそうです。あなたともうひとりの人が箱を運びだし、火事のあとで戻ってきて、盗まれたガスボンベのことを訊いていったと。相手はひどく興味を示していたそうです」

「なにに？」

「あなたの名前と、職業に」

ヴィスティングは動きのないモニターの画像を見つめた。ここで待っていても無駄だ。犯人たちは警察が金を発見したことを知っている。それで諦めたのだ。

「わかった。男が来たのは？」

「今朝だそうです。女もいたそうですが、車から降りなかったそうです」

「どんな車だった？」

「青のアウディ」

ヴィスティングはうなずいて言った。「連絡をどうも」

記者は話を続けた。「どういうことなのか、もう少し伺えませんか。箱にはなにが？」

「言ったはずだ。故人の遺品だよ」

トゥーレがヴィスティングの脇腹をつつき、画面上の地図を示した。赤い点が動いている。

「ですが、それだけじゃ漠然としすぎだ」

「連絡をどうも」ヴィスティングはそう繰り返して電話を切った。

赤い点はスターヴェルン方面に戻っている。高速18号線でオスロ方面に向かうはずだが、なぜか301号線でスターヴェルンの中心部を目指している。

ヴィスティングは立ちあがった。赤い点は速度を落として住宅街へ入っていく。自分がよく知った場所だ。赤い点はヴィスティングの自宅前で停止した。

69

リーネは夜のほうが仕事をしやすい。明るいときにコンピューターに向かうのは、日光の無駄遣いに思えるからかもしれない。それに、アマリエが寝ていてくれるほうが集中できる。いまいるのは、二階にあるかつての母の仕事部屋だ。母はよくここで課題の採点や授業の準備をしていた。

リーネの記事はようやく形になりはじめていた。

この三十分で、リーサ・クラウセンのがんについてまとめた。内分泌腺のホルモン産生細胞に発生する希少で侵襲性の高いがんで、特定の環境的要因が見あたらず、遺伝的要因が大きいと考えられている。

リーネは手帳を繰り、クラウセンが別荘を売って外国での治療費にあてるつもりだったと書かれた箇所を探した。治療費の額も、二〇〇三年当時の別荘の資産価値も、正確に調べるのは難しい。それでも、ざっと計算しただけで到底足りないのは明白だった。

ただし、リーネは椅子の背にもたれた。そこに七千万クローネ分の外貨が加わると話は違ってくる。ガーデモエン空港で輸送中の現金が強奪されたとき、リーサ・クラウセンは六カ月以上もまえに亡くなっていた。

なにか音がして、リーネはドアのほうを振りむいた。家の内と外、どちらから聞こえたのかはっきりしない。

立ちあがって娘のいる部屋に向かった。アマリエは仰向けに横たわり、深く静かな寝息をたてている。顔は父親によく似てきた。ときどき思いだしては、彼と別れなければどんなふうに暮らしていただろうと考えてみることがある。相手は仕事でノルウェーを訪れていたFBI捜査官で、ノルウェーに留まることは職務上不可能だった。それでもリーネがアメリカに渡ることはできたのだ。

リーネは上掛けの乱れをなおし、娘の頬を撫でた。そのとき、あることを思いついた。急いで仕事部屋に戻り、トリグヴェ・ヨンスルから渡された別荘での集いの写真を取りだした。クラウセン親子の写真は束のいちばん上にある。顎の形は同じだが、それ以外は父子に似たところは見あたらない。

パソコン内のフォルダーのひとつには、リーサ・クラウセンの写真が保存されている。画面に表示させると、レナルトのブロンドの髪や青い瞳や丸い顔が母親譲りなのが一目瞭然だった。

もしも母親の病気も受け継いでいたら――バーナール・クラウセンはそれを恐れていたという。

いま書いている原稿では、レナルト・クラウセンが偶然に現金を発見し、その死後に父親が見つけて隠したという説をとっている。そうではなく、息子ががんを発病したときに備え、バーナール・クラウセン自身がお金を盗んだのかもしれない。

リーネは胸を高鳴らせながらクラウセンの個人秘書を取材した際のメモを見なおした。キーワードや文の切れ端のようなものばかりだが、エーデル・ホルトの話を思いだすには十分だった。バーナール・クラウセンは妻の死後に人が変わった。ふさぎこみ、心ここにあらずといった様子で長い散歩に出かけるようになった。

考えれば考えるほど、間違いないと思えてくる。カートに乗せられたアマリエが商品棚のお菓子に手を伸ばしたように、バーナール・クラウセンは目の前の機会に飛びついたのだ。同じことをする人間は多いだろうが、クラウセンの場合は特別な動機もあった。彼にとって、そのお金は生死を分ける力を持っていた。

さらにもうひとつ思いついた。リータ・サルヴェセンが言っていたことにも説明がつく。バーナール・クラウセンは孫が一歳になったときリータを訪ねた。その際に自分の電話番号を書いた名刺を渡して、困ったことがあればいつでも連絡するようにと言った。ところが、リータがスペインに移住するためにお金を貸してほしいと頼むと、にべもなく断り、リータかレーナが重病にかかった場合には助けると告げた。

リーサ・クラウセンのがんが遺伝性の強いものであるなら、孫にも発病の可能性がある。クラウセンが息子の死後も現金を隠していたのはそのせいだろう。家族は彼にとってかけがえのないものだった。トリグヴェ・ヨンスルはクラウセン親子の写真を見せたときそう言った。

ポンプ小屋での出来事の全貌がようやく見えてきた。ふさぎこんだバーナール・クラウセンがイェルショ湖まで長い散歩に出かける。そこでグディムがゴミ袋をポンプ小屋に運びこむのを目撃するが、相手には気づかれない。グディムは鍵をかけて車で去る。興味を引かれたクラウセンは隠し場所から鍵を取りだす。なかへ入り、現金を見つけたというわけだ。父に電話しようかと思ったが、さらに重大な点に気づいた。現金を持ち逃げしたのがバーナール・クラウセンなら、シモン・マイエルを殺害したのも彼かもしれない。密告状の訴えどおり。

いきなりすべてが明瞭になった。ばらばらに散らばってはいたが、答えはずっと目の前にあったのだ。

リーネはさっそく考えを文字にしはじめた。バーナール・クラウセンがシモン・マイエルを殺害したという線で文章を組みたて、事実をまとめていく。もしかすると、メモの内容には遺体の場所を示すヒントも含まれているかもしれない。シモン・マイエルを発見できれば、仮説の正しさを示す決定的な証拠になる。

リーネは文の途中で手を止め、机に広げた書類やメモをあさった。そのとき、階下で音がした。家のなかに誰かいる。

70

足音がする。

リーネは身を固くして息を潜め、耳をそばだてた。間違いない。階段の五段目がきしんだ。そこは踏むといつもきしむ。誰かが二階へ上がってくる。

携帯電話に手を伸ばした。それを持って音を立てないように立ちあがった。

ここにいることはじきに気づかれるだろう。階段を上がったところには短い廊下があり、四つの部屋が並んでいる。バスルームと、アマリエが寝ている昔のリーネの寝室、兄の寝室、そしていまいる部屋だ。

携帯電話のロックを外し、隠れる場所と、武器になりそうなものを目で探した。なにもない。

ひび割れた画面に親指をすべらせ、一一二と緊急通報番号にかけた。

呼び出し音は鳴ったが、助けを呼ぶ暇はなかった。部屋の入り口に黒ずくめの男が現れた。ジョガーパンツにTシャツ、手袋、目出し帽。

リーネはあとずさり、椅子を押しやって机を背に立った。通話がつながるのを待ち、事態を察したオペレーターが位置情報を調べてくれるのを期待して電話を座面に落とした。

男が部屋に入ってくる。

「なんの用?」自分でも驚くほど弱々しい声になった。

男は無言で椅子に近づき、電話を切ってから床に落として踏みつぶした。そしていきなりリーネを殴りつけた。「このアマ。親父《おやじ》はどこだ」

衝撃でよろけ、痛みのあまりめまいがする。「ここにはいない」震える声で答えて口に手をやった。

唇が切れ、血が顎へ滴り落ちる。

「なら、娘はどこだ」

リーネは返事をしなかった。もう一発顔を殴られたが、必死に悲鳴をこらえた。

「気づいてないとでも思ってたのか」

相手はダニエル・リンバールらしい。いまの言葉はどういう意味だろう。

「おまえの親父のことは知ってる」唾が飛んでくる。「デカだろ」

男は片手でリーネの喉をつかみ、絞めあげた。「いい度胸してやがる。娘を利用するとはな」

もう片方の手で机の上のメモや写真を払い落とす。

あえぎながら、リーネは必死で考えを巡らせた。相手は父が警察官で、事件を捜査中だと知っている。バーナール・クラウセン宅のガレージに現金がないことにも気づいたようだが、本当の隠し場所までは知らないはずだ。

「スパイの真似事《まねごと》なんかしやがって。親父に伝言だ」

男がリーネを力ずくで椅子にすわらせた。「書け」そう言って喉から手を離す。目の前に紙を置き、ペンを持てと目で示した。リーネは従った。

「手を引け」

「え？」

「こう書くんだ。〝手を引け。捜査をやめろ。続ければ泣きを見るぞ〟」

男が顔を近づけ、甘ったるいような熱い息を吹きかける。

リーネは書きはじめた。手についた血が紙にしみをつける。男がここに来たわけがようやくわかった。犯人たちは過去を暴かれるのが時間の問題だと知っている。どんな手を使ってでも捜査を止める気なのだろう。暴力と脅しによって。

「猫の絵も描け、得意なんだろ」

リーネの手がぶるぶる震えはじめた。猫の耳と尾を描いたところで、ペン先を紙に押しつけたまま手を止めた。男にもいまの声が聞こえただろうか。

「ママ」隣の部屋でアマリエがまた呼んだ。

71

「アルファ、こちらブラボー・3－0」

トゥーレがトランシーバーをつかんで応答した。

「シルバーグレーのフォルクスワーゲン・パサート1・6TDIですが、通過は計三回でした。運転者は男性ですが、ハーツの予約はヘンリエッテ・コッパン名義です」

「了解」トゥーレが椅子の上で背筋を伸ばした。

ヴィスティングは画面上の地図に目を据えていた。赤い点はヴィスティングの自宅前で一時停止したあと、リーネの家のそばで止まった。ダニエル・リンバールはヘンリエッテ・コッパンの車に同乗しているだろう。つまりパサートの運転者はアレクサンデル・クヴァンメということになる。張り込んだ刑事に気づいて、罠《わな》だと悟ったのだろう。

「張り込みに気づかれたらしいな」地図から目を離さずにヴィスティングは言った。

トゥーレが異を唱えた。「さっきのは偵察でしょう。ようやく暗くなったから、じきに来るのでは？」

ヴィスティングは携帯電話を手にしてリーネにかけた。しばらく無音が続いたあと、断続的な信号音に切り替わった。悪態をつき、もう一度かけてみたが同じだった。しかたなくラルヴィク警察署にかけた。

署長が応答した。「すまん。大事故があって、そちらにかかりきりでね。いま連絡しようと思っていたところだ。パトカーをやったが、駐車場にアウディはいなかったそうだ」

「ええ、すでに移動しました」ヴィスティングは言った。

ひと呼吸置き、続けた。「じつは問題が発生しました。こちらの張り込みを被疑者に気づかれた可能性があります。先ほど言ったように、こちらはオスロにいますが、被疑者はわたしの自宅付近にいます。娘と孫が留守番中です」

「危険な状況か」

「わかりません。ただ、電話がつながらない」

「パトカーをやったほうがいいか。いまは空きがないが、なんとかできる」

耳の奥が音を立てて脈打ちはじめる。作戦が有効な可能性は残っている。強奪犯たちは現金がレナルトのガレージにあるとまだ信じているかもしれない。赤い点が自宅付近にあるのは、オスロに戻るまえの偵察にすぎないかもしれない。その場合、パトカーを送ればすべてが台無しになる。

「いえ、それには及びません。どうも」

ヴィスティングは電話を切ってモルテンセンにかけた。「いますぐおれの家へ行ってくれないか。着く直前に連絡をくれ」

モルテンセンはなにも訊かなかった。

「至急頼む」ヴィスティングは付け足した。

72

「ママ！」アマリエがまた呼んだ。

リーネは無言のまま男の顔を見つめた。目出し帽の隙間から覗く口もとに薄笑いが浮かぶ。

「お金は地下室にある」リーネはかすれ声でそう告げた。

男が弾かれたように身をこわばらせる。「いまなんて言った」

「強奪された現金よ。地下室に保管してある」

「この家の？」

「ええ」

男は笑いだした。「冗談はよせ」

「捜査チームは……本部をここに置いてるの」

笑い声がやみ、男が力ずくでリーネを椅子から立たせた。

「案内しろ！」ドアのほうへ突き飛ばされる。

リーネは床に倒れたが、なんとか立ちあがった。アマリエが部屋から出ていませんように。

「ママ！」また声がする。

「待ってて！　すぐに行くから」

背中を小突かれてよろめきながら階段を下りる。

「ここよ」地下室へのドアを指差して言った。

男がノブに手をかける。「閉まってる。鍵はどこだ」

「父が持ってる」

男は一歩下がり、ドアについた簡単な錠をたしかめた。これならほかのドアの鍵でも開きそうだと考えたらしい。

リーネをバスルームまで引きずっていき、ドアを確認した。鍵はついていない。冬用のジャケットやスキーパンツが収納されたクロゼットもたしかめた。そこにも鍵はない。

男はリーネをつかんだまま地下室のドアの前へ戻り、試すように肩で押した。

無理にあければ警報が鳴るはずだ。アマリエを怖がらせてしまうが、侵入者を追いだせるかもしれないし、父にも通知が行く。ただ、動転した相手がどんな行動に出るかは予想がつかない。

男が片足を上げ、ドアを蹴破ろうとする。

「警報装置が」リーネは言った。

男が足を下ろす。「なんだ」

「そこをあけると警報が鳴る」

「暗証番号は」

「知らない」嘘をついた。

「現金はここにあるんだな」

リーネはうなずいた。「段ボール箱が九つ」

男は悪態をついてあたりを見まわし、リーネをクロゼットへ引きずりこんで床へ突き飛ばした。ハンガーにかかった服を片っ端から引きはがし、ベルトを見つけると、リーネを後ろ手に縛った。革が皮膚に食いこむほどきつく締めつけられる。

上の棚に寝袋がふたつ収納されている。男はひとつをつかんでリーネの頭からかぶせた。息苦しい。咳《せ》きこみながら、リーネは必死でパニックを抑えた。床に転がされ、足首にもベルトが巻きつけられる。

「やめて！」声を出すとさらに咳が出た。「お願い」

腹部を蹴りつけられ、クロゼットのドアが閉められた。足音が遠ざかり、玄関のドアが閉じる音がする。あたりは静まり返った。

呼吸をするたびに息苦しさが増していく。

リーネは横向きになり、両手の拘束を外そうとした。ベルトの革にはわずかに伸縮性がある。身体の向きを変えると、ひんやりと硬いものが顔に触れた。ファスナーだ。空気を求めて合わせ目に唇を押しつけながら、ベルトを緩めようと手首をねじった。

生ぬるい空気が顔にかかり、汗がしたたり落ちる。

右手を背中に引きつけ、左手は突きだすようにすると、ベルトに緩みができた。甲の皮膚が擦りむけるのもかまわず引っぱるとようやく片手が抜けた。

膝を曲げて寝袋の口のほうへ身体をずらし、両手で頭の上を探る。たしか、足もとにもファスナーのつまみがついていたはずだ。

ファスナーの端をたしかめると記憶違いだとわかったが、手が自由になったぶん、足のベルトを外すのは楽になった。

身を起こし、手を這わせてバックルをつかむ。ベルトの端をつかんで力をこめると、少しずつ緩みはじめた。

ようやく寝袋から這いだすと、リーネはむさぼるように空気を胸に吸った。

息苦しさがおさまると寝袋を押しやり、横たわったままどうすべきか考えた。

そのとき、玄関で物音がした。足音と話し声が続いたが、内容までは聞きとれない。

リーネは立ちあがり、クロゼットのドアに近づいて鍵穴に目を押しあてた。頭の向きを変えれば、玄関のポーチと廊下の一部、そして地下室のドアを見ることができる。

男は目出し帽をめくって顔をさらしている。写真で見た顔だ。ダニエル・リンバール。すぐ後ろにヘンリエッテ・コッパンの姿もある。

「あの女は?」

ダニエル・リンバールがクロゼットを指差した。「あそこだ。閉じこめてある」

そして地下室のドアの前に立ち、足を上げて力任せに蹴りつけた。バリッと音がし、下の蝶番が外れたドアは斜めにぶら下がった。

警報装置のコントロールパネルが点滅し、解除のための暗証番号を要求する。

ダニエル・リンバールが室内へ飛びこみ、ヘンリエッテ・コッパンも続いた。リーネがいる場所からは見えなくなったが、すぐにふたりとも段ボール箱を抱えて出てきた。中身を確認したのだろう、箱の蓋はあいている。

急いで箱を運びだすとふたりはまた戻り、次の二箱を持ちだした。警報装置がけたたましい音をあげはじめたが、ふたりはさらに三往復して九箱すべてを運び去った。リーネはしばらく様子を窺ってからクロゼットを出た。

「ママ!」両手で耳をふさいだアマリエが階段の上に立っている。

リーネは飛んでいき、娘をきつく抱きしめた。「もう大丈夫よ」

73

赤い点が自宅前に戻った。ヴィスティングは立ちあがった。口のなかは干からび、てのひらは汗ばんでいる。舌を口蓋に押しつけて唾を飲みこんでから、モルテンセンに電話をかけた。「いまどのあたりだ」

「五分以内に着きます。なにがあったんです?」

ヴィスティングは状況を説明し、リーネとアマリエの安全を確認したいと告げた。そのとき、携帯電話にメールが入った。

「待ってください！　警報が作動したようです」モルテンセンが言った。

ヴィスティングも携帯電話を耳から離し、メールを確認した。

「カメラ二台にも反応が」モルテンセンが続ける。

警備会社からさらに二通のメールが入った。画像ファイルを開くと、地下室にふたりの侵入者が映っていた。薄暗いので画質は不鮮明だが、男女の二人組が箱を抱えている。

「くそ」悪態が漏れた。

「動きだした！」トゥーレが地図を指差した。

赤い点は住宅地を抜けてブルンラ通りを北上している。

ヴィスティングは電話を耳にあてた。「いまどの道で向かっている？」

「西側の道です」

「なら、どこかですれ違うはずだ」

「停車させますか」

「いや、家へ直行してくれ。リーネを頼む」ヴィスティングは空いた手で椅子をつかみ、息をはずませて電話を切った。

警備会社からまたメールが着信した。画像にはアマリエを抱えたリーネが警報を解除する姿が写っている。

それを見て動悸《どうき》が少しおさまった。リーネはアマリエの片耳を胸に押しつけ、空いた手でもう片耳をふさいでやっている。怪我《けが》はないようだ。

画像ファイルを閉じ、リーネに電話しようかと考えたが、代わりにオスロ警察本部の交換台にかけた。

名前と階級を告げる。「検事総長の指示で特別捜査にあたっています」余計なやりとりを省くためそう続けた。「緊急事態が発生しました。男女二名がヴェストフォルからオスロ方面へ逃走中です。警察外に設置した証拠保管庫に侵入、多額の現金を強奪しました。逮捕のため応援をお願いしたい」

「お待ちください。担当者におつなぎします」

電話に出た相手にふたたび状況を説明した。「車には発信機を仕掛けてあります。現在は高速18号線のラルヴィク－サンネフィヨル間を制限速度で北上中です。一時間半でそちらの管轄区域に入ります」

「そちらの現在位置は？」

「オスロですが、東側のコルボトゥンにいます」

「移動できますか」

「ええ」

「ではヒューヴィクのシェル石油のガソリンスタンドで現場指揮官と合流して、検問の手配をしてください」

ヴィスティングは指揮官の電話番号を控えた。トゥーレが外へ出て張り込み中の刑事に声をかけた。「撤収だ」

コルボトゥンを出てヒューヴィクに到着したとき、赤い点はドランメンを通過した。

「二十分で来ます」トゥーレが言った。

ガソリンスタンドに車をとめると、現場指揮官が警官隊に指示を出していた。

リーネとは車内で話をした。モルテンセンもそばにいた。リーネは起きたことを手短に話したあと、バーナール・クラウセンに関する仮説を告げた。

ヴィスティングは高速道路を行き交う車に目をやった。相手がどんな行動に出るか予想がつかない。非常線が張られているのは承知のはずだ。

打ち合わせを終えた指揮官が近づいてきた。「この手の状況は任せてください」と請けあう。

「段取りは？」

「二台の覆面車両を被疑者の車の後方につけ、前方の公共交通専用車線にバスを配置してふさいでおきます。さらに前方に覆面車両を二台配置し、残りの二車線をふさぐ。二台が徐々に速度を落とし、バスと並んだところで停止します。そこへ後方から追いこむという算段です」

単純だがいいプランだ。それでも、計算がくるう可能性は十分にある。

十分後、西側にいる覆面車両から報告が入った。

「二台が対象車両の後方につき、一定速度で走行中です」

赤い点はスレペンデンを通過し、サンヴィーカに近づいている。

東側にバスが配置され、車線が二本に狭められたと報告が入った。

大型トレーラーが砂埃を巻きあげて通りすぎる。

「よし、配置につけ」指揮官が号令をかけた。

ガソリンスタンドの裏に用意されたパトカーに警官たちが乗りこむ。ヴィスティングは捜査車両のハンドルを握った。トゥーレが助手席でノートパソコンを開く。「あと一分です」

ヴィスティングはいつでも発車できる態勢をとり、青のアウディが現れるのを待った。

先にトゥーレが気づいた。「来た」

右車線を走行している。目の前を通過した瞬間、後部座席に山積みの段ボール箱が見えた。

ヴィスティングはアクセルを踏みこみ、百メートルの距離をとって追跡をはじめた。箱が邪魔になり、バックミラーで後方は確認できないはずだ。

二台の覆面車両が加速してアウディを追い抜き、左端の追い越し車線に入った。一台は前方を行き、もう一台はアウディに並走する。

車の流れが遅くなりはじめた。アウディも追い越し車線に入ってパッシングする。ヴィスティングはバックミラーで後続のパトカー数台を確認した。

　走行速度は時速六十キロに落ちている。背後のパトカーが距離を縮めはじめた。一般車が近づかないように三車線を占領している。

　はるか前方に、車線をふさいでいるバスが見えた。

　タクシーが右端の公共交通専用車線に入ってアウディを追い抜いた。アウディもそれに倣おうとしたが、前方の覆面車両が察知し、前に割りこんで妨害する。

　アウディはパッシングに続いてクラクションを鳴らした。ヴィスティングの車の速度計は時速四十キロを示している。前方のバスまでの距離は残りわずかだ。アウディのふたりも異変に気づいているにちがいない。

　そして、すべてがまたたく間に起きた。二台の覆面車両がバスの真横に停止して道路が完全に封鎖される。車両から警官が飛びだし、アウディのフロントガラスに銃口を向ける。矢継ぎ早に指示が飛ぶ。

　アウディのバックランプが点灯した。転回して逆走をはじめるが、逃げ道はない。背後には青色灯が光っている。左には中央分離帯のコンクリートブロック、右には防音壁があり、路側帯には出られない。

　ヴィスティングはブレーキペダルに足をのせて衝突に備えたが、アウディはふたたび急転回した。拳銃を構えた警官が飛びすさる。アウディが覆面車両のあいだをすり抜けようとする。金属の擦れる音が耳をつんざき、タイヤが青黒い煙をあげる。

警官たちが駆けつけた。一名が運転席のドアをこじあけようとするが、ロックされている。警棒がリアウィンドウに叩きつけられる。ガラスは砕け散ったが、警官が手を差しこんでドアのロックを外すまえに、バックライトがまた点灯した。アウディはいったん後退して勢いをつけ、突破を試みる。ヴィスティングが車を脇に寄せると、背後から進み出たパトカーがアウディの後退を妨げるために追突した。ところがその衝撃で弾みがつき、アウディは隙間をすり抜けた。さえぎるもののない前方の道路を猛スピードで走りだし、パトカーが追走する。ヴィスティングもどうにか隙間を抜け、あとに続いた。

追いついたパトカーが横から突っこむと、アウディの車体は一八〇度回転した。後部のドアが開いて段ボール箱がふたつ転がり落ちる。ドル紙幣が路上に散らばった。

ヴィスティングはアウディの真正面に車をとめた。助手席の女が両手で頭を抱えてわめきちらしている。運転席の男と目が合った。

「よし、捕らえた」パトカーがアウディの後方をふさぐのを見てトゥーレが言った。

警官たちがアウディのドアをあけてふたりを引きずりだした。アスファルトに俯せにされたふたりは、ただちに手錠をかけられた。

74

ドル紙幣が一枚、高速18号線の中央分離帯ブロックの隙間に挟まっている。ヴィスティングは携帯電話を反対の手に持ち替え、空いた手で紙幣を拾いあげた。

通話中の検事総長が言った。「アレクサンデル・クヴァンメの自宅にパトカーを向かわせた。家の前にレンタカーがとめられている。じきに確保できるはずだ」

故障したアウディはレッカー車につながれている。消防隊員が路上に散乱したガラス片の除去作業にあたっている。

検事総長は現金がバーナール・クラウセンの別荘に隠された経緯について詳しく説明を求めた。

「いくつもの条件が重なった結果だと思います」とヴィスティングはまとめた。「妻の死に苦しんだクラウセンは、息子も同じ運命なのではと恐れるようになった。現金を見つけたとき、それが息子の命を救う保険になると思ったのです」

検事総長が咳払いをする。「古いことわざどおりというわけだ」

「ことわざ？」

「機会が泥棒を作る」

車線のひとつが開放され、車が流れはじめる。

「クラウセンは、シモン・マイエルの失踪にも関与しているものと思われます」

「クラウセンが殺したということか」

「罪を隠すために殺人を犯すのは、珍しいことではありません」

「証拠は？」

「明日、シモン・マイエルの遺体を捜索します。発見されれば詳しいことが明らかになるはずです」

「いずれにせよ、もはや極秘というわけにもいかない。どう公表したものだろう」

「ひとつ考えがあります。しかし、まずはイェルショ湖事件の解決が必要です」

75

削岩機のドリルが二枚の敷石の継ぎ目に食いこんだ。一枚が割れて剝がれると小さな黒いアリが巣からあふれだし、四方八方へ逃げだした。

ヴィスティングはその場を離れてモルテンセンに近づいた。現場を囲う立ち入り禁止テープが風にはためき、焦げた木のにおいが鼻をつく。

「どれくらいかかる？」

「まもなくでしょう」モルテンセンが削岩機の騒音に負けじと声を張りあげる。「コンクリートの厚みは二十センチもないですから」

ヴィスティングはうなずいた。削岩機を扱う作業員のまわりに粉塵《ふんじん》が舞っている。コンクリートの土台の一部はすでに掘り返されている。十日前、ヴィスティング自身も立った場所だ。

リーネは別荘での集いの際に撮られた写真を持参していた。労働党幹部が大勢集まり、別荘に手を入れた。野外の休憩スペースもそのとき造られたものだ。写真ではすでに砕石が敷きつめられ、型枠と鉄筋も設置されている。オスロ市議会のグットルム・ヘッレヴィクがセメントミキサーの前に立ち、バーナール・クラウセンとアーント・アイカンゲルがセメントをならす姿も写っている。

コンクリートはその週末に敷設された。そののちに敷石が重ねられ、屋外用暖炉とバーベキューコンロが設置されたのだろう。リーネの仮説は筋が通っている。バーナール・クラウセンは現金と同じ場所にシモン・マイエルの死体を隠したのだ。

「アイカンゲルはなにも知らなかったんじゃないかと思う。疑ってみさえしなかったのかも。クラウセンを信用しきっていて、密告状の件も本気にしなかったんじゃないかな」リーネが言った。

トゥーレがうなずいた。「罪に問うのは難しいだろう」

熱心に電話で話していたモルテンセンが戻ってきて内容を伝えた。「指紋鑑定の担当者からです。ポンプ小屋のハッチの底にあった南京錠からバーナール・クラウセンの指紋が検出されました。クラウセンは間違いなくあそこへ入っています」

三十分ほどして削岩機の音がやみ、作業員が手を止めた。モルテンセンが待機していた小型ショベルカーの運転手に指示を与えはじめる。

残りの四人もそちらへ近づき、ショベルカーがコンクリートや敷石の欠片をすくって傍らに積みあげる様子を見守った。リーネがカメラを取りだして写真に収める。

敷きつめられた砕石が現れると、モルテンセンは運転席に乗りこんでさらに指示を与えた。掘り起こされた砕石は別の場所に積みあげられ、バケットの中身が空けられるたびにモルテンセンが確認する。

砕石の山が四十センチにもならないうちに遺体の一部が現れた。灰色がかった骨が二本と、黒っぽい布切れだ。

モルテンセンはショベルカーを止めてシャベルで掘りはじめた。スティレルも手を貸す。

リーネはさらに写真を撮り、ヴィスティングは立ったまま待った。頭蓋骨が現れたのを見て自分もそちらへ近づいた。

モルテンセンは注意深く頭蓋骨に手をかけ、全員が見やすいように持ちあげた。右の後頭部に四センチ大の陥没が認められる。口に出して確認するまでもない。イェルショ湖のポンプ小屋の機械の角に形状が一致している。

三十分後、モルテンセンは灰色の頭蓋骨を慎重に段ボール箱に入れ、遺骨の収集を続けた。

モルテンセンとスティレルが穴から這いだした。モルテンセンは段ボール箱を封印してから、ショベルカーの運転手に穴を埋め戻すよう指示した。

「誰か来たようだ」スティレルが別荘の前の草むらにとまった車を目で示した。シャツにネクタイ、黒いズボンの長身の男が降りてくる。

「誰だ」トゥーレが言った。

「《ダーグブラーデ》のヨーナス・ヒルドゥルよ。なんの用なの」リーネがわずかに苛立ちの混じった声で答えた。

「おれが呼んだんだ。おまえと話をしてみろと言って。アーント・アイカンゲルの件は彼に任せる」ヴィスティングは言った。

「どういうこと」

「捜査と報道は違う。報道の世界なら、証拠を出せと判事に求められることもない。世間に公表するだけで政治生命を絶つこともできる」

《ダーグブラーデ》の記者は一同に挨拶し、最後にヴィスティングと握手を交わした。「そろそろ教えてもらえませんか」

「なにを?」

「段ボール箱の中身です」

ヴィスティングは笑って言った。「リーネに訊いてくれ」

76

《VG》のサンデシェンが電話をかけてきたのは、《ダーグブラーデ》のニュースサイトにリーネの署名記事二本が掲載された直後だった。一本目の記事は高速18号線で繰り広げられた逮捕劇だ。二〇〇三年のガーデモエン空港での現金強奪事件に関与したとして、男四名と女一名が検挙された。二本目は、二〇〇三年に釣りに出たまま行方不明となっていたシモン・マイエルの遺体発見を告げる記事だった。

電話に出てサンデシェンがなんと言うか聞きたいのは山々だったが、リーネはそれどころではなかった。ふたつの事件の関連を報じる特集記事を大急ぎで仕上げなければならない。

原稿を編集部に送信するのと同時に、携帯電話に速報が表示された。国会議員候補のアーント・アイカンゲルが労働党を離党したという内容だった。秋の選挙への出馬も断念し、政界を引退するという。数日中には唐突な決断の背景を誰もが知ることになるだろう。

77

ヴィスティングは床で遊ぶ孫娘に目をやり、手にした原稿を一枚脇に置いて次のページを読みはじめた。末尾近くに、一読目には読み飛ばした箇所が見つかった。

バーナール・クラウセンの回顧録の最終章は〝自由意志〟と題されている。

しかし、人間はすべての行動をコントロールできるわけではない。いかなる場合にも自由意志に基づいた振る舞いが可能なわけではない。突発的な事態においては、みずからの行動がもたらす帰結を予期しえず、本人や他者に害をなす場合もある。

とっさの判断において、その選択の重大性を認識するのは不可能であると強調されている。バーナール・クラウセンの自由意志についての記述は数ページにわたっていた。論旨を完全に追うのは難しいが、多大なエネルギーがそこに注がれているのは明らかだった。その内容は、イェルショ湖事件における己の行動の弁解ともとれた。クラウセンは人の本性が露わになる状況に直面したのだ。いわば、沈みゆく船の上で、他人に救命ボートを譲るか、自分の安全を確保するかという選択に。

原稿の束を置いたとき、ラジオで労働党関連のニュースが流れた。最新の世論調査で支持率が〇・二ポイント上昇したという。事件の報道はマイナスに影響しなかった。有権者は政党がひとりの人間によって成り立っているのではないと理解しているのだ。

「ワンワン」パズルで遊んでいたアマリエが、犬に似た形のピースを差しだして言った。

ヴィスティングは腰を上げ、四つん這いになってアマリエに近づくと、「モーモー」と言って牛の頭のピースを嵌めた。

アマリエがきゃっきゃと笑って手を叩く。

これまで幾度もこのパズルを完成させてきたが、すべてのピースが嵌まるたびにアマリエは大喜びする。

ヴィスティングは微笑んだ。その気持ちはよくわかる。

解説

三橋　暁

あなたの憧れの国はどこですか？　そう問われた日本人の多くが、スカンジナビア半島にある北欧の国々を挙げるのではないか。

そしてその中でも、ビートルズの曲や、それをモチーフにした村上春樹の小説から連想され、また国連機関が毎年発行する「世界幸福度報告」の国別ランキングにおける首位争いの常連であるこの国は、とりわけ人気が高いに違いない。森と湖、そしてフィヨルドでおなじみのノルウェーである。

実はここのところ、ミステリ・ファンの間でもこの国の作品、すなわちノルウィジャン（*Norwegian*）ミステリが注目を集めている。ご存じのように、北欧ミステリに世界の目を惹《ひ》き付けたのは、〈ミレニアム〉三部作（二〇〇五～七）の大ヒットで、以来、作者スティーグ・ラーソンの母国スウェーデンは、北欧ミステリのメッカと仰がれてきた。

しかし、国旗にノルディック・クロス（左寄り横長の十字）が共通することに象徴されるように、北欧と括《くく》られる五カ国は自然条件や歴史、文化等の地下茎で繋《つな》がりが深い。ミステリに話を限っても、現代ミステリにおける警察小説の原点、シューヴァル＆ヴァールーの〈刑事マルティン・ベック〉シリーズの自国社会を省みる精神性を忠実に受け継ぎ、発展させてきたのが、これらの国々であったことを思い出せば判《わか》るだろう。

スウェーデンの作家たちが注目を浴びる中、ノルウェー勢が遅れをとっているわけではないことは、相次ぎ紹介されたアンネ・ホルトやカリン・フォッスムらの作品からも窺《うかが》えた。近年では、ＣＷＡ（英国推理作家協会）賞のインターナショナル・ダガー部門への度重なるノミネートや、ハリウッドでの映画化など、〈刑事ハリー・ホーレ〉シリーズのジョー・ネスボの活躍も目立っている。

しかし昨年、ノルウィジャン・ミステリのさらなる有望株が、立て続けに日本に上陸した。それがガード・スヴェンの『最後の巡礼者』（竹書房文庫）であり、ヨルン・リーエル・ホルストの『警部ヴィスティング　カタリーナ・コード』（小学館文庫）だった。とりわけラルヴィク警察犯罪捜査部の警部ヴィリアム・ヴィスティングが活躍する後者は、〈このミステリーがすごい！〉で海外編七位に選ばれたのを始め、年間ベストテンでも健闘した。

ここにご紹介する『警部ヴィスティング 鍵穴』は、本国で二〇一八年に上梓《じょうし》されたヴィスティング・シリーズの十三作目で、原題を〝Det innerste rommet〟（〝一番奥の部屋〟の意）という。（以下『カタリーナ・コード』『鍵穴』）日本では、八作目の『猟犬』（ハヤカワミステリ）、前作の『カタリーナ・コード』に続く三作目の翻訳紹介となる。

この〈警部ヴィスティング〉シリーズは、二〇二〇年に本国で上梓された〝Sak 1569〟で十五作を数える人気を誇り、六作目以降は全作品が英訳もされている。〝The Cabin〟のタイトルで英訳された本作は、CWA賞のインターナショナル・ダガー部門でロングリストにもノミネートされた。

作者のヨルン・リーエル・ホルスト（*Jørn Lier Horst*）について簡単におさらいしておくと、その姓から、スカンジナビア・バルト系のイギリス人で、管弦楽組曲「惑星」の作曲者を思い浮かべる向きも多かろう。しかし作者は、配偶者ベアーテ・ホルストの姓をファミリーネームとして名乗っているようだ。

一九七〇年二月、ノルウェー南西部テレマルクの生まれなので二〇二一年一月現在は五〇歳。近年は家族と隣県のスターヴェルンで暮らしているという。スターヴェルンはラルヴィク警察の所在地で、作品の舞台でもある。前職として警察官の経歴があるホルストだが、その現役時代に憧れたのがヘニング・マンケルのクルト・ヴァランダー警部だったという。その崇拝ぶりは、*「ヴァランダーが、私の警察官としてのキャリアを導いた」と語っているほどだ。

警察官の実体験を活《い》かした作家といえば、ロス市警在職時に出版した『センチュリアン』のヒットで一躍有名になったジョゼフ・ウォンボーという先達がアメリカにいる。ホルストも十年にわたるキャリアを創作に注《つ》ぎ込んだようで、デビューまで十年の警官歴は、*「ミステリ作家としては非常に大きいアドバンテージ」になったと自負している。また、二〇〇四年に上梓したデビュー作『*Nøkkelvitnet*』(未訳)は、実際に起きた事件がモデルになっているそうだ。

さて、『鍵穴』である。夏のある日のこと、主人公は検事総長から急な呼び出しを受ける。用向きは、週末に亡くなった元国会議員クラウセンの件だった。心臓発作の死因に疑わしいところはなかったが、スターヴェルンにある別荘の古いコテージで八千万クローネ相当という巨額の外国紙幣が見つかったという。故人は政界の大立て者だが、妻子に先立たれ天涯孤独ともいえる身の上だった。政府や政党の上層部も心当たりがないこの件について、ヴィスティングは検事総長から直々に極秘の捜査を命ぜられる。

ベテランの鑑識員モルテンセンと捜査に着手すると、ほどなくフリーランスの記者となった娘リーネが加わる。しかし札束の入った段ボール箱を運び出した矢先、コテージは放火されてしまう。焼け跡に駆けつけた検事総長からは、ある失踪事件についてクラウセンの関与を密告する十年程前の手紙のコピーを手渡される。故人の妻が亡くなり間もない頃のことで、事件現場のイェルショ湖はクラウセンの自宅に近かった。同事件の再調査を検討しているという国家犯罪捜査局《クリポス》の担当者の名を聞いて、先の事件の記憶から複雑な思いを抱くヴィスティングだったが——。

主人公に複雑な思いを抱かせるクリポスの男とは、アドリアン・スティレルのことだ。前作からの読者は、狡猾《こうかつ》なところのある、しかし非常に優秀なこの捜査官をよく憶《おぼ》えているだろう。クリポス内に新設されて間もないCCG（未解決事件班《コールド・ケース・グループ》）からやって来て、先の『カタリーナ・コード』の事件では強力な助っ人となったが、事件の解決と引き換えに、ヴィスティングとリーネの父娘《おやこ》は苦い経験も味わわされた。

実は、『カタリーナ・コード』に始まる四作は、未解決事件四部作《コールド・ケース・カルテット》と名付けられている。捜査手法を戦術と捉《とら》えるスティレルは、挑発を常套《じょうとう》手段として、時にアンフェアな戦いも厭《いと》わない。そんな劇薬のような人物を投入し、長くシリーズに新展開をもたらそうというのが作者の目論見《もくろみ》なのだろう。

眼前の事件に正攻法で挑むヴィスティングに対し、立場も考え方もまったく異なるスティレルは過去の未解決事件を揺り起こすためなら、手段を選ばない。水と油のような二人の捜査官が出会う時、停滞していた捜査は再び動き始める。複数の事件が互いに呼応し合うように解決へと導かれていく展開は、前作、そして本作に共通する面白さといえる。

未解決事件の解凍が専門のスティレルは、三十代後半で直感に優れ、どこか名探偵の雰囲気も見てとれる。一方、定年間近で孔子のいう知命の年代のただ中にあるヴィスティングは、正義を何よりも重んじ、その実現に自分も貢献したいと考える警察官の鑑《かがみ》のような人物だ。警察官になった動機を、人はなぜ人を殺すかという問いの答えを知りたかったと語るが、時に容疑者に対し異様なほどの執念深さを見せたりもする。しかしそれは、正義のためなら人生を捧げても惜しくないとまで思う捜査官としての本能の顕《あらわ》れなのだろう。

そんなヴィスティングという人物を通して語られるこのシリーズを、『カタリーナ・コード』の解説で杉江松恋氏は「人間に寄り添った小説」と評しているが、わたしは「人間の本質を見つめる小説」と呼んでみたい。

どんな人間でも過ちを犯す可能性がある。事件の捜査も目的は、犯人捜しだけではなく、その人物が罪を犯さなければならなかった理由を理解することにあると語るヴィスティングの言葉は、ある意味で人間観察の究極ともいえるのではないか。

そしてもう一つ、これは未解決事件四部作の既訳二作に限ったことではないが、ホルストはシリーズの場面場面で、父と娘の機微を実に巧みに捉えてみせる。ヴィスティングは、死別した妻イングリとの間に双子をもうけている。長男のトーマスはヘリのパイロットとして軍隊にいるが、長女のリーネとは、今もスープの冷めない距離を頻繁に行き来しているのだ。『猟犬』で大手タブロイド紙の記者だった娘は、いつの間にかシングルマザーとなり、『カタリーナ・コード』では育児休暇を取得していた。

これまでも何くれと無く父親の仕事と関わってきた彼女だが、この『鍵穴』では新聞社を辞めフリーランスとなったこともあり、父親の捜査チームに加わる。三十八節におけるひとコマのように、近しいがゆえに摩擦を起こすこともあるが、父と娘の絆《きずな》に加え、互いに尊敬し合うプロフェッショナル同士という二重の信頼関係が二人にはある。

警察官の父と娘といえば、ホルストの原点でもあるヘニング・マンケルのクルトとリンダのヴァランダー親子の例がすぐに思い浮かぶ。しかし、仕事では正反対の方向を向く父と娘の二人の関係を、リーネをして「カエルの子はカエル」と言わしめるほどの親密度は、このシリーズならではのものだろう。

作者はかつて、*「必ずしも協力しあえるとは限らないんですけど、何かしらの必要な関係を築いていこうとする」警察とジャーナリストの姿を描きたいと語った。本作でヴィスティングとリーネの父娘の関係から浮かび上がる、捜査活動におけるチームワークの強固さと血縁の絆の濃《こま》やかさは、それを見事に実現したものと言っていいと思う。

　執念の捜査に暗号解読という大胆なケレン味を絡めた前作から一転して、緻密で地道な捜査活動を描く本作だが、背景にあるノルウェー社会について少しだけ補足しておく。

　先にも触れたガード・スヴェンの『最後の巡礼者』や、昨年公開された映画『ソニアナチスの女スパイ』にも明らかなように、第二次世界大戦でノルウェーは中立政策をナチスドイツに踏みにじられた。その経験から、戦後は自国の主権維持にとりわけ力を注いできた経緯がある。度重なる国民投票を経て今もEU非加盟を貫いているのは、大戦での苦い過去を国民が忘れていないからだろう。

　またノルウェーは立憲君主国で国王を擁するが、内政面では労働党政権が長期にわたり続いていた。しかし一九七〇年代のオイルショック等による景気の停滞で保守党が政権の座につくと、以来保革の天秤《てんびん》はめまぐるしく揺れ続けている。今も続くその政治状況を踏まえれば、本作中のある人物がとった行動もなるほどと頷《うなず》いていただけるのではないかと思う。

　未解決事件四部作《コールド・ケース・カルテット》は、引き続き本文庫からの紹介が予定されている。楽しみにお待ちいただきたいと思う。

本文中、＊で示した箇所は、〈ミステリマガジン〉二〇一六年七月号所載のインタビュー（聞き手は吉野仁氏）から引用させていただきました。

（みつはし・あきら／ミステリ評論家）

本書のプロフィール

本書は、二〇一八年にノルウェーで出版された『Det innerste rommet』の英語版を初邦訳したものです。

小学館文庫

警部《けいぶ》ヴィスティング
鍵穴《かぎあな》

著者　ヨルン・リーエル・ホルスト
訳者　中谷友紀子《なかたにゆきこ》

二〇二一年三月十日　初版第一刷発行

発行人　飯田昌宏
発行所　株式会社　小学館
〒一〇一－八〇〇一
東京都千代田区一ツ橋二－三－一
電話　編集〇三－三二三〇－五一三四
販売〇三－五二八一－三五五五
印刷所――――大日本印刷株式会社

この文庫の詳しい内容はインターネットで24時間ご覧になれます。
小学館公式ホームページ　https://www.shogakukan.co.jp

ISBN978-4-09-406655-5